KB261200

물
속의
사막

물속의 사막

ⓒ 김이정, 2002

초판 1쇄 인쇄일 · 2002년 2월 5일
초판 1쇄 발행일 · 2002년 2월 7일

지은이 · 김이정
펴낸이 · 김현주
펴낸곳 · 이룸

출판등록 1997년 10월 30일 제10−1502호
121−210 서울시 마포구 서교동 395−101 우신빌딩 5층
전화 | 편집부 (02)324−2347, 영업부 (02)2648−7224
팩스 | 편집부 (02)324−2348, 영업부 (02)6737−7696
e−mail | erum9@hanmail.net

ISBN 89−87905−75−6 (03810)

값 8,000원

물 속의 사막

김이정 장편소설

이룸

참 오래도 붙들고 있던 소설이다. 아니 붙들고 있었다는 건 사실이 아니다.

처음 내 몸 밖으로 내놓고 보니 갓 낳은 자식은 여기저기가 비틀려 있고 뼈조차 제대로 맞춰져 있질 않은 병신이었다. 나는 당황했다. 더 이상 내 눈으로 확인해 보고 싶지도 않았다. 나는 선천성 기형인 그 자식을 한동안 골방 구석에 처박아놓고 못 본 체했다. 그리고 나는 햇살 눈부신 세상 밖으로 나가 한없이 놀았다. 그렇게 시간이 속절없이 흘러갔다.

그러나 시간이 지날수록 그 골방 구석에 처박힌 놈이 잊혀지지 않았다. 아니 그놈 때문에 놀 때도 신명이 나지 않았다. 신명을 잃은 놀이는 고통보다 더 아팠다. 나는 하는 수 없이 다시 골방으로 가 그놈을 꺼내 처음으로, 똑바로 쳐다보았다. 여전히 외면하고 싶은 병신 자식이었다.

어디서부터, 뭐가 잘못된 걸까. 나는 그걸 생각하느라 또 오랜 시간을 보내버렸다. 그동안 그 애물단지 같은 자식은 발육도 안

된 몸에 나이만 먹어 주름살마저 잡히고 말았다. 몰골은 더 흉측해졌다. 그러나 이상한 일이었다. 더 흉측해진 몰골을 한 그놈을 보면 볼수록 마음 한구석이 조금씩 허물어지기 시작했다. 슬프고 애틋했다. 결국 나는 그놈을 더 이상 외면할 수가 없어졌다. 한때, 으슥한 밤이 되면 먼 동네로 가 낯선 집 앞에 몰래 갖다 버리리라 마음먹었던 그놈이 갑자기 한없이 가여워졌다. 아니 가엾은 것은 그놈이 아니라 바로 나 자신이었다. 병신 자식을 낳았다고, 그놈을 품어보지도 못한 채 스스로를 학대했던 나 자신이 더없이 어리석고 가여웠다. 그리고 자신을 내팽개쳐 버렸던 그 어리석음이야말로 그 무엇보다 병신 짓이었다는 걸 깨달았다.

그 오랜 시간은 그런 나 자신을 인정하는 기간이었다. 내가 아무것도 모른 채 타협했던 것들과 무지하고 재능 없는 나의 한계를 인정하는 일. 나는 뼈아프게, 오랜 시간에 걸쳐 그걸 인정했다. 그리고 그것만이 내가 멈춰 서 있는 그곳에서 한 발 더 나아갈 수 있는 힘이라는 것도 깨달았다. 또한 글쓰기는, 문학은, 그렇게 한 발씩 자신을 부정하면서, 온몸으로 걸어가는 길이라는 것을……

부끄러운 알몸을 내 보이는 기분이다. 여기저기 상처 자국이 누더기처럼 드러난 알몸. 그러나 부정할 수 없는 내 모습일 것이므로 용기를 낼 수밖에 없다.

몇 해 전 〈매일경제신문〉에 연재했던 소설이다. 힘에 부치는 그 일을 하는 내내, 그리고 다시 원고를 수정한 지금까지 내 몫의 일들을 대신 해주었던 어머니, 남편, 또한 부실한 엄마 밑에서도 잘 자라준 아들 한솔에게 고마운 마음을 전하고 싶다.

그리고, 이 소설을 처음 시작하게 했던 후배, 고(故) 박용수의 영전에 향 하나를 피워 올리는 마음으로 이 책을 놓아주고 싶다.

2002년 새해에, 김이정

물속의 사막

프롤로그

　도로 왼편으로 흐르는 강수면에 짧은 저녁 해가 내려와 눈부시게 빛나고 있었다. 그 반짝임마저 물속으로 가라앉고 나면 강은 곧 먹먹한 어둠에 잠기리라. 막바지 가을바람이 10차선 도로 한가운데로 몰려왔다. 운전대를 쥔 양손에 힘이 절로 들어갔다. 공항 활주로처럼 뻥 뚫린 도로 곳곳에는 부서진 유리 조각들이 흩어져 있었다. 어느 도로에서나 흔히 볼 수 있는 사고의 잔해들이었지만 새삼 가슴 한가운데를 긋듯이 상처를 남겼다. 손에 잡히는 대로 테이프 하나를 밀어넣었다. 록 가수의 공연 실황이었다. 현란한 드럼 반주에 이어 남자 보컬이 시작되자 요란한 환호가 몰려왔다. 차 안은 어느새 가수의 절규와 관중들의 환호로 가득 찼다. 볼륨을 더 높였다. 그러나 선욱은 곧 허물어져 내릴 것만 것은 팽팽한 압박감에서 벗어나지를 못했다. 한 시간 전에 받은 전화 속의 사내 목소리가 계속 되풀이되면서 귓가를 맴돌고 있었다.

“박선욱 씨 계십니까?”

평소보다 더 가라앉아 있다는 생각은 들었지만 문경의 독특한 음색은 금방 표시가 났다. 막 3점 슛을 날리려는 화면 속의 프로 농구 선수에게서 시선을 떼지 않은 채 선욱은 가볍게 대꾸했다.

“이 친구, 술이 덜 깼나?”

말이 미처 끝나기도 전에 다시 목소리가 낮게 이어졌다.

“저는 최문경 씨 동생 되는 사람입니다.”

그제야 선욱은 텔레비전의 볼륨을 줄이고 수화기를 잡은 손에 힘을 주었다. 아무리 형제라지만 목소리가 그토록 똑같다는 게 섬뜩할 정도로 신기했다.

“형님이…… 오늘 오전에…… 죽었습니다…… 교통사고였어요.”

사내의 말끝에 진한 물기가 묻어났다. 보름쯤 전이던가, 새벽 세 시에 걸려온 전화에서 술 좀 마셨다며 낮게 깔리던 문경의 음성도 그랬다. 그는 무슨 말인가를 할 듯하다가 그냥 안부만 묻고 전화를 끊었다. 그때 선욱은 미처 잠기운이 가시지 않은 상태였지만 전화를 끊고 나서 창문을 열어보았다. 문밖에서 꼭 비가 내리고 있을 것만 같았기 때문이었다. 오늘, 그의 동생과 통화를 끝내고 선욱은 창문을 열어보지 않았다. 마른하늘을 확인하게 될까 봐 더럭 겁이 났다.

가수의 거친 고음과 함성이 다시 거세게 몰려왔다. 선욱은 카세트테이프를 와락 빼버리며 오른편 인터체인지로 빠져나왔다. 멀리 텅 빈 벌판 한가운데에 그의 동생이 알려준 병원이 덩그렇게 서 있었다. 흰 건물의 5층 유리창에서 붉은 반사광이 날카롭게 빛났다. 저 낯선 건물 속에 그가 정말 차디찬 주검으로 누워 있다는 것인가.

건물 뒤편의 영안실 입구는 몹시도 어두웠다. 지하 묘지의 입구 같은 길을 선욱은 더듬거리며 내려갔다. 출구를 못 찾은 바람이 영안실 문 앞에서 함부로 흩어졌다. 문을 열자 먼저 울음소리가 몰려왔다. 비명에 가까운 여자의 울음. 잠시 울컥하고 몸속 깊은 곳에서 무언가가 올라왔다. 선욱은 황급히 망자의 이름이 나붙은 안내판을 찾았다.

위에서 세 번째, 그의 이름이 있었다. 최문경. 순간 몸을 조이고 있던 날카로운 긴장이 일시에 허물어졌다. 선욱은 옆에 놓여 있는 나무의자에 주저앉아 담배를 피워 물었다. 그의 이름은 왜 이 더럽고 초라한 곳에서 낯선 이들의 시선 속에 무방비 상태로 노출되어 있는가. 선욱은 황망히 두 개비째의 담배에 불을 붙였다.

문경의 이름이 붙어 있는 문 앞에서 선욱은 머뭇거리며 안을 들여다보았다. 가족들인 듯 대여섯 명만이 넋 나간 표정으로 앉아 있는 썰렁한 실내 정면에서 문경이 웃고 있었다. 그의 삶에 언제 저토록 밝고 환한 시간이 있었던지, 그는 사진 속에서 10월 하늘처럼 투명하게 웃고 있었다. 다리가 휘청였다.

가까스로 선욱은 영정 앞에 섰다. 웃고 있는 그의 사진 앞에서 선욱은 차마 향도 피우지 못한 채 망연히 서 있었다.

"박선욱 씨 되십니까?"

그의 영정 옆에 서 있던 젊은 사내가 멍하니 서 있는 선욱을 향해 물었다. 전화 속의 목소리였다.

"전화드렸던 동생 문호입니다."

금테 안경 속 사내의 눈이 벌겋게 충혈되어 있었다.

"도대체 어떻게 된 일이에요? 이 친구가 왜 여기에 있는 거지요?"

언젠가 문경이 갑자기 당구장으로 찾아와 몸을 가누지 못할 정도로 술을 마신 후 함께 잠을 자고 가던 날 아침이 떠올랐다. 헤어질 때 잠시 손을 잡았다가 곧 뒤돌아서던 그의 주름진 어깨 어디에 죽음의 그림자가 숨겨져 있었단 말인가. 선욱은 무릎을 꺾으며 그의 영정 앞에 주저앉았다. 믿을 수 없는 일이었다.

"그런데 형님을 언제 만나셨습니까?"

영안실 한구석에 마주 앉은 문호가 조심스럽게 물었다.

"두세 달쯤 됐는데…… 갑자기 찾아와서 밤늦게까지 술 마시고 자고 간 적이 있어요."

문호의 지나친 조심성에 긴장하며 선욱은 더듬거렸다.

"혹시, 그때 무슨 얘기가 없었나요?"

"얘기라니요? 무슨……."

말끝이 떨렸다.

"아뇨. 너무 갑작스런 일이라서요……. 사고 상황도 이해하기 힘들고…… 그렇게 텅 빈 도로에서 사고가 났다는 게…… 믿어지지 않아요."

그의 말 속엔 혼란과 의혹이 가득했다. 선욱 역시 혼란에 빠져 버렸다.

"도대체…… 사고 상황을 자세히 좀 말해 봐요."

머릿속에서 거품이 끓어오르는 듯했다.

그때 여자의 날카로운 울음소리가 들려왔다. 가슴속 내장들을 한꺼번에 소금에라도 문지른 듯 자지러지는 소리였다. 돌아보니 방금 들어온 40대 여인이 허리를 접은 채 울고 있었다. 가까운 친척인 듯했다. 여자는 얼굴이 석고처럼 굳어진 채 눈물조차 보이지 않고 있는 문경의 어머니 앞에 쓰러지듯 허물어져 있었다. 옆에 서 있던 검은 얼굴의 남자가 여자를 부축하듯 껴안았다. 그러나 초로의 문경의 어머니는 눈을 부릅뜬 채 허공만 바라보고 있었다. 온몸으로 겨우 버텨내고 있는 자세였다. 선욱은 문밖으로 나왔다. 향불 연기 속에서 웃고 있는 그의 얼굴을 더 이상 바라볼 수가 없었다.

복도는 삼삼오오 짝을 지어서 이야기를 나누는 사람들로 북적거렸다. 선욱도 겨우 빈의자를 찾아 앉았다. 뒤따라 나왔는지 문경의 동생이 선욱의 옆에 와 앉으며 담배를 권했다.

"오전 열 시쯤 자유로에서 사고가 났대요."

방금 전 선욱이 지나온 길 어디쯤이었다. 지금도 수없이 많은 차들이 태연히 바퀴 자국을 내며 지나가고 있을 그 길.

"다른 차와 부딪친 겁니까?"

"아니에요. 그나마 다행인지 다른 차하고 충돌을 하진 않았어요. 차가 별로 없었던 것 같습니다. 더구나 사고 난 곳은 신도시

진입로를 지난 지점이어서 통행량이 많지 않은 곳인데…… 과속이었던 모양입니다. 차가 건너편 차선 바깥 가드레일에 처박혔대요…… 그 자리에서 그만…….”

말끝을 잇지 못하던 문호가 갑자기 벌떡 일어나 복도 저편에서 부축을 받은 채 걸어오고 있는 한 여자에게 다가갔다. 문경의 아내 지원이었다. 지원은 휘청이는 걸음걸이와 달리 감색 바지 정장 차림의 말쑥한 분위기였다. 선욱은 그녀에게 어떻게 말을 건네야 할지 몰라 엉거주춤 일어섰다. 그러나 그녀는 가벼운 목례만 한 채 문호와 몇 마디를 나누더니 곧장 영안실로 들어가버렸다. 망연한 얼굴 속의 눈빛이 낯선 사람처럼 싸늘해 보였다.

“형수님이 워낙 의지가 강한 분이긴 하지만 버텨내기가 힘드실 거예요.”

친한 친구의 아내라곤 해도 선욱은 그녀에 대해서 아는 게 별로 없었다. 문경이 결혼한 이후 그의 집을 방문하거나 집안 행사에 초대되어 만난 것은 고작 다섯 번도 못 되었다. 그때마다 그녀와 진득하게 앉아 이야기를 나눌 기회조차 없었기에 어쩔 수 없이 문경을 통해서 들은 이야기가 그녀에 대한 인상의 대부분이었다. 가냘픈 몸매와는 달리 절제와 균형이 몸에 밴 여자. 아무 말도 없이 지나간 그녀의 뒷모습을 선욱은 당혹스럽게 쳐다보았다.

“사실은…… 동승자가 있었어요.”

문경의 동생은 아주 조심스럽게 이야기를 꺼냈다.

“동승자…… 라구요?”

순식간에 입술이 바싹 말라버렸다. 처음 그의 사고 소식을 들고 나서 곧바로 떠오른 불안감 때문이었다. 황망히 병원에 오는 동안에도 내내 떨쳐지지 않던 불안한 예감.

"혹시…… 최근에 형님에게서 무슨 얘기를 들은 게 없으세요? 사적인 고민 같은……."

문호는 아주 신중하고 냉철한 사람인 듯했다. 함부로 말을 꺼내려 들지 않았다.

"지난번에도 꽤 오랜만에 만난 거였어요. 최근 들어 그 친구가 바쁜 것 같아서 나도 전화만 가끔 했지 자주 만나진 못했거든요. 글쎄…… 평소에도 말이 별로 없는 친구라서……."

선욱은 섣부른 속단을 하지 않으려 애썼다.

"동승자는…… 여잡니다. 그 자리에서 함께 죽었어요. 사실은…… 사고 당일도 형님이 한 열흘 가까이 아무 연락도 없이 잠적해 있던 끝이었다고 합니다."

쌍꺼풀이 진 문호의 눈 끝이 파르르 떨렸다.

순간 선욱은 머릿속이 한꺼번에 모두 녹아버리는 느낌이었다. 두개골은 물론 머릿속 실핏줄 하나까지 모두 뒤섞여 치즈처럼 녹아내리는 기분. 처음부터 끈질기게 달라붙던 예감이 끝내 제 모습을 드러내고 말았다. 여자라니…… 그는 왜 도대체 이토록 혼란스러운 모습으로 가야 한단 말인가.

"어머님과 형수님, 그리고 저만 알고 있는 사실입니다. 어머니도 그렇지만 누구보다도 형수님 충격이 큽니다. 일이 너무 엄청나서 어떻게 해야 할지 모르겠어요. 가능하면 더 이상 알려지지 않았으면 좋겠는데…… 형님과 절친한 분이라서 의논이라도 드리려고 말씀드리는 겁니다. 저는 정말이지 이해할 수 없어요. 왜 갑자기 이런 일들이 벌어지는지……."

문호가 거칠게 머리를 감쌌다. 어깨가 가늘게 흔들렸다. 바싹 마른 그의 몸에 비해 그에게 남겨진 일들이 지나치게 무거워 보였다.

그러나 당혹스러움은 선욱 역시 마찬가지였다. 문경의 삶이 갑자기 거센 폭풍이 되어 몰려오는 느낌이었다. 평범하던 한 남자의 서른아홉 해 생이 갑자기 태풍처럼 몰려오는 기분.

문경과 선욱은 입사 동기였다. 대학을 갓 졸업하고 취직한 직장에서 만나 십 년 넘게 친구로 지내온 터여서 이제 서로에 대해 알 만큼은 안다고 자부하고 있었다. 서로의 꿈이나 좌절, 혹은 의지나 타협 같은 것들.

삼 년 전, 어느 날 갑자기 선욱이 큰 깨달음이라도 얻은 듯 적성에 맞지 않는 직장을 그만두고 시내 변두리에 당구장을 차릴 때였다.

"그냥 이렇게, 가볍고 게으르게 살고 싶어."

이해할 수 없다며 한사코 선욱을 말리던 문경과 함께 개업식 날 어설픈 당구를 친 후 술을 마시던 선욱이 한 말이었다.

"그래, 내 일이 꼭 좋아서라기보다 솔직히 난 너처럼 이렇게 인생을 뒤집어엎을 용기가 없는지도 모르겠다. 아마 앞으로의 내 인생도 지금하고 별로 변함이 없을 것 같다. 평생 숫자나 맞추다가 죽겠지. 어쩌면 난 이렇게 대열을 이탈해 혼자 떨어져 나온다는 게 무서운지도 모르겠다."

문경은 겨우 넥타이 끈을 느슨하게 잡아당기며 중얼거렸었다.

그런 그가 지금 전혀 낯선 모습으로 선욱의 곁을 떠나려 하고 있었다. 선욱은 혼돈스러웠다. 그는 왜 이토록 이른 나이에 혼자 떨어져 나가야 하는지…….

밤이 되자 문경의 빈소엔 사람들이 하나 둘 모여들기 시작했다. 주로 그의 친척들인 듯했다. 사람들은 문경의 영정을 확인하자마자 그의 어머니에게 달려가 눈물부터 쏟아냈다. 가끔씩 동창들 몇이 번개라도 맞은 얼굴로 찾아와 술에 취하기도 했다. 친구의 부음을 듣기엔 아직 이른 나이였지만 그러나 죽음이 단지 먼 시간 밖의 일이 아니라는 사실을 갑자기 의식하게 된 얼굴들이었다. 선욱은 잠시 그들과 어울리다가 곧 밖으로 나와 복도와 영안실 밖 공터를 번갈아 오가며 서성거렸다. 이제 사진 속에서만 존재하는 그의 얼굴을 쳐다보는 것이 힘겨웠다.

문상객들이 거의 돌아간 무렵, 영안실 복도에서 작은 소동이 일어났다. 선욱은 빈소 한구석에서 문호와 소주잔을 마주놓고 있었다. 미처 슬픔에 잠길 새도 없이 경찰서와 영안실을 오가던 문경의 동생이 그제야 겨우 틈이 나 옆에 와서 앉은 것이다. 막 두 잔째의 술잔을 들 무렵 복도에서 웬 사내의 거친 울음소리가 들려왔다. 상가에서야 흔히 있을 법한 일이어서 선욱은 내처 술잔을 입에 털어넣었다. 그런데 소리가 점점 가까워지고 있었다. 긴장한 얼굴로 문호가 갑자기 밖으로 뛰쳐나갔다. 선욱 역시 심상찮은 예감에 그를 따라 복도로 나갔다.

복도에는 셔츠를 풀어헤친 한 사내가 누군가에게 양팔을 잡힌 채 몸부림을 치고 있었다. 어린아이처럼 큰 소리로 울부짖으며 사내는 문경의 빈소 입구에까지 와 있었다. 복도에 나와 있던 사람들이 하나 둘 몰려들자 어디선가 달려온 남자 둘이 끌다시피 해서 사내를 밖으로 데리고 나갔다.

"형님하고 함께 사고당한 여자의 남편이에요."

문호가 녹슨 무쇠 덩어리라도 삼킨 듯한 목소리로 말했다. 선욱은 반사적으로 출입구 쪽을 쳐다보았다. 소동을 듣지 못할 리 없는 문경의 아내, 지원의 모습은 보이지 않았다.

문경과 함께 사고를 당한 여자의 빈소는 복도 바로 건너편에 있었다. 문경의 빈소에서 비스듬히 마주 보이는 곳이었다. 입구 왼쪽 첫 번째여서 드나들 때마다 저절로 시선이 갔지만 늘 문이 닫혀 있었다. 어쩌다 사람이 드나들 때 선욱은 열려진 문틈으로 여자의 사진을 훔쳐보았다. 여자는 깊은 눈매에 긴 머리를 늘어 뜨린 흑백의 얼굴로 어딘가를 멀리 쳐다보고 있었다. 짐작보다 앳된 얼굴이었다.

여자의 빈소엔 문상객들이 거의 오지 않는 듯 좀처럼 문이 열리지 않았다. 그 소동 이후로 선욱은 헝클어진 머리를 한 채 담배를 피우고 있는 여자의 남편을 병원 뒤 공터에서 한 번 더 보았다. 남자는 병원 너머의 빈 들판을 향해 서서 줄담배를 피우고 있었다. 그의 입에서 뿜어져 나온 담배 연기가 안개처럼 남자의 상체를 부옇게 흐려놓았다. 선욱은 그런 남자를 차 안에 앉은 채 한

참이나 지켜보았다.

그리고 젊은 여자 셋과 노인 한 사람, 청년 두 명이 그 문을 드나드는 걸 더 보았을 뿐이다. 그들은 출입을 할 때도 늘 고개를 숙이거나 재빨리 문을 닫아버리곤 했다.

선욱은, 문경은 물론 함께 죽은 여자에 대해서도 가능한 한 어떤 판단을 하지 않으려 애썼다. 아니 할 수도 없었다. 지난번 몹시도 취한 문경이 여자 이야기를 꺼낸 적은 있지만 선욱은 여자는커녕 문경에 대해서도 갑자기 아무것도 알고 있지 못했다는 생각에만 사로잡혀 있었다. 그의 무엇에 대해 알은체를 할 수 있을 것인가. 문경이 처음 보는 사람처럼 저만치 떨어진 채 서 있었고 그 거리는 한 발자국도 좁혀지지 않았다. 그에 대해 알고 있다고 믿었던 것들이야말로 단지 착각에 불과했다는 깨달음만 분명해질 뿐이었다.

문호 역시 마찬가지였다. 그는 형의 갑작스런 죽음에 어떤 내용도 덧붙여지지 않도록 최선을 다했다. 그의 죽음이 스캔들로 사람들 입에 함부로 오르내리지 않도록 했다. 그것은 무엇보다도 문경의 아내 한지원을 위해서인 듯했다. 넋을 잃은 얼굴로 문경을 외면하고 앉은 그녀의 얼굴 위로 언뜻언뜻 싸늘한 분노가 배어 나왔다. 그녀는 조문객들이 위로의 말을 건네도 표시 나지 않게 슬며시 외면을 해버리곤 했다. 슬픔이 들어설 자리조차 없는 표정이었다.

둘째 날이 되자 지원의 분노는 좀더 명확해졌다. 죽은 문경에 대한 원망에 스스로 선을 긋고 싶어하는 듯했다. 그녀는 갑자기 문경의 주검을 화장하기를 원했다. 젊은 나이이긴 했지만 이미 장년에 들어선 문경을 가까운 공원묘지에 묻으려던 그의 어머니는 어리둥절한 얼굴이었다.

"안 된다. 그건 안 돼. 아무리 그래도 어떻게 이렇게 허무하게 떠나보내니……. 애들이 찾아갈 데라도 있어야지……."

사고 첫날부터 이해할 수 없을 만치 견고한 자세로 아들의 죽음을 견뎌내고 있던 그의 어머니가 결국 며느리를 붙잡고 통곡을 했다. 그러나 지원은 단호했다. 노모 앞에 무릎을 꿇은 채 그녀는 한 시간이 넘도록 꼼짝도 하지 않고 앉아 있었다.

"그래라, 네 뜻대로 해라. 내가 또 욕심을 부렸구나…… 몹쓸 자식……."

며느리가 꿇어앉아 있는 동안 이를 문 채 눈물을 참고 있던 문경의 늙은 어머니의 눈에서 홍수 같은 눈물이 흘러내렸다. 밤차로 급히 올라온 문경의 아버지가 몇 발자국 떨어진 곳에서 망연한 자세로 앉아 연신 줄담배를 피우고 있었다. 문경의 어머니에겐 차마 다가가지도 못한 채 간간이 문호가 따라주는 술잔을 받곤 했다.

죽은 지 삼 일째 아침. 문경은 그 소란스러운 영안실을 떠났다. 아니 삼십 분 앞서 그와 함께 죽은 여자가 먼저 그곳을 떠났다. 몇 되지 않는 가족들과 간단한 발인식을 끝낸 여자의 관이 영구차의 컴컴한 구멍 속으로 들어갔다. 그녀의 남편이 마지막으로 영구차에 오르자 차가 곧 떠났다. 선욱은 한구석에서 여자의 마지막 길을 끝까지 지켜보았다.

　문경은 여자를 바로 뒤따라갔다. 묵은 먼지바람이 간간이 몰려오는 검은 벌판을 가로지르며 그들은 나란히 지상의 마지막 거처를 떠나갔다. 동행이 있다는 게 위안이 될까. 선욱은 여전히 혼란에서 벗어나지 못한 채 천천히 그들의 뒤를 따라가기 시작했다.

벗꽃 개화 예상도

1

　　나는 한겨레 신문에 난 벗꽃 개화 예상도를 가만히 들여다보고 있
다. 예년보다 5~10일 먼저 꽃 소식 찾아왔다, 고 한다. 삼촌이 묻힌
대전에는 3월 31일과 4월 5일 사이에 벗꽃이 피겠고 할머니와 아버
지가 묻힌 경기 서해 해상 일대에는 4월 5일이나 4월 10일쯤에 피겠
고 철원 이북은 아직 까마득하다.

—장석남, 〈벗꽃 개화 예상도〉 중에서

　　신문엔 벗꽃 개화 예상도가 나와 있었다. 전국 지도 위에 지역
별로 포물선과 날짜가 그려진 개화 예상도. 예년보다 일주일쯤
먼저 찾아왔다는 올해의 꽃 소식이었다. 서울, 경기는 4월 5일경
부터 벗꽃이 피기 시작할 거라고 예상했다. 언제부터 신문에 이
런 게 실리기 시작했던가. 이현은 1면에 컬러로 인쇄된 남쪽에
핀 벗꽃의 흰 무리들을 오랫동안 들여다보았다. 곧 벌이 날아들

듯 만개한 꽃잎들이었다.

이현은 벚꽃이 실린 신문을 접고 안방으로 들어갔다. 침대 위엔 함부로 벗어던진 성훈의 파자마가 비단뱀의 허물처럼 놓여 있었다. 이현은 파자마를 치우고 두꺼운 커튼까지 닫은 후 침대 속으로 파고들었다. 온몸을 내리누르는 피로감이 몰려왔다. 잠이라도 깊이 잘 수 있으면 좋으련만 불면까지 겹친 몸은 회복의 기미가 보이지 않았다. 농무처럼 짙은 피로감이 며칠째 걷히지 않고 있었다.

이불을 목까지 끌어당기고 눈을 감은 채 차례대로 숫자를 세어보지만 여전히 잠은 쉽게 올 것 같지 않았다. 벼린 낫처럼 날카로운 의식이 좀처럼 누그러질 줄을 몰랐다. 특별히 원인을 찾을 만한 일이 있는 것도 아니었다. 다만 한순간도 집중할 수 없는 불안한 의식과 무거운 육체의 피로가 몸과 마음을 잠식하고 있었다. 감은 눈 너머로 방금 전 신문에서 보았던 흰 벚꽃무리가 떠올랐다. 봄으로 접어들기 시작한 계절의 변화 때문일까. 몸은 황사가 부는 거리처럼 바싹 메마른 데다 팽팽한 신경 줄들이 좀처럼 누그러질 줄을 몰랐다. 이현은 테이블에 놓인 생수를 한잔 가득 따라 마셨다. 물은 어딘가로 순식간에 스며들었지만 여전히 전깃줄처럼 팽팽한 의식과 버석거리는 몸은 달라진 것이 없었다.

이현은 실내복 속으로 가만히 손을 넣었다. 모래 알갱이가 묻어날 듯 까칠한 알몸이 만져졌다. 어느 누구의 손길도 닿은 적이 없는 듯한 불모의 사막 같은 몸. 이현은 천천히 가슴을 쓸어내렸다. 마지못한 듯 게으르게 일어나는 유두와 작은 구릉이 손바닥

아래로 쓸려 지나갔다. 복부가 사막의 평원처럼 메마르게 펼쳐져 있었다. 어디선가 모랫바람이라도 불어올 듯 휑했다. 이현은 낙타의 발자국이라도 따라가듯 천천히 몸을 쓸어내렸다. 음모는 겨울 숲처럼 바싹 말라 있었다.

이현은 눈을 감았다. 막힌 수로라도 뚫는 기분으로 이현은 가만히 몸을 어루만졌다. 어디선가 가는 물길이 솟아났다. 천천히 올라오는 물길. 수은주의 눈금을 하나하나 채워가기라도 하듯 느린 걸음이었다. 얼마나 시간이 지났는지, 마른 숲에 이슬비라도 내린 듯 온몸 구석구석에서 잠든 피톨기들이 깨어나기 시작했다. 겨울 전선처럼 팽팽하던 신경 줄은 조금씩 누그러지고 있었다. 이현은 익숙한 손놀림으로 눈금을 좀더 빠르게 채워가기 시작했다. 어딘가로 새나가기 전에 재빨리 끌어올려야 한다는 조급함이 몰려왔다. 몸이 서서히 부풀어 오르기 시작했다. 눈금이 갑자기 빠른 속도로 올라가고 있었다. 팽팽한 압력이 몰려왔다. 어느 순간 수은주는 붉은 선에서 더 이상 올라가지 않았다. 어디선가 둑이 터진 듯 물줄기가 솟구쳤다. 마른 숲 속에서 새가 날아오르는 파문 같은 가벼운 경련이 두세 차례 몸을 훑고 지나갔다. 머릿속을 결박하고 있던 질긴 줄들이 가위로 싹둑 잘린 채 늘어져 내렸다.

혼자 하는 섹스는 안전하다. 그것이 쾌락이든 고통이든, 예측할 수 없는 요구에 송두리째 몸을 맡겨야 하는 무한대의 욕망을 스스로 통제할 수 있다는 것이 무엇보다 안심이다. 마치 안전장치가 완벽한 폭죽놀이처럼. 어쩌면 그것 때문인지도 몰랐다. 이렇듯 누추함과 쓸쓸함, 외로움의 흔적을 적나라하게 확인하도록 만드는 씁쓸한 여운에도 불구하고 이현이 가끔씩 혼자만의 섹스에 빠져드는 것은 어쩌면 그 안전장치 때문인지도 몰랐다. 그러나 모든 안전선이란 언제나 그 속에 극도의 불안한 경계를 내포하고 있게 마련이다. 아니 어쩌면 그 속에 숨겨진 불안이야말로 끊임없이 안전선을 찾게 만드는 원인인지도 몰랐다.

사람 관계가 가져다 주는 행복이나 불행은 어쩌면 환상이 유지되는 순간까지만 가능한 것인지도 몰랐다. 하여 환상이 깨진다는 것은 결국 앙상한 삶의 잔해만 남겨진다는 것을 뜻할 뿐이었다. 이현은 그 사실을 공교롭게도 결혼 2주년이 되는 날 저녁 성훈과의 술자리에서 깨달았다. 무언가, 길을 잘못 들어섰다는 느낌이 느닷없이 몰려들던 그날 밤.

그날 성훈은 서둘러 퇴근한 듯 일찍 귀가했다. 그의 손에는 잘 포장된 진홍빛 장미 한 다발과 프랑스산 레드와인이 들려 있었다. 세련되고 깔끔한 그에게 잘 어울리는 소품들이었다.

그날 저녁, 성훈이 이현의 잔에 붉고 투명한 와인을 따를 때였다. 이현은 지난해 그가 사 온 똑같은 상표의 술을 올해도 똑같은 잔에 따르고 있다는 것을 발견했다. 아마 내년에도 그의 세련된 매너는 변함이 없을 것이고 특별한 일이 없는 한 해마다 똑같은 장면이 반복되리라.

순간 와인잔을 쥐고 있던 이현의 손끝에서 가벼운 경련이 일어났다. 와인이 흰 식탁보에 쏟아져 붉은 얼룩이 번졌다. 그러자 성훈은 침착하게 일어나 식탁보를 벗겨 물에 담갔다. 그에게선 어떤 감정의 변화도 읽을 수 없었다.

순간 이현은 금단의 한구석을 보아버린 느낌이었다. 지나치게 반짝이는 불빛에 가려져 있던 텅 빈 공간. 몹시도 유연하고 매끄럽게 유지되고 있는 성훈과의 결혼 생활은 마치 세트를 세워놓고 찍은 텔레비전 광고 속의 화면들 같았다.

물론 거기에는 어떠한 환상도 끼어들 만한 틈이 없었다. 세련되고 매끈한 행동과 잘 정돈된 감정에는 어떤 과잉이나 결핍도 들어설 자리가 없었다. 이현은 갑자기 용접으로 밀봉해 놓은 철문 앞에 서 있는 느낌이었다. 애초에 열어보려는 의사가 전혀 없는 문, 아니 문의 모양을 하고 있는 높은 담인지도 모를……. 이현은 막막해졌다. 갑자기 발바닥이 땅에 붙박이는 기분이 들었다. 세련된 매끄러움이란 단단함의 다른 이름인지도 몰랐다.

그날 밤, 성훈의 끈질긴 애무에도 불구하고 이현의 몸은 끝내 열리지 않았다. 차가운 물체가 몸에 와닿는 느낌, 아니 자신의 몸이 어느덧 차가운 물체로 굳어져 버리는 느낌을 끝내 떨치지 못했던 것이다. 갑자기 낯선 곳에 던져졌다는 섬뜩한 깨달음은 눈을 뜬 채 맞은 새벽에 박명처럼 몰려왔다.

아마도 그 무렵부터였을 것이다. 어디선가 눈에 보이지도 않는 것들이 숨을 조여오고 있는 기분이 들 때마다, 아니 그 압력을 견디다 못해 숨이 막혀올 때면 이렇듯 혼자만의 섹스로 겨우 그 위태로운 순간을 넘기기 시작한 것은 아마도 그 무렵부터였을 것이다. 이현은 겨우 혼곤한 잠속으로 빠져들기 시작했다.

쇼핑센터의 지하 주차장을 빠져나오자 한꺼번에 빛이 몰려들었다. 하얗게 몰려든 빛에 시야가 가려졌다. 눈을 몇 번 껌벅이고 나서야 비로소 초점이 맞았다. 일주일에 한 번씩 장을 보러 올 때마다 겪는 일이었다. 이현은 차를 몰아 거리로 나왔다. 아파트와 쇼핑센터, 모델하우스의 도시. 사거리에 이르자 각 건설회사의 모델하우스들이 줄지어 서 있었다. 분양 공고가 나붙은 플래카드가 깃발처럼 펄럭이고 원색의 애드벌룬이 부유물처럼 떠 있는 곳. 애초에 흥이 날 리 없는 축제판은 아침에 가설되었다 저녁도 되기 전에 사라지곤 했다.

몇 번 모델하우스에 가본 적이 있었다. 최신 유행의 벽지와 바닥재, 인테리어 제품들의 전시장 같은 곳. 아늑한 보금자리라고 느꼈던 집과 그곳에서 살고 있는 자신의 삶을 갑자기 한없이 초라하고 남루하게 만들어버리는, 반짝반짝 윤이 나는 모델하우스. 몇 가지 평형의 모델하우스를 모두 둘러보고 나설 땐 이미 몸 가득 풍선처럼 부풀어버린 욕망에 숨이 차오르는 곳. 그리하여 자신의 전생(全生)을 그 아파트에 걸고 싶게 만들기도 하는 곳. 그러나 모델하우스는 결코 집이 아니었다. 한두 달의 분양 기간이 끝나고 나면 어느새 허물어지고 뜯겨져 몇 개의 합판과 각목, 쇠파이프로 분리되어 빈터에 남겨져 버렸다. 이현은 모델하우스가 끝나는 지점에서 갑자기 좌회전을 해 신도시를 빠져나가는 인터체인지로 향했다. 집과는 반대 방향이었다.

자유로는 텅 비어 있었다. 신도시 진입 지점만 지나면 도로는 언제나 한산했다. 오랜만에 나온 길이었다. 긴 겨울을 한 유명 여배우의 에세이 원고를 수정하는 일과 한 달에 하나씩 쓰는 잡지의 길지 않은 인터뷰 기사로 모두 보내버린 터였다.

에세이는 문장이 엉망이었으나 무엇보다 정직한 고백이 감동을 주는 글이었다. 이현은 겨울 내내 그 여배우의 굴곡 많은 인생에 빠져 있었다. 아버지를 비롯한 몇 명의 남자들이 남긴 상처를 담담하게 고백하고 있는 여배우의 처연함이 때론 섬뜩하게 다가오곤 했다. 이현은 자신의 얘기라도 쓰는 듯 몰입해서 원고를 고쳤다. 비록 알맹이만 남겨둔 채 거의 대부분을 새로 써야 하는 일이었지만 글을 고치는 내내 여배우의 목소리가 바로 옆에서 들리는 듯했다. 물론 곧 그 여배우의 '자전 에세이'란 타이틀로 책이 나올 것이었다.

남의 원고를 고치는 일은 늘 아슬아슬했다. 리라이팅이란 결코 자신의 삶을 드러내거나 그 속으로 들어가지 않아도 되는 안전한 글쓰기였다. 글을 쓰고 있다는 착각이 주는 만족감과 누군가의 옷단만 고쳐주면서 단 한 번도 자신의 옷을 입어보지 못하는 구석방의 하녀 같은 선망. 그 사이에서 위태로운 줄타기를 하며 이현은 이 일을 계속해 오고 있었다.

이현은 테이프를 밀어넣었다. 존 레논이었다. 친구 승혜가 지난해 일본에서 돌아오면서 사다 준 존 레논의 전집 중 하나였다. 볼륨을 크게 높였다. 밀폐된 차 안에 음악이 꽉 들어찼다. 이현은 액셀러레이터를 지그시 밟아 속도를 높였다.

자유로웠다. 누구에게도 매이지 않은 상태를 자유라고 말할 수 있다면 이현은 차 안에 홀로 있는 시간이야말로 자유라고 말하고 싶었다. 결혼 직후, 면허를 받고 처음으로 혼자서 성훈의 차를 몰고 나간 이현은 차 안이야말로 누구에게도 방해받지 않는, 자기만의 방이라는 걸 깨달았다. 비록 좁은 공간이었지만 오롯이 혼자일 수 있는 곳. 그 후 이현은 가끔씩 짧은 여행이라도 가는 기분으로 차를 몰고 나가곤 했다. 굳이 경치가 좋은 곳이 아니어도 상관없었다. 어디든 사람들의 방해를 받지 않을 만한 곳을 달리며 상념에 젖거나 한적한 길에 차를 세워놓고 음악을 듣든가 일기를 쓰는 공간. 그때만은 모든 관계들로부터 떠나 오직 자기 자신으로 돌아갈 수 있었다. 따라서 이현에게 차는 단순한 교통수단만이 아니었다. 가끔씩 이렇게 혼자만의 방이 돼주곤 하는 자동차 안에서 이현은 때로 깊숙한 곳에 숨겨놓았던 자신을 만나기도 했다. 그런 이현을 볼 때마다 성훈은 꼭 한마디씩 던지곤 했다.

"왜 그렇게 늘 혼자 다니지?"

그러나 이현은 그에게 굳이 혼자만의 공간에 대해 설명하고 싶지 않았다. 이미 그에게 설명하는 것만으로도 그 공간이 침범당하는 기분이 들기 때문이었다.

하지만 성훈은 누구보다도 너그러운 사람이었다. 반듯하고 안정된 사고와 정서를 갖고 있었고 타인을 위한 배려도 깍듯했다.

그를 처음 직장 동료에게서 소개받았을 때 이현은 그의 그런 태도가 마음에 들었다. 모나거나 치우치지 않은 균형 감각과 절제가 몸에 밴 감정과 이성. 그것은 이현이 갖지 못한 것이었기에 더욱 돋보였다. 걸핏하면 감정 과잉으로 조바심을 치거나 황폐한 자학에 빠져버리는 이현에게 성훈의 그것들은 무엇보다 충분히 안정을 보장해 주는 것이었다. 이현은 그를 만난 지 6개월 만인 서른 살에 서둘러 결혼을 했다. 안정된 미래가 확실히 보장된 보험에라도 드는 기분이었다.

성훈 역시 이현의 그런 마음을 모르지 않았다.

"당신을 사랑한다는 확신은 없어. 그러나 당신을 믿어."

이현이 자신 없는 말투로 이렇게 얘기할 때마다 그는 얼굴 표정 하나 바꾸지 않고 말하곤 했다.

"사랑이란 신기루 같은 거야. 그런 불확실한 것에 자기를 거는 것보다는 서로에 대한 신뢰나 성실성에 미래를 거는 게 현명한 선택이야."

그는 자신의 말대로 결혼 오 년이 된 지금까지 신뢰를 해치거나 성실성을 의심받을 만한 일을 한 번도 하지 않았다. 늘 자기 삶에 충실했으며 무엇보다 가족을 소중하게 생각했다.

성훈의 유난한 가족애는 그의 부모로부터 물려받은 것이었다. 십 년이 넘도록 초등학교 교장으로 있다가 퇴직한 그의 아버지와 반신불수의 시어머니를 오 년 이상 한결같이 수발하다가 저승으로 보내드린 후 효부상을 받은 그의 어머니를 성훈은 누구보다도 존경했다. 마지막 일 년은 치매까지 와서 걸핏하면 옷에 똥오줌을 묻히곤 하던 시어머니에게 눈살 한번 찌푸리는 일 없었다는 그의 어머니의 이야기는 이미 집안의 전설이 되어 친척들이 모이는 자리면 으레 몇 번씩 되풀이되곤 했다. 이현은 그 얘기를 들을 때마다 보이지 않는 무언의 압박감에 가슴이 무거워지곤 했다. 하지만 단 한 번도 성훈에게조차 내색을 할 순 없었다. 명백히 선

(善)으로 인정된 가치들은 단 한 치도 불온한 틈을 허락하지 않는 법이었다.

그렇다고 성훈이 이현에게 자신의 어머니와 같은 삶을 요구하는 것은 아니었다.

"달라진 시대에는 달라진 모성이 필요한 법이야. 현대의 어머닌 자기 아이에게 자신의 삶을 열심히 살아내는 모습을 보여줘야 해. 아이들은 자기 부모가 사는 것을 보며 배우는 법이거든."

그런 만큼 성훈은 이현에 대한 배려가 많은 사람이었다. 이현이 반복되는 육아와 살림에 지쳐 있을 땐 먼저 나서서 아이를 놀이방에 맡기도록 했으며, 말이 프리랜서지 리라이팅이나 지명도 낮은 잡지 등에 비중 없는 기사를 쓰는 일에 불과했지만 이현의 일에 적극적인 지원을 아끼지 않았다. 그는 무엇보다도 일에서 얻는 성취감이야말로 삶에 생기를 불어넣는 약이라고 믿는 사람이었다.

그러나 이현은 가끔씩, 성훈의 이런 세심한 배려와 흠잡을 데 없는 성실성이야말로 자신을 숨 막히게 만드는 덫일지도 모른다는 의혹에 빠져들곤 했다. 명백히 옳은 가치들로 무장한 채 상대방에게도 엄격히 요구하는 가차 없는 단호함들. 하지만 이런 의혹이야말로 다른 사람은 물론 자신마저도 충분히 설득해 내지 못할, 단지 투정에 불과하다는 걸 누구보다도 이현은 잘 알고 있었다.

이현은 속도를 줄인 채 창밖을 힐끔거리며 달렸다. 벚꽃 개화 예상도가 예고하듯이 아직 벚꽃은 피기 전이었지만 도로 주변의

논둑에 벌써 파릇한 풀포기들이 돋아났고, 나무들은 연록의 잎사귀들을 세상 밖으로 내보낼 준비를 모두 마치고 있었다. 어쩌다 눈에 띄는 노란 좁쌀 같은 산수유 꽃이 언뜻언뜻 보이기도 했다.

이현은 갑자기 길가에 차를 세우고 밖으로 나왔다. 출판문화단지 부지라는 팻말이 꽂혀 있는 넓은 공터에 비행기 날리는 사람들이 보였기 때문이었다.

공터에는 평일임에도 불구하고 세 사람이 비행기를 날리고 있었다. 대학생들인 듯했다. 하늘에는 두 대의 모형 비행기가 날고 있었다.

이곳에서 자주 볼 수 있는 풍경이었다. 특히 휴일이면 이곳은 작은 비행장이 되곤 했다. 무선으로 조정하는 작은 모형 비행기.

처음 이곳을 지나가다 무심코 차를 세우고 본 풍경은 이해하기가 힘들었다. 아이들이나 날릴 법한 작은 비행기를 향해 청년들은 물론 4, 50대는 족히 돼 보이는 사람들까지 조정기를 든 채 하늘로 고개를 빼들고 비행에 열중해 있었기 때문이다. 대부분 차를 세워놓고 몇 시간씩 비행기를 날렸으며 어떤 사람은 취사도구와 레저용 의자까지 갖다 놓고 하루 종일 진을 치기도 했다. 그후로 몇 번 더 구경을 했고 가까이서 보니 비행기는 실물처럼 매우 정교하고도 복잡한 것이었으며 아이들이 조정하기에는 어려운 것이었다. 그 호기심이 얼마 전 잡지사의 편집장에게 이번 인터뷰는 모형 비행기 날리는 사람을 해보자는 제안을 하게 만들었다. 남다른 취미를 가진 사람들과의 인터뷰 기사가 이현이 맡고 있는 일이었다.

"모형 비행기란 결국 날고 싶은 욕망이겠지요."

남자는 어렵게 마주 앉은 자리에서 그렇게 말했다. 날고 싶은 욕망이라고. 한순간도 땅에서 발을 뗄 수가 없는 인간의 욕망. 중력이 소멸되지 않는 한 인간은 절대로 땅에서 벗어날 수 없을 것이며 그 힘에 저항하는 수직의 욕망 또한 포기할 수 없으리라. 모형 비행기는 욕망인 동시에 저항인지도 몰랐다.

남자를 처음 만난 것은 일주일 전이었다. 오후 두 시쯤, 늦게야 책상에 앉게 된 이현은 메모지를 들고 앉아 전화번호를 쳐다보았다. 최문경. 오랫동안 모형 비행기를 날려왔다는, 이번 달 인터뷰 기사의 인물이었다. 인터넷 동호회에서 정보를 얻은 취재원이었다. 국번으로 보아 서울 시내 한복판쯤인 듯했다.

낯선 사람에게 전화 거는 일은 아무래도 쉽게 익숙해지지 않았다. 이현은 크게 한 번 심호흡을 한 후 전화번호를 눌렀다. 여자의 경쾌한 음성이 들려왔다. 잔뜩 긴장해 있던 몸이 조금 누그러지는 느낌이었다. 안심이 된 이현은 조심스럽게 메모지에 적힌 이름을 찾았다.

"실례지만, 누구시라고 전해 드릴까요?"

어느 직장에서나 흔히 들을 수 있는 말이었지만 상냥한 여자의 말투에도 불구하고 이현은 어쩐지 보이지 않는 경계선이 느껴졌다. 함부로 전화를 바꿔주지 않는 몸에 밴 예절이었다.

"잡지산데요."

이현은 하는 수 없이 잡지사를 둘러댔다. 소속감이 없는 곳의 이름은 늘 낯설기만 했다.

"최문경입니다."

잠시 후 낮고 습기 찬 남자 목소리가 들려왔다. 여자의 음성과는 대조적이었다. 짙게 낀 안개 너머의 사람처럼 연상이 쉽지 않은 음성이었다.

이현은 깊은 심호흡으로 긴장을 잠시 누그러뜨리고 나서 재빨리 용건을 말했다. 동호회에서 소개를 받았다는 말도 정중히 덧붙였다.

"그런 일이라면 다른 사람을 알아보시는 게 좋을 것 같군요. 저는 할 말도 없고 하고 싶지도 않습니다."

남자의 반응은 지나치게 단호했다. 더 이상 설득해 볼 엄두조차 나지 않는, 단호한 거절이었다. 예상치 못한 반응이었다. 지금까지 대부분의 사람들은 쉽게 취재에 응했고, 어쩌다가 지나치게 겸손해서 거절을 하는 경우가 있었을 뿐 이토록 단호하게 거절하는 사람은 처음이었다. 이현은 당황했다. 하지만 그렇다고 포기할 수도 없는 일이었다. 이현은 남자에게 다시 한 번 정중히 요청했다.

"하고 싶지 않다고 말씀드린 것 같은데요. 바빠서 이만 실례하겠습니다."

남자는 곧 수화기를 내려놓을 태세였다.

"잠깐만요!"

슬며시 오기가 치솟은 이현은 급히 목소리를 높였다.

　이현은 집을 나섰다. 오후 세 시. 아직 퇴근 시간은 좀 남았지만 더 지체하다간 남자를 만나지 못할지도 몰랐다. 단호하게 전화를 끊어버린 남자. 그는 잠깐만요, 하던 이현의 말을 미처 듣지 못했는지도 몰랐다. 실제로 말이 끝남과 거의 동시에 전화기의 단절음이 들려왔었다.

　그러나 이현은 전화기를 내려놓고도 한참 동안을 그대로 앉아 있었다. 남자의 단호한 거부 반응에 오기도 생겼지만 한편으론 갑자기 막막해졌기 때문이었다. 이번 잡지사는 지난번까지 일하던 곳의 편집장이 소개한 데였고 일을 시작한 지 석 달도 채 되지 않았다. 독특한 취미를 가진 마니아들의 인터뷰를 시작한 지 세 번째였으며, 이번은 처음으로 이현이 선정한 소재였다. 게다가 지금까지 잡지사 측에서 인물을 선정해 섭외까지 해주던 것을 이번엔 이현이 직접 하기로 된 것이다. 그 첫 인터뷰가 거절당하리란 예상은 전혀 하지 못했다. 무엇보다도 편집장인 박미경의 가시 박힌 시선을 의식해서라도 이현은 이 일을 잘해 내고 싶었다. 지금까지의 인터뷰 기사도 이현은 토씨 하나까지 몇 번씩 낭독해 읽으면서 문장을 고치고 내용을 첨삭하곤 했다.

　처음 이현이 기사를 써 갔을 때 박미경은 원고를 다시 써 오라며 퇴짜를 놓았다. 인터뷰 기사란 무엇보다 취재원에 대한 정확한 정보와 사실성이 생명이라는 게 이유였다. 이현의 인터뷰 기사는 지나치게 글쓴이의 주관적 인상과 평가로 일관한다는 것이었다. 이현은 화가 났다. 인터뷰란 무엇보다도 사람과의 만남이라는 게 이현의 생각이었다. 그 만남을 통해 얻은 것들을 쓰려면 당연히 주관적 인상과 평가가 중요할 수밖에 없었다. 상대에 대한 정보 수준이라면 굳이 인터뷰를 할 것도 없었다. 그런 것은 직접 만나지 않더라도 다른 방법으로 얼마든지 취재를 할 수 있는 일이잖던가. 이현은 박미경에게 충분히 자신의 의도를 설명한 후 원고는 다시 보겠다며 들고 와버렸다. 정 받아들일 수 없다면 하는 수 없다는 생각이었다.

이틀 뒤 박미경에게서 전화가 왔다. 취재원에 대한 약간의 정보를 더 추가해서 원고를 수정해 달라는 내용이었다. 원고를 읽어본 부장의 뜻인 듯했다. 그 후로도 박미경은 까다롭게 구는 건 여전했다. 여성지로 시작해 이러저러한 잡지기자 경력 십 년이 넘는 그녀가 이현을 못마땅해하는 건 당연한지도 몰랐다. 가정을 꼭 움켜쥔 채 적당히 자기 일까지 탐을 내는 욕심 많은 여자들, 권태를 이기지 못해 헬스클럽에라도 나가는 기분으로 일을 하는 여자들……. 이현은 박미경의 경멸 어린 시선과 싸우느라 원고를 넘길 때마다 몇 번씩 다시 읽어보곤 했다. 아무리 다짐을 해도 미혼의 여자들과 부딪칠 때마다 자신도 모르는 사이에 주눅이 드는 건 쉽게 고쳐지지 않았다.

유난히 낯가림도 심한 편인 데다가 틀에 박힌 인터뷰를 벗어나 보겠다는 나름대로의 각오 때문에 일은 예상보다 쉽지 않았다. 무엇보다도 짧은 시간 동안 상대의 마음을 열기가 어려운 일이었다. 그런데 첫 번부터 이런 난관에 부딪히리란 건 전혀 예상치 못한 일이었다. 그렇다고 대안을 마련해 둔 것도 없었다. 삼십 분 동안이나 책상에 앉아 있던 이현은 다시 남자의 사무실에 전화를

걸었다. 여직원에게서 사무실이 광화문 세종문화회관 뒤쪽에 있
다는 걸 확인한 후 서둘러 집을 나섰다.

사무실은 새로 지은 고층빌딩들 사이에 끼어 있는 작고 허름한
6층짜리 건물의 5층에 있었다. 노크를 하고 문을 열자 20대 후반
의 남자 한 명과 전화 속의 목소리인 듯한 긴 생머리의 여자가 동
시에 이현을 쳐다보았다. 생머리 여자가 흘러내린 앞머리를 넘기
며 상냥하게 용건을 물어왔다.
"최문경 씨 좀 뵈러 왔습니다."
이현은 20대 후반쯤으로 보이는 남자를 곁눈으로 쳐다보며 대
답했다. 30대 후반이라고 들었는데, 그는 아무래도 너무 젊어 보
였다.
"사장님 지금 안 계시는데요."
최문경이라는 남자는 사장인 모양이었다.
"아까 전화드렸던 잡지사에서 왔는데요, 언제쯤 들어오실까
요?"
이현은 다시 난감해져서 물었다.
"은행에 가셨으니까 그렇게 늦게 오시지는 않을 거예요."
시계를 보니 네 시가 넘어 있었다.
"여기서 좀 기다려도 될까요?"
이현의 낙담한 표정 때문인지 여자는 흔쾌히 허락을 한 후 커
피를 한 잔 내왔다. 이현은 그제야 사무실을 둘러보았다. 두 사람
이 앉아 있는 책상과 회의용 원탁, 그리고 이현이 앉은 소파가 작

은 사무실 안에 깔끔하게 배치돼 있었다. 구석에 칸막이를 지른 곳이 아마도 사장인 최문경의 방인 듯했다.

이십 분쯤 지나자 문이 열리고 한 남자가 들어왔다. 조금 큰 편인 키에 마른 체구의 남자가 고개를 숙인 채 들어섰다.

순간, 타인을 의식한 어떤 긴장도 배어 있지 않은, 무심코 내려앉은 남자의 어깨가 시선에 잡혀왔다. 이현은 돌연 팽팽한 긴장감을 느끼며 소파에서 일어나 남자를 똑바로 쳐다보았다.

전화에서 그토록 단호하던 남자는 잠시 난감한 표정이더니 이현을 자신의 방으로 들어오게 했다.

"이렇게까지 하실 일은 아닌 것 같은데요."

마주 앉은 남자는 담배를 피워 물었다. 창을 등지고 앉은 남자의 얼굴에 옅은 그늘이 드리워져 있었다.

"제겐 중요한 일이고 이렇게라도 해야 하는 일입니다."

이젠 이현이 단호해져 있었다.

"아니 그 일이 중요하지 않다는 게 아니라 사람을 잘못 선택하셨다는 말입니다. 전화로 얘기했듯이 전 할 말이 없습니다."

말하고 싶지 않다던 그의 단호한 태도는 많이 누그러져 있었지만 거부 반응은 여전했다.

"비행기가 자기 자신과 동일시될 만큼 그렇게 중요한가 보지요?"

순간 왜 그런 말이 튀어나왔는지 이현은 쉽게 설명할 수 없었지만 아무래도 처음 만난 사람에겐 당돌하게 들릴 게 뻔한 얘기였다.

남자는 금세 당혹스러운 표정이 되었다.

"하지만 제가 취재하려는 것은 비행기를 날리는 최 선생님일 뿐이지 그 이상은 아닙니다. 그렇게 경계하지 않으셔도 될 거예요."

자신도 모르게 말이 먼저 튀어나오는 기분이었다. 그러면서도 이현은 남자에게 왜 이토록 당당한지 이해할 수 없었다. 처음 보는 사람에게 왜 이렇게 공격에 가까운 말을 거침없이 내뱉고 있는지……. 더구나 이현은 어떻게 해서라도 그를 설득해 취재를 해야 하는 입장이 아니던가.

남자가 두 개비째의 담배에 불을 붙였다.

"이상하군요. 왜 내가 이렇게 야단맞고 있는 기분인지……."

담배를 마저 다 피운 남자가 애써 가볍게 웃어 보였다. 그러나 곤혹스러운 표정은 감춰지지 않았다. 이현은 그제야 자신이 지나치게 흥분해 있다는 걸 깨달았다.

"죄송합니다. 제가 주제넘은 짓을 한 것 같군요."

이현은 혼란스러웠다. 들고 있던 실타래가 갑자기 뒤엉켜버린 느낌이었다. 이현은 탁자에 놓여 있던 물을 단숨에 마셨다.

하지만 생각해 보니 긴장은 남자와의 첫 통화 때부터 시작된 것 같았다. '최문경입니다' 하고 귓가를 울리던 낮고 서늘한 음성, 그러나 결코 낯설지 않았던…….

남자에게서 처음 느꼈던 이상한 긴장감은 어쩌면 지나치게 방어적인 그의 태도에서 비롯된 것인지도 몰랐다. 굳이 숨기려 해도 어쩔 수 없이 자기 세계를 강하게 드러내 보이고야 마는 사람들이 흔히 갖기 쉬운 경계심이었다. 누군가 자신의 세계를 기웃

거리기만 해도 단호히 벽을 쳐버리는 사람들. 남자 역시 온몸으로 그 벽을 드러내고 있었다. 그를 처음 보는 순간, 아니 그보다 먼저 전화통화에서 일었던 팽팽한 긴장은 결국 그것이었는지 몰랐다. 견고하고도 완강한 한 세계 앞에 섰을 때 일어나는 참을 수 없는 호기심과 온몸을 조여오는 긴장감, 혹 그것은 아니었는지……. 이현은 당혹스런 얼굴로 다시 한 번 남자를 쳐다보았다.

"아무래도 제가 무례했던 것 같습니다. 사과드릴게요."

이현은 황망한 얼굴로 남자에게 사과했다. 왜 그토록 예민한 반응을 함부로 내 보였던 걸까. 이현은 그 자리에서 벌떡 일어나고만 싶어졌다.

"아니, 괜찮습니다."

짧은 침묵이 흐르고 남자의 마른 목소리가 이어졌다.

"제가 지나쳤던 것도 같습니다. 사람만 보면 무조건 경계부터 하고 보는 제 나쁜 습관 때문에 별것도 아닌 일에 까다롭게 굴었군요. 괜찮다면 그냥 하지요."

남자가 이현을 똑바로 바라보고 있었다. 더 이상 당황하거나 곤혹스러운 표정은 아니었다. 애써 가볍게 웃어 보이기까지 했다.

그러나 이현은 남자와의 자리가 불편하기만 했다. 남자를 보고 있는 혼란스러운 시선이 여전히 정리되지 않았기 때문이었다. 고개를 숙인 채 가방 끈만 만지작거리고 있는 이현을 보며 남자가 몸을 일으켰다.

"여긴 사무실이니 나가서 얘기하는 게 좋을 것 같군요."

일어서는 남자의 어깨너머로 모형 비행기와 글라이더가 하늘로 곧 날아오를 듯한 자세로 나란히 놓여 있었다.

남자를 따라간 곳은 근처의 레스토랑이었다. 남자는 곧바로 구석 창가 자리로 안내했다. 시내 한가운데답지 않게 조용하고 아늑한 곳이었다.

"괜찮지요?"

남자는 어느새 제법 친밀한 사이에서나 나올 법한 말투가 되었다. 이현은 말없이 그런 남자를 바라보고만 있었다.

"이제 정식으로 인사합시다."

남자가 내민 명함엔 '화인상사 대표 최문경'이란 글자가 선명했다. 이현도 그제야 가방 속을 뒤져 겨우 명함 한 장을 찾아 어정쩡한 자세로 남자에게 건넸다.

그는 언제 그토록 사람을 경계했던가 싶게 여유 있어 보였다. 이현 역시 그런 그를 보며 조금씩 편안해졌다. 주문한 커피가 오기도 전에 남자는 어느새 비행기 속으로 빠져 들어갔다.

"십 년이 훨씬 넘었군요. 취직해서 첫 월급을 받은 날 처음 비행기를 샀으니까요. 물론 비행기에 관심을 가진 건 훨씬 전이긴 하지요. 대학 때 외국 잡지에서 우연히 보고 반했거든요. 하지만 실제로 날리기 시작한 건 직장생활을 하면서부터였지요. 가난한 대학생에게 비행기는 그림의 떡이었을 뿐이니까요. 첫 비행기를 한 주 내내 조립해서 드디어 공중에 띄웠을 때 그 기분은 지금도 생생해요. 내 몸이 함께 떠오르는 느낌이었으니까요. 근데 얼마 못 날리고 그날로 부서뜨리고 말았는데 참 허탈했어요. 그런데도 부서진 잔해들을 챙겨 다시 조립하고, 날리고, 또 부서지고…….
그게 다예요. 뭐 특별할 것도 없죠.”

왜 그토록 그는 비행기에 빠져들었던 것일까?

“모형 비행기란 결국 날고 싶은 인간의 욕망이겠지요. 그 장난
감 같은 걸 날릴 때마다 나는 내 몸이 이 지상을 가볍게 날아오르
는 착각 속에 빠져버립니다. 실제로 비행기가 땅으로 곤두박질칠
땐 내 몸이 추락하고 부서지는 느낌이에요. 그런데 가끔은 그런
생각도 들어요. 욕망이라고 말하지만 어쩌면 도피인지도 모른다
고요. 아니면 그나마 현실을 완전히 벗어나지 않게 해주는 안전
장치인지도 모르지요. 공중에 떠 있다가도 무사히 땅으로 되돌아
오는 비행기를 보면서 그런 생각이 들 때도 있어요. 안심이 되는
거지요. 물론 가끔은 기류를 따라 공중으로 사라져버리는 비행기
도 있지만…….”

그의 말은 어느새 어지러운 꿈처럼 눈앞에서 현란한 춤을 추고
있었다. 하늘과 땅을 오가는 상승과 하강.

주문한 커피가 오자 그는 갑자기 관 뚜껑이라도 닫듯이 말을
멈추었다. 고개를 숙인 채 커피잔을 드는 그의 어깨가 순식간에
정적에 휩싸였다. 결코 누구도 허용하지 않을 듯한, 오직 혼자만
의 완강한 자세. 처음 그에게서 보았던 모습이기도 했다.

“결혼은 하셨나요?”

오랜 침묵 끝에 갑자기 이현의 입에서 튀어나온 물음이었다.
그는 이미 서른아홉이라고 자신의 나이를 밝혔고, 마른 체격이어
서 나이보다 젊어 보이기는 했지만 미혼의 분위기는 결코 아니었

다. 그럼에도 불구하고 결혼 여부를 물은 것은 그의 그 완강한 자세 때문이었다. 하오의 해를 등지고 있는 그늘진 실루엣은 누구도 닿아본 적이 없는 듯 서늘해 보였다. 그는 고개를 끄덕이며 짧은 웃음을 머금었다. 미소인지 냉소인지 잘 구분이 가지 않는 웃음이었다.

"혹 괜찮으면 맥주 한잔 하시겠습니까?"

정적이 지나치게 무거워진다는 느낌이 들 무렵 이현은 갑자기 남자에게 제안했다. 그제야 그는 고개를 들어 멀뚱한 얼굴로 이현을 쳐다보았다.

"그러지요."

황급히 거미줄을 걷어내는 듯한 그의 대답을 들으며 이현은 잠시 놀이방에서 엄마를 기다리고 있을 아이가 마음에 걸렸다. 아무래도 성훈에게 전화를 하는 게 나을 것 같았다.

무엇보다도 남자와의 자리가 어색해지고 있었다. 단순한 취재도 아니고 그렇다고 친한 지인처럼 속을 터놓는 것도 아닌…….술이라도 한잔 들어가면 좀 자연스러워질 것 같았다. 곧 맥주가날라져 왔고 이현은 그의 잔에 거품도 없이 한 잔을 가득 따랐다.

"예상치 못한 이상한 술자리군요."

"사는 게 원래 예상치 못한 일들의 연속 아닌가요?"

이현은 될 수 있는 한 가볍게 대꾸했다. 자꾸만 끌어내리는 듯한 무게를 어떻게든 줄여보고 싶었다. 역시 가볍게 잔을 부딪쳤다. 조용한 실내에 유리잔 부딪치는 소리가 투명하게 울렸다. 유리잔에 금세 물방울을 만들어내는 차가운 맥주가 순식간에 몸속 어딘가로 스며들었다. 손가락의 움직임이 눈에 훤히 보이는 듯한 기타 선율이 레스토랑 안을 물처럼 흐르고 있었다.

"서이현 씨라고 했나요? 정말 이상하군요. 아까부터 취재가 아니라 자꾸만 취조를 당하고 있는 느낌이 드는 게……."

거푸 두 잔의 맥주를 마신 남자가 입을 열었다. 이상하다는 말을 연이어 두 번씩이나 하고 있었다.

"담이 너무 높아서 아무것도 보이지 않은 까닭이겠지요."

이현은 남자의 말을 가볍게 받아넘기며 맥주잔을 내려놓았다.

"담 타넘기가 특기인가 보군요."

"네, 저는 높은 담만 보면 허물어버리거나 기어오르고 싶은 충동이 일어요. 담이 견고할수록 충동은 더 크지요. 물론 담이 없는 곳에서는 한가롭게 산책을 즐기는 걸 누구보다 좋아하지만요."

이현은 장난스레 남자를 쳐다보았다. 그 역시 이젠 어지간히 긴장이 풀린 얼굴이었다.

"그런데 잘 모르고 계신 것 같군요. 담만 넘었다고 해서 집을 알 수 있는 건 아니죠. 집이란 원래 많은 벽과 문으로 이루어져 있으니까요."

남자가 이현의 잔에 다시 술을 채우며 말했다.

"걱정 마세요. 제가 궁금한 것은 담장 안까지니까. 굳이 문을 열고 집 안까지 엿볼 생각은 없어요."

"그렇다면 안심이군요."

남자의 얼굴에 다시 서늘한 그늘이 드리워졌다. 결코 부서지지 않을 탄탄한 울타리라도 둘러쳐진 모습이었다.

마주 보이는 벽에 걸린 시계가 눈에 들어왔다. 다섯 시 삼십 분을 넘어서고 있었다. 성훈의 퇴근 시간이 삼십 분밖에 남지 않았다.

이현은 곧 성훈에게 전화했다. 조금 늦어지니까 퇴근길에 아이를 데리고 와달라고 부탁했다. 하지만 성훈은 이사하고 저녁 약속이 있다고 했다. 하는 수 없는 일이었다. 차장이 된 지 일 년이 지난 성훈은 이사의 손발처럼 움직이고 있었다. 입사 후부터 줄곧 빠른 진급을 해 40대 중반의 나이에 이사가 된 그는 성훈이 자기 삶의 모델로 삼은 인물이었다.

"어떡하지요? 결정적인 자백도 받지 못했는데 취조를 중단해야 할 것 같으니."

이현은 애매한 웃음을 지어 보였다. 아무래도 아쉬움이 남는 자리였다.

"다행이군요. 이쯤에서 끝난다니. 이젠 면죄부를 받아도 되겠지요?"

"그렇게 쉽게 면죄부를 드릴 수는 없지요. 비행기 날리러는 언제 가세요? 현장을 한번 보고 싶은데요."

"비행이야 주말마다 거의 빠지지 않지만 그날까지 취조받는 기분은 달갑지 않은 일이군요."

이현은 먼저 일어섰다. 남자는 낮술의 흔적이 가라앉을 때까지 좀더 앉아 있겠다며 가볍게 목례를 보냈다.

"비행기를 날리다 보면 보이지 않는 길들을 읽을 수가 있어요. 말하자면 허공에 나 있는 길들이지요. 기압이나 기류, 바람……

이런 것들이 공중에서 길을 만들어내거든요."

돌아오는 전철 안에서 물끄러미 밖을 내다보고 있던 이현은 문득 남자의 말을 떠올렸다. 사위어가는 하늘 한가운데에 언뜻 희미한 길 하나가 나타났다가 곧 사라졌다.

허공의 길

　이상한 여자였다. 굳게 닫혀 있던 빗장을 단숨에 풀어버리기라
도 할 듯 거침없이 들어오는 여자. 문경은 여자가 나가고 난 뒤에
도 삼십 분쯤 더 앉아 있다가 사무실로 돌아왔다. 취한 것은 아니
었지만 술기운으로 불그레해진 얼굴을 가라앉히느라 커피를 한
잔 더 마시고 일어섰던 것이다.

　"김철민 씨는 거래처 들렀다가 바로 퇴근한다고 나갔고요, 박
선욱 씨 전화 왔었는데요."

　들어서는 문경에게 정은숙이 재빨리 보고하며 자리에서 일어
섰다. 퇴근 준비를 마치고 문경이 들어오기만 기다리고 있었던
듯했다. 약속이라도 있는 모양이었다.

　정은숙이 나가자 문경은 박선욱의 전화번호를 눌렀다.

　"이 사람이, 발에 땀이 나도록 뛰어다녀도 어려운 판에 어디 손
님하고 나갔다면서 이렇게 오래 있다가 들어와?"

과장된 농기가 몸에 밴 박선욱의 말투는 늘 변함이 없었다.

"그러는 넌 왜 바쁜 사람한테 전화질이나 하고 그래?"

문경도 선욱의 말투를 흉내내 보았다.

"어이구, 바쁘셔? 안 되겠네. 블루에서 전화 왔길래 모처럼 행차해 보려고 했더니, 혼자 가야겠구먼."

용건은 '블루'에서 만나자는 것이었다. 보름 전에 만났으니 지금쯤 한번 볼 때도 되긴 했다. 가끔씩 일없이 만나는 유일한 친구였다.

"알았어. 너 볼 시간은 없어도 우리 애인은 보러 가야지. 한 시간 후에 갈 거니까 넌 오지 마."

술기운이 남아 있을 리도 없는데 문경은 왠지 들떠 있는 기분이었다. 술 마실 일이 이어지는 날이었다. 낮에 은행에 들러 지점장으로 있는 선배에게서 대출 약속을 받았기에 그나마 이렇게 술약속도 편히 할 수 있었다. 시작한 지 일 년도 안 된 사업이 고전을 면치 못하고 있었다. 가는 줄 하나를 의지한 채 어딘가에 매달려 있는 기분이었다.

문경은 천천히 도로변으로 걸어나왔다. 그러나 차를 잡지 않고 내처 걷기 시작했다. '블루'는 서소문 뒷골목 후미진 곳에 있었다. 천천히 걷는다면 이십 분 정도 걸릴 것이다. 봄 햇살이 따뜻했지만 저녁이면 아직은 서늘했다. 걷기에는 적당한 날씨였다.

"야, 드디어 찾았다. 단골 술집 말이야. 개업한 지 얼마 안 된 카페인데 주인 여자 분위기가 범상치 않아."

처음 '블루'를 발견한 선욱이 문경에게 와서 들뜬 목소리로 떠들었던 게 벌써 사 년 전이었다. 그날로 선욱에게 끌려가기 시작해 벌써 사 년째 드나드는 집이었다. 소박하면서도 편안한 카페 분위기도 분위기였지만 사 년씩이나 지치지도 않고 다닌 건 주인인 은영 때문이었다. 전문대 도안과를 졸업하고 팔 년간 직장 생활을 했다던가. 그동안 고스란히 모은 돈으로 카페를 차렸다는 말을 들었을 때 문경은 어이가 없었다. 대학교 주위에나 있음 직한 카페를 서울 한복판에 차려놓고 무심한 얼굴로 앉아 있는 여자, 은영은 도시 한가운데에 그 열댓 평 공간을 차지하고서 섬처럼 숨어 있었다. 곧 해류에 휩쓸려 사라져버릴 듯하지만 언제나 또 그곳에서 작은 점으로 존재하는 섬. 문경은 자주 그 섬에서 위안을 얻곤 했다.

여닫을 때마다 작은 은종이 맑은 소리를 내는 '블루'의 문소리는 여전했다.

"이렇게 박 선생님을 불러내야 겨우 오시네요."

은영의 얼굴에 반가움이 숨김없이 드러났다.

"은영 씨가 부를 때까지 기다리느라 혼났는데요."

그런 문경을 보며 은영이 가볍게 눈을 흘겼다.

"아무래도 애인을 바꿔야 될까 봐요. 이렇게 휴가병 기다리듯 해서야 어디 애가 타서 견디겠어요?"

문경은 스탠드 앞에 걸터앉으며 은영을 쳐다보았다. 은영은 한 달 전보다 더 야위어 있었다.

한 달 전 그날, 자정이 넘어 카페 문을 닫고 술을 마시다가 문득 "우리 섹스할까요?" 하고 은영은 물었었다. 만난 지 오 년이 넘었다는 그녀의 남자 이야기를 하던 끝이었다. 오 년간 만나오던 남자는 일 년 전 돌연 절로 들어가버렸다고 했다. 올해쯤 결혼할 계획을 갖고 있던 은영을 두고 남자는 머리를 깎았다. 얼마 전에 그가 있는 곳을 겨우 알아내 찾아갔지만 먼발치에서 바라만 보고 돌아왔다고 했다. 그러나 곧 그에게로 다시 달려가고야 말 것 같은 자신이 두렵다고 은영은 불안한 목소리로 고백했다.

그날 문경은 결국 은영과 섹스를 했다. 두 시가 넘어 몸을 가누지 못할 만큼 취한 은영을 데리고 간 여관에서였다. 한 시간쯤 자고 일어난 은영이 옆에 누워 있던 문경을 흔들었다. 은영은 물을 찾았다.

술이 깨는 듯 은영은 몸을 웅크린 채 몹시 떨었다. 물을 두 컵이나 마신 뒤 다시 얇은 이불을 둘러쓰고 누운 은영을 물끄러미 쳐다보고 있던 문경은 가만히 그녀를 안았다. 한기가 그치지 않는 듯 계속 몸을 떨었던 것이다.

한참 동안이나 숨죽이고 안겨 있던 은영은 한기가 가라앉았는지 몸을 뒤척이더니 말없이 옷을 벗기 시작했다. 느리고 고요한 동작이었다. 문경은 아무 말도 하지 못하고 그런 은영을 지켜만 보았다.

옷을 다 벗은 은영은 문경의 옷을 벗기기 시작했다. 자신의 옷을 벗을 때와 다름없는 동작이었다. 은영의 시선은 어디 먼 곳을 향한 듯 도무지 방 안 어디에도 머물러 있지 않았다.

"나를 아주 소중히 다뤄줘요."

은영은 낮게 속삭이고 나선 침대에 반듯이 누웠다. 무슨 의식이라도 치르는 사람 같았다.

문경은 명령을 집행하는 시종처럼 조심스럽게 은영의 몸을 만지고 섹스를 했다. 오래 떨던 은영의 몸속은 따뜻한 욕조 속처럼 편안했다.

"고마워요, 이젠 춥지 않네요……. 그 사람한테 달려가지 않고도 견딜 수 있을 것 같아요."

섹스가 끝난 후 문경의 손을 잡고 그렇게 말하던 은영의 눈꼬리에서 물방울이 살짝 묻어났다. 남자가 어렸을 때 출가한 그의 아버지의 피가 결국 남자마저 불러갔다며, 그토록 묶어두려 애썼지만 결국 그 어떤 것도 남자를 붙잡을 수 없었다고 고백했다.

그 후로 처음 만나는 은영이지만 그녀와의 관계는 달라질 게 없었다. 어떤 감정의 혼란도 섞이지 않은 섹스가 가능할 수도 있다는 걸 문경은 그날 처음 깨달았다. 단지 편안하고 따뜻했다는 기억으로만 남아 있는 은영과의 섹스. 은영 역시 마찬가지일 것이다.

사실 그것은 누구보다 서로에게 마음 편한 사람이었기 때문에 가능한 일이었는지도 몰랐다. 문경에게 은영은 마주 보고 있으면서도 적당히 외면할 줄 아는, 마음의 거리가 지켜지는 드문 사람이었다. 문경은 누구도 그 거리를 침범하지 못하도록 했고 자신 역시 누구에게도 그 거리 이상은 절대 들어서려 하지 않았다. 은영은 그런 문경의 요구를 잘 알고 있었다.

"그래요, 너무 가까이 가면 반드시 상처를 남기게 되지요."

언젠가 은영이 쓸쓸한 얼굴로 내뱉은 말이었다.

은영은 안정된 느낌이었지만 많이 야위어 보였다. 움푹 들어간

눈자위로 번지는 은영의 웃음이 문경의 가슴 한구석을 슬쩍 긋고
지나갔다.

문경이 온 지 채 오 분도 못 되어 박선욱이 문소리를 요란하게
내며 들어섰다. 감빛 개량 한복 상의에 같은 색상의 면바지를 입
고 있는 모습이 어딘지 탈속의 냄새를 풍겼다. 적어도 넥타이까
지 단정히 맨 문경보다는 현실에서 훨씬 더 멀찍이 떨어져 있는
듯했다.

아니 그것은 단지 옷이 주는 느낌만은 아니었다. 회사를 그만
둔 지 삼 년이 지난 선욱은 이젠 정말 세상 한가운데의 소용돌이
에선 멀찌감치 벗어난 사람처럼 보였다. 늘 적당히 떨어져 팔짱
을 낀 채 세상을 바라보고 있는 시니컬한 눈빛. 회사를 그만두고
변두리에 당구장을 차린 후론 점점 더 그렇게 보였다.

"어이구, 이젠 아주 도사연하고 다니는구만."

문경은 옆자리로 다가오는 선욱을 보며 이죽거렸다.

"원래 속인들의 눈에는 겉모양만 보이고 그 안에 감춰진 맑은
영혼은 보이지 않는 법이지. 너를 보니 이제야 겨우 환속한 느낌
이 드는군."

선욱도 지지 않고 맞받았다.

무심히 꺼낸 말이었지만 문경은 긴장해 은영의 눈치를 슬쩍 살
폈다. 절에 있다는 남자가 떠오를 법한 말들을 경솔하게 내뱉은
게 미안했다.

은영은 못 들은 척하고 있었다. 선반에서 꺼낸 유리잔에 얼음
을 채우고 있는 그녀의 옆모습이 잔뜩 긴장해 있었다. 상처가 아

무는 데는 시간이 필요하리라.

"그런데 은영 씨, 오늘 무슨 날이에요? 옷차림이 연중행사로 한 번씩 음악회라도 가는 사람 같아요. 머리도 그렇게 틀어올린 게 아무래도 심상치 않네. 설마 나 온다고 집에 가서 옷 갈아입고 온 건 아니겠지요?"

선욱의 말을 듣고서야 문경은 은영을 찬찬히 살펴보았다. 늘 집시풍의 긴치마나 청바지를 즐겨 입는 은영은 확실히 평소와 다른 차림이었다. 몸의 선이 훤히 드러나는 짧고 까만 원피스에 항상 길게 늘어뜨리던 머리를 단정하게 틀어올리고 있었다.

"오늘의 운세난에 그리운 님이 그것도 둘씩이나 저녁 무렵 찾아온다고 했거든요."

"아, 알았다! 은영 씨, 어제 생리 끝났지요? 그럼 오늘 우리 잠자리엔 아무 문제 없겠네."

실없는 선욱의 농담에 헤실거리면서도 은영은 어색한 듯 머리를 매만지고 있었다. 훤히 드러난 목선이 수수깡처럼 삐쭉하니 메말라 보였다.

혈관을 따라 조금씩 취기가 번져가고 있었다. 맥주로 시작한 술자리가 한 시간 전부터 위스키로 바뀌었다. 은영이 비장의 무기라며 주방에서 들고 나온 '발렌타인'이었다.

문 닫을 시간이 되자 은영은 일어나 실내 정리를 시작했다. 두 개의 탁자에 남아 있는 두 연인과 남자들 셋이 이야기에 열중하고 있었다.

“그래, 회사는 아직 안 망하고 돌아가고 있냐?”

좀처럼 술에 취하지 않던 선욱이 불그레해진 얼굴로 과일 접시에서 사과 하나를 집어 들으며 물었다.

“늘 아슬아슬하지 뭐. 스릴 있어.”

문경의 얼굴이 금세 어두워졌다.

“그러게 나처럼 맘 편하게 살 것이지 뭐 하러 그렇게 복잡한 일을 시작해서 그러냐?”

“글쎄 말이야. 지금 생각하면 아무래도 오기였던 것 같기도 해. 그렇게 회사 그만두고 나선 모든 게 다 부질없다는 생각이 들면서도 한편으론 어딘가로 밀려나는 느낌을 견딜 수가 없었나 봐. 기를 쓰고 다가갔는데 어느 순간 갑자기 밀려나고 있다는 걸 깨달았을 때, 그걸 인정하기가 힘들었던 거지.”

은영이 차가운 냉수 두 잔과 얼음을 놓고 주방 안으로 들어갔다.

“그래, 쉽게 포기하긴 어려웠겠지.”

어느새 가라앉아버린 선욱의 목소리 사이로 트럼펫 소리가 어두운 실내에 저녁 연기처럼 번져가고 있었다.

“너하곤 경우가 달라.”

문경이 갑자기 선욱을 똑바로 쳐다보며 못을 박듯 말했다.

“그래, 모두 다르지.”

“그런 말이 아니야. 너는 처음부터 나처럼 기를 쓰고 쫓아간 건 아니었잖아. 가도 그만 안 가도 그만이었잖아. 여유가 있었어. 그래서 그렇게 쉽게 돌아서서 멀리 떨어져나갈 수도 있었던 거고.”

문경은 갑자기 억울해졌다.

"또 그놈의 태생 얘기냐? 그래, 나는 대대로 먹고살 만했던 집안의 막내고 너는 시골 촌구석의 가난한 집 장남이다, 이거? 아니면 대학 1학년 때부터 혈혈단신 상경해 혼자 먹고살아야 했다는 이야기?"

선욱의 목소리가 어느덧 트럼펫 소리를 삼키고 있었다.

시간의 흐름에 따라 취기는 가속도가 붙어가고 있었다. 초점이 흐려지는지 실내의 사물들이 약간씩 흔들리는 기분이었다.

"너는 몰라. 세상의 변두리에서 그 한복판을 바라보는 사람들의 마음속 갈망을 넌 몰라. 나른한 기지개나 하품 같은 권태조차 부럽게 쳐다볼 수밖에 없는 그 지독한 소외감을 넌 알 수 없을 거다. 그래서 그게 얼마나 허무한가를 잘 알면서도 쉽게 포기할 수 없게 만드는 이 모순을 이해할 수 없겠지."

문경이 앞에 놓인 스트레이트 잔을 들었다. 전작이 있어서인지, 다른 날보다 취기가 빨리 오르는 느낌이었다.

"그래, 나는 모른다. 네가 왜 그렇게 그 대열에 집착을 하는지, 왜 그렇게 위태롭게 매달려 있으려는지, 난 모른다. 네 말대로 난 알 자격조차 없는 놈이니까. 하지만 한 가지는 알 수 있을 것 같다. 네가 그토록 집착하면 할수록 현실은 점점 더 네게서 멀어져 갈 거라는 걸 말이야. 아니, 네 그 집착이란 것도 알고 보면 이미 닿기 힘든 곳으로 밀려나고 있다는 증거인지도 모르지. 그리고 너 역시 그걸 모르지 않을 거야. 그저 단지 불안한 거겠지. 몸을 싣고 있으면 저절로 흘러가는 큰 흐름을 이탈해서 스스로 길을 만들어야 한다는 게 두려운 거겠지. 자의는 아니었지만 넌 이미

이 땅의 그 흐름에서는 벗어나버렸으니까, 그 규격품들은 이제 네 몸에 맞지 않는 옷들이 돼버렸으니까…… 양말 하나부터 모두 새로 만들어내야겠지."

선욱이 담배를 꺼내 문경에게 건넸다. 라이터를 켜자 노란 불꽃들이 폭죽처럼 튀어 올랐다 사라졌다. 단속한, 그러나 끝내 다시 치솟아 오르는 욕망들.

"그래. 난, 두렵다."

입에서 저녁 안개라도 한 뭉텅이 쏟아져 나오는 듯한 기분이었다.

사실이었다. 문경은 두려워서 도망이라도 치고 싶었다. 대학을 졸업하고 그 대기업에 취직했을 때, 문경은 자신의 인생이 그렇게 별 탈 없이 마무리될 줄 알았다. 일을 배우며, 혹은 가끔씩은 나라 경제에 벽돌 하나쯤의 역할을 하고 있다는 자부심으로 십 년, 이십 년 근속 상패를 받다가 정년으로 마무리되는 삶. 대단한 꿈이나 희망을 갖긴 어려운 곳이었지만 그 대신 특별히 어려운 일도 없이 삶이 흘러갈 줄 알았다. 선욱의 말대로 각종 규격품들에 몸을 맞추면서 큰 갈등 없이 살아갈 줄 알았던 것이다. 그런데 예상은 빗나갔다. 그놈의 규격품에 몸을 맞추며 억지로 자위를 하는 일도 쉽지 않았는데, 결국은 거기서도 밀려나고 만 것이다. 십 년 동안의 삶이 간단히 폐기 처분돼 버린 기분이었다. 문경은 그걸 인정할 수 없었다. 아니 그 십 년을 회복해 내고 싶었던 건지도 몰랐다. 새로 시작한 사업이 어쩌면 그 십 년을 보상해 줄지도 모른다고…… 아니 꼭 그렇게 해내고 싶다고……. 그러나 일 년이 지난 지금, 문경은 두려움에 사로잡혀 주위를 두리번거리고 있었다.

몇 년째 침체돼 있는 경기는 좀처럼 회복될 줄을 몰랐다. 불쑥불쑥 위기감이 몰려왔다. 점점 어깨가 조여드는 기분이었다.

"당신은 사업에 맞지 않아. 그곳이야말로 철저하게 정글의 법칙이 지배하는 곳인데 당신 같은 몽상가가 무얼 할 수 있겠어?"

사업을 시작하겠다고 했을 때 아내 지원은 한사코 반대였다. 차라리 다른 회사에 취직을 하라는 것이었다. 지원의 말이 맞을지도 몰랐다. 그러나 문경에겐 다른 선택의 가능성들이 보이지 않았다. 재취업이 쉽지 않다는 것은 지원 역시 잘 알고 있는 사실이었다. 명예퇴직이란 모순된 이름으로 쫓겨난 사람들이 이미 거리에 넘치고 있었다.

수입한 자동제어장치는 점점 판로가 어려워지고 있었다. 좀처럼 풀리지 않는 경기 불안이 가장 큰 원인이었다. 경기가 회복되고 있다는 보도는 단지 수치상의 통계일 뿐이었다. 전에 다니던 대기업의 하도급 업체들을 믿고 시작은 했지만 경기가 점점 악화됨에 따라 중소업체들은 새로운 설비에 투자를 할 여력이 없었다. 문경도 점점 위기에 몰리고 있었다. 그러나 이대로 물러날 수는 없었다. 문경은 이번이야말로 자신의 삶에서 무언가를 선택할 수 있는 마지막 기회라고 생각했다. 더 이상 물러나거나 되돌아갈 수 없는 지점. 문경은 그 벼랑에서 최대한 균형을 잡기 위해 매순간 잔뜩 긴장해 있었다.

"그래, 부디 거기서라도 네 삶을 찾아내기 바란다. 그런 게 가능하다면 말이다."

선욱이 잔을 들어 문경의 잔에 부딪혔다.

"너는 도대체 그놈의 냉소주의 언제까지 걸치고 다닐래? 인생에서 아무것도 기대할 게 없다는 그 태도야말로 너무 많은 것들을 기대하고 있다는 증거 아냐?"

문경이 숙이고 있던 고개를 들며 선욱을 쏘아보았다. 순간 선욱의 입가로 희미한 미소가 스쳐 지나갔다.

"어, 이젠 화살이 나한테로 오네. 나? 내가 왜 기대하는 게 없냐? 지금 하고 있는 당구장이 부디 망하지 않고 번성해 이 땅의 할 일 없는 사람들이 당구라도 치며 남아도는 시간을 써버렸으면 좋겠고, 나 역시 발밑으로 떨어지는 초크 가루가 되어 먼지라도 일으키며 그들의 기관지를 간지럽히고 싶다. 이만하면 됐잖아, 안 그래?"

선욱이 검은 눈썹을 잔뜩 밀어올리며 장난스런 표정을 짓고 있을 때, 마지막 손님들까지 모두 내보낸 은영이 다시 와 앉았다.

"두 분, 오늘은 제 날이라는 걸 잊으셨나 봐요. 오늘의 운세 다시 한 번 알려드려요? 우리 여기서 이렇게 답답하게 있지 말고 노래방에라도 가서 놀아요, 네?"

뜻밖이었다. 선욱이 어리둥절한 표정으로 문경을 바라보았다. 그도 그럴 것이 어쩌다 선욱이 노래방에 가자고 선동을 해도 은영은 좀처럼 따라가지 않았다. 자기 감정과 상관없이 지워지는 글자를 조급하게 쫓으며 노래 부르는 게 아무래도 마음에 들지 않는다는 것이 이유였다.

은영은 함께 간 노래방에서 노래를 무려 열두 곡이나 불러댔다. 문경이 한 곡 부르고 나면 은영이 불렀고 선욱이 부르고 난 후에도 은영이 이어 부르는 식이었다. 노래를 부르는 내내 은영은 혼자서 춤을 추었고 간간이 문경과 선욱을 끌어내 블루스를 추기도 했다.

"아무리 찾아봐도 이렇게 맘 편하게 지낼 수 있는 사람이 두 분밖에 없더라구요."

블루스를 추면서 은영이 문경의 어깨에 기대 중얼거렸다.

밤 두 시가 넘자 하품을 그치지 못하는 주인의 채근에 못 이겨 취객들이 넘쳐나는 거리로 나왔다. 각기 다른 방향으로 택시를 잡아타고 헤어지기 직전이었다.

"사실은 오늘이 그 사람 수계받는 날이에요. 혼자 지내는 게 너무 쓸쓸할 것 같아서 두 분을 불렀어요. 고마워요."

은영이 애써 밝은 목소리로 말을 내뱉곤 재빨리 택시로 뛰어갔다.

어디 가서 한잔 더 하고 가자는 선욱을 뿌리친 문경은 곧 택시에 올랐다. 오후부터 이어진 술자리가 몹시도 피곤했지만 오늘따라 선욱의 냉소도 별로 유쾌하지 않았다.

문경은 선욱에게 너무 정색을 하고 말한 게 아무래도 마음에 걸렸다. 십 년 넘게 지내오면서 선욱과의 의사소통 방식은 대부분이 농담의 형태를 띠었다. 가벼운 농담 속에 언뜻언뜻 속내를 실어 보내는…… 누구보다도 서로를 잘 알고 있다고 생각했고 실제로 그것으로 충분했다. 그런데 오늘따라 이야기가 너무 뻑뻑

하게 흘러버린 것이다. 왜 그렇게 허둥댔던 걸까. 문경은 스스로
도 의아해져 생각을 더듬었다.

그때부터였을지도 몰랐다. 감정의 페이스를 잃고 허둥대기 시
작한 것은 어쩌면 오후 늦게 서이현이란 여자의 갑작스런 방문부
터는 아니었는지. 느닷없이 나타나 비난에 가까운 공격을 하며
성큼 다가오던 여자. 그때부터 문경은 균형을 잃어버리기 시작한
것인지도 몰랐다.

"저는 높은 담만 보면 허물어버리거나 기어오르고 싶은 충동이
일어요."

여자는 굳게 잠긴 문을 거침없이 밀고 들어섰다. 빗장이 채워
진 문을 본 사람들은 대부분 그 앞에서 정중하게 돌아서거나 다
시 한 번 확인하려 무거운 자물쇠를 건드려보는 게 고작이었고
당연히 그걸 예의로 알았다. 그런데 여자는 아무런 망설임 없이
문을 밀어내 버리는 것이었다.

툭, 발밑에서 간단없이 떨어지는 자물쇠 소리가 들렸었다. 문
경은 그때부터 열린 문을 부여잡고 허둥대기 시작했고 선욱 앞에
서도 마찬가지였다.

문경은 택시 차창에 비친 자신의 얼굴을 물끄러미 바라보았다.
어느덧 서른아홉에 이른 눅눅한 얼굴이 검은 차창 속에서 흔들리
고 있었다.

"그래. 난, 두렵다."

취기를 빌어 선욱에게 내뱉었던 말이 흔들리는 얼굴 한가운데
로 또렷이 되새김질되었다.

무엇이 두려운 걸까. 차창에는 당혹스런 표정의 한 남자가 시선을 어디에 둬야 할지 몰라 허둥거리고 있었다. 혹, 짐작이나 할수 있었을까. 스무 살 무렵, 서른아홉이 된 남자가 이토록 당혹스런 얼굴로 자기 생 앞에서 허둥대고 있을 모습을 단 한 번이라도 짐작이나 할 수 있었을까.

"손님, 어디쯤이세요?"

쉰이 훨씬 넘었을 택시 기사가 피로가 잔뜩 배인 목소리로 물어왔다.

"네? 글쎄요……."

어디쯤 온 걸까, 나는. 문경은 황급히 어두운 창밖을 두리번거렸다.

토요일, 여자의 전화가 걸려왔다. 꼭 일주일 만이었다. 처음 듣는 목소리처럼 낯설었다.

문경은 일단 안양역 앞에서 여자와 만나기로 했다. 여자의 집이 파주 출판단지와 가까운 듯했지만 문경은 그곳이 내키질 않았다. 일요일이면 동호인들이 많이 모이는 곳이었다. 가끔씩은 동호인 모임에 나가 낯익은 얼굴들과 함께 비행기를 날리기도 했지만 대부분은 혼자 다니는 편이었다.

문경이 가는 곳은 시화호 주변에 있는 회백색 갯벌이었다. 한때는 게나 조개들의 거처였을 갯벌이 단단히 굳어버려 폐허가 돼버린 공터가 문경이 자주 다니는 장소였다. 군데군데 붉고 키 낮은 해안 식물들이 무리져 있을 뿐 황량하기만 한 곳이었다.

물론 비행기를 날리기 위해 찾는 장소였지만 때로 문경은 자신이 비행기보다도 그 황량한 풍경에 더 빠져 있는 것은 아닌지 생각하곤 했다. 이름도 모를 해안 식물 외에는 어떤 생명도 살려내지 못하는, 소금기가 허연 폐허에 앉아 있으면 불연 삶은 더 이상 두려운 상대가 아니었다. 세상은 편하고 익숙한 풍경으로 문경의 배경이 돼주기도 했던 것이다.

"그럼 내일 뵙겠습니다."

지나치게 차분한 여자의 음성을 들으며 문경은 전화를 끊었다. 사무실 진열대 위에 놓여 있는 모형 비행기와 글라이더가 눈에 들어왔다. 사뿐히 날아오를 듯한 자세로 날개를 펴고 있었다. 날개란 모든 날아오르려는 것들의 열망일 것이다. 이 작은 비행기들이 내 날개가 될 수 있을까. 문경은 문득 얼마 전 주말에 비행기를 들고 나서는 자신에게 아내 지원이 던지듯 내뱉은 말이 떠올랐다.

"당신이 이 장난감 같은 모형 비행기에 빠져 있는 동안 세상은 한없이 멀리 달아나버린다는 걸 몰라? 비행기는 그저 하나의 운송 수단일 뿐이야. 좀더 빠르고 편리한 운송 수단에 지나지 않는다고. 그것에 당신은 지나친 의미를 부여하고 있어. 당신의 비행기는 감상적인 도피일 뿐이야."

얼음처럼 차가운 말투였다.

지원이 문경에 대해 결정적으로 냉담해지기 시작한 것은 지난해 말, 문경이 회사를 그만두면서부터였다. 강요에 가까운 퇴직

압력에 문경이 끝내 사표를 던지자 지원은 그걸 곧 문경의 패배로 간주해 버렸다.

"한 번도 싸워보지 않고 벌써 포기해 버리는 거야? 당신은 마치 이런 일을 기다리고 있던 사람 같아. 언제든지 사표를 내버릴 구실 말이야. 난관이 있으면 싸워서 이겨내야지 그냥 포기해 버리는 건 비겁해."

지원의 비난은 남편의 실업이 가져올 경제적 불안감 때문은 아니었다. 속옷 생산업체의 디자인팀장인 그녀는 이미 오래전부터 문경보다 연봉이 더 높았다. 지원이 원하는 것은 용맹한 맹수였다. 정글의 세계에서 피투성이가 되도록 싸워 이겨서 살아남는 자. 지원은 비행기 따위에 턱없는 의미를 부여하는 몽상이 아닌 맹수의 야성을 원하고 있었다.

문경은 빠르게 차를 몰았다. 여자는 내내 창밖을 내다보고 있었다. 봄 산은 색깔이 제각각이었다. 잎이 나온 순서에 따라, 혹은 수종에 따라 갓 나온 연둣빛 잎들의 농도가 뚜렷하게 구분됐다. 한여름의 태양 아래선 짙은 녹색으로 모두 변해 버려 그 구분이 모호해질 잎들이 세상에 갓 나올 땐 저토록 뚜렷이 자기 색을 갖고 있다는 게 놀라워서 문경은 봄 산을 유난히 좋아했다. 원경으로 볼 때 더욱 또렷이 자기 존재를 드러내는 봄 산. 문경은 창밖만 내다보고 있는 여자를 곁눈으로 훔쳐보았다. 얼굴선이 단아했다.

"혹시 정글을 좋아하십니까?"

문경의 물음은 너무 느닷없었다. 봄 산을 바라보다가 갑자기 아내 지원의 말이 떠오른 때문이었다.

"갑자기, 정글이라니요?"

여자는 어리둥절한 표정으로 문경을 쳐다보았다.

"맹수들이 사는 곳 말입니다. 사자나 호랑이 같은……."

문경은 내친김에 농담처럼 덧붙였다.

"글쎄요. 아무래도 좋아하는 것 같지는 않네요. 하지만 정글에도 꽃은 피고 땅 속엔 곤충들이 온몸으로 기며 살아가기도 하잖아요. 사자나 호랑이도 꽃이나 곤충처럼 그 정글의 한 존재인 것뿐이겠지요."

차창 밖을 내다보던 여자가 가볍게 대꾸를 해왔다.

"하지만 아무도 정글의 한구석에서 꽃피우는 키 작은 식물이나 다리 하나 없이 온몸으로 기어다니는 곤충을 기억하지는 않지요. 마치 그 존재가 있지도 않았던 것처럼 말입니다. 오직 사자나 호랑이만을 기억하겠지요."

굽이진 언덕길 앞에서 액셀러레이터를 세게 밟는 문경의 말투엔 냉소가 잔뜩 스며 있었다.

"어느 재벌 회사의 광고 카피로군요. 아무도 2등을 기억하지 않는다, 였던가요?"

차는 뻥 뚫린 산업도로를 달리고 있었다. 바람에 따라 갓 나온 연둣빛 버들잎들이 일제히 팔을 흔들었다.

"설마, 맹수가 되고 싶은 건가요?"

여자가 의문과 장난기를 동시에 품은 얼굴로 문경을 쳐다보며 물었다.

"왜, 힘들 것 같습니까?"

문경은 여자의 말에 저항이라도 해 보이듯 서행하고 있던 앞차를 추월했다.

"허공에 난 길을 더듬는 맹수는 아무래도 어울리는 그림이 아닌 것 같아서요."

여자가 뒷좌석에 실려 있는 글라이더를 돌아보았다.

"아무래도 먼저 저걸 버리는 수밖에 없겠군."

문경도 룸미러를 통해 여자의 시선이 가 있는 글라이더를 보았다. 순간 문경은 두 발을 굳건히 땅에 붙이고 서려는 의지와 허공에서 길을 더듬는 시선 사이의 간극이 또렷이 보였다. 두 발을 땅에 파묻기라도 할 듯이 힘을 주고 서 있는 한편으론 끊임없이 허공을 더듬는…… 문경은 구름 한 점 없는 하늘을 보았다. 무얼 찾고 있는 걸까, 저 텅 빈 하늘에서 나는 무얼 찾고 있는 걸까.

문경은 테이프를 밀어넣었다. 영화 〈라스베가스를 떠나며〉의 삽입곡이 흘러나오고 있었다. 니콜라스 케이지의 절망적인 표정이 잊혀지지 않는 영화였다. 오직 모든 것을 잃어본 자만이 가질 수 있는 표정이었다. 늦은 밤, 홀로 앉아 영화를 다 보고 났을 때 눈가에선 물기가 묻어나고 있었다. 회사를 그만두고 하루에 서너 편씩 비디오만 빌려 보던 때였다.

그런 시기가 있었다. 어둡고 검은 구멍 속으로 밀어넣는 도시락만 한 비디오테이프가 유일한 위안이던 시기. 아내가 서둘러 출근해 버리고 아이들마저 학교로 유치원으로 빠져나간 텅 빈 집에서 문경은 갑자기 무얼 해야 할지 몰라 당황했다. 지원은 하다 못해 아침 설거지조차 남겨놓지 않았다. 아침으로 먹는 빵 몇 조각과 햄이며 과일을 담았던 접시, 마시다 만 우유 컵들을 지원은 어김없이 식기 세척기 안에 모두 집어넣었고 아이들이 벗어던진 잠옷들마저 세탁기나 옷걸이에 치워놓아야 직성이 풀렸다.

결혼한 여자가 유난히 많은 아내 회사의 디자인팀은 출근 시간이 다른 부서보다 한 시간 늦었다. 지원이 육 년이나 다니던 회사의 경쟁업체였던 지금 회사의 스카우트 제의에 선뜻 응한 것은 한 시간 늦은 출근 시간도 적잖이 작용을 했었다. 물론 이쪽 회사에서 제시한 고액의 연봉이 결정적이긴 했다. 그녀는 회사일과 집안일, 그 어느 것 하나에서도 빈틈을 보이지 않으려 애썼다. 아니 그런 허술한 자신을 결코 견뎌낼 수 없는 사람이었다, 지원은.

그때, 문경은 정말 할 일이 없었다. 회사 다니던 시절, 한 달만 쉬게 해준다면 아무 생각 없이 전국을 떠돌리라던 간절한 소망은 이루어지지 않았다. 아니 누구도 그걸 막지 않았지만 문경 스스로 끝내 하지 못했다. 일탈이란 어딘가 묶여 있는 곳이 있어야만 가능한 것이다. 누구도 붙들지 않고 어디에도 매여 있지 않은 상태에서의 떠남이란 그나마 겨우 연결돼 있는 곳으로부터의 방출에 불과했다.

11층 아파트 한구석에서 대화도 없는 소통을 꿈꾸며 하루에 서너 편씩 비디오를 보던 그때, 영화 속 니콜라스 케이지의 얼굴이 자신과 몹시 닮아 있다고 생각하곤 했다.

길 위에서 길을 잃다

경주에 내려온 지 하룻밤이 지났다. 맞은편 벽에 걸려 있는 서산 마애삼존불 달력엔 오늘 날짜가 무심히 찍혀 있었다. 여느 날과 다를 바 없는 4월 21일. 이현이 태어난 날이었다. 침대에 누운 채 달력에 눈길을 던지고 있던 이현은 그제야 몸을 일으켜 비로소 방 안을 찬찬히 둘러보기 시작했다. 며칠 앓아누웠던 끝이어서 몸이 몹시 무거웠다.

방 안엔 주인의 부재를 말해 줄 만한 것이라곤 아무것도 눈에 띄지 않았다. 신기한 일이었다. 나란히 잘 정돈된 화장품이며 전화기 옆의 메모지, 심지어는 4월로 접어든 달력의 선명한 날짜들까지……. 두 달 전, 영국으로 떠난 집주인의 부재를 증명해 주는 것이라곤 어떤 것도 눈에 띄지 않았다. 누군가 살고 있는 집 같았다.

"일주일에 한 번씩 들러 화분에 물을 주기로 한 사람이 있어."

영국으로 떠나기 전날 만난 승혜가 열쇠를 건네주며 지나가는 말처럼 한마디 했었다. 누군가 이 집엘 드나들고 있었다. 이현은 방을 나와 새삼 염탐이라도 하듯 나머지 방 안을 둘러보았다. 역시 마찬가지였다. 승혜가 서재로 쓰던 방 안은 마치 어제도 사용했던 것처럼 옥편이 책상 위에 놓여 있고, 컴퓨터는 전원만 누르면 곧 푸른빛을 쏘아낼 자세로 플러그까지 고스란히 꽂혀 있으며, 프린터는 종이까지 끼워져 검은 글자들을 선명히 찍어낼 태세였다. 이현은 책장으로 다가가 책들을 훑어보았다. 일본에서 미술사를 공부하고 온 직후 갑자기 경주로 내려와 문화재 발굴 관련 일을 하기 시작한 승혜의 전공서적 한쪽으론 세계 각 지역의 여행안내 책자가 책꽂이의 한 칸을 고스란히 차지하고 있었다. 어느 날 그녀는 저 책들 중 한 권을 뽑아들고 훌쩍 영국으로 떠난 것이리라.

"아무 때나 혼자 있고 싶을 때 가."

승혜는 영국으로 떠나기 직전 이현에게 제 집의 열쇠를 건네주며 말했었다. 그 열쇠를 받을 때만 해도 이현은 아이와 남편과 함께 연휴가 긴 어느 주말쯤 내려가 석굴암을 보고 오리라 생각했을 뿐이었다. 이렇게 혼자서, 갑자기 내려오게 되리라곤 결코 생각지 못했다.

결혼 후 오 년 동안 처음 하는 혼자만의 여행이었다. 여행은 늘 가족과 함께 가는, 하나의 행사였다. 일 년에 몇 번씩 떠났던 그 길들엔 늘 아이와 남편 성훈이 함께했었다. 아니 가끔씩은 친정어머니나 시부모가 동행하기도 했다. 언제나 함께 간 남편이나 아이, 노인들을 챙기기에 급급했던, 집을 길 위로 끌고 다니는 듯하던 그 피로한 여행들……. 이현은 태어나서 생전 처음으로 진짜 여행을 떠나온 기분이었다. 며칠 앓아누웠다가 겨우 일어난 끝에 미처 몸도 회복되지 않은 채 떠나온 길이었다. 서른다섯 살 생일 선물로 성훈에게 혼자 여행을 보내달라고 했던 것이다.

"그러지 말고 당신 몸이 다 나으면 하루 월차 내서 주말에 같이 제주도라도 갔다 올까? 당신 생일 파티도 거기서 하고. 신혼여행 때 가고 한 번도 못 갔잖아."

성훈은 며칠 앓고 난 뒤라며 쉽게 허락하지 않았다. 아니 성치도 않은 몸으로 굳이 혼자서 여행을 떠나려는 이현을 이해할 수 없다는 표정이었다. 당연한 반응이었지만 이현은 끝내 고집을 부려 겨우 떠나올 수 있었다. 성훈에게 여행이란 맛있는 음식과 좋은 경치를 찾아다니는 여가였다. 성치도 않은 몸으로 이렇게 혼자 떠나와 빈집에 틀어박혀 있는 것도 여행이라는 걸 그는 이해하지 못했다.

하지만 꼭 이렇게 무거운 몸을 이끌고 굳이 혼자서 떠나와야 했던 것일까. 무언가 자꾸만 자신을 밖으로 내몰고 있는 기분이었다. 무엇일까. 지금까지 익숙하게 서 있던 자리로부터 자꾸만 스스로를 내모는 충동, 그게 뭘까. 이현은 빈집에 우두커니 서서 자신에게 묻고 있었다.

이현은 간단히 샤워를 하고 집 안을 다시 한 번 둘러보았다. 오디오를 얹은 장식장에는 낡은 LP 레코드와 CD들이 잘 정돈돼 있었다. 이현은 LP 레코드 중 가장 눈에 띄는 것 하나를 뽑아냈다. 바흐의 첼로 모음곡 전곡이었다. 대학 시절, 큰맘 먹고 승혜와 함께 종로 3가의 레코드 도매상에 가서 산 음반이었다. 레코드 재킷엔 1989년 어느 가을날의 날짜가 비록 잉크 색이 조금 바래긴 했지만 또렷이 남아 있었다. '종로 3가에서 이현과 함께'라는 승혜 특유의 날아갈 듯한 필체가 친숙하게 눈에 들어왔다.

결혼하지 않고 혼자 사는 것은 어쩌면 이런 것인지도 몰랐다. 스물세 살 때 산 레코드를 여전히 지니고 있을 수 있는 것. 삶이 단절되지 않고 하나의 선으로 지속되는 것.

이현 역시 그녀와 함께 산 레코드를 오랫동안 지니고 있었다. 그러나 결혼하면서 특별히 오디오는 자기가 사겠다며 성훈이 들여온 것은 제법 값이 나가는 외국산이었는데, 그 오디오엔 LP 플레이어가 없었다.

"내 레코드는 어떡해?"

이현은 박스에 포장된 채 신혼집으로 옮겨갈 짐꾸러미들과 함께 섞여 있는 음반들을 가리키며 성훈을 쳐다보았다.

"요즘 누가 저런 걸로 들어? 내가 CD로 다시 사줄 테니까 저건 처남이나 주고 가."

성훈은 레코드가 든 박스를 간단히 남동생의 방으로 옮겨놓았다. 그 순간 이현은 자신이 지금까지의 삶과는 무관한, 어딘가 낯선 곳으로 떠나고 있다는 것을 깨달았다. 그토록 아끼던 것들이 한순간에 폐기 처분될 수도 있는 그런 낯선 곳.

물론 음반 상자를 남동생 방으로 옮기는 그의 팔을 잡아 내려놓게 한 다음 새집으로 가는 짐 속에 함께 넣을 수도 있었다. 하지만 이현은 그렇게 하지 않았다. 무엇보다도 자신의 소중한 것들이 그의 집에서 천덕꾸러기가 되는 것을 보고 싶지 않았다. 성능 좋고 반짝거리는 새 오디오 옆에서 제 소리를 낼 플레이어조차 없이, 목청을 잃은 채 바랜 빛을 감추지 못하고 초라하게 꽂혀 있는 모습을 이현은 보고 싶지 않았다. 그것은 상상만으로도 견딜 수 없었다. 하나하나 사 모았던 그 음반들이 마치 자기 자신처럼 생각됐기 때문이었다. 이현은 차라리 그 음반들이 옛집에서 먼지에 묻히는 편이 훨씬 더 나을 것이라고 생각했다. 지금도 친정집 창고 어딘가에 박스 채 처박혀 있을 오래된 음반들.

이현은 턴테이블 위에 검고 둥근 LP 레코드를 얹었다. 장중한 첼로 음이 실내로 번지기 시작했다. 바흐의 첼로 모음곡이었다. 너무 많이 틀어서 홈이 깊게 파인 레코드는 미세한 잡음이 났다. 하지만 그 잡음이야말로 세월의 흔적을 고스란히 갖고 있는, 자신의 역사이기도 할 것이었다.

울음이 터져 나온 것은 첼로 곡이 3번으로 넘어갔을 때였다. 여섯 곡의 모음곡 중에 이현이 가장 좋아하던 3번 곡의 프렐류드가 시작되자 몸 어딘가에선 갑자기 둑이 툭, 터지듯 울음이 쏟아져 나왔다. 갑작스러우면서도 사무친 울음. 이현은 당황했다. 예고도 없이 갑자기 터져버린 울음이라니……. 그러나 울음은 쉽게 그치지 않았다. 첼로는 어느새 사라방드를 연주하고 있었다. 슬픔이 뼛속 깊이 스며들었다. 이현은 승혜의 1인용 소파에 앉아 급기야 온몸을 들먹이며 긴 울음을 울기 시작했다.

한 남자가 갑자기 현관문을 열고 들어온 것은 아직도 울음기가 완전히 가시지 않은 얼굴을 오랫동안 씻고 나와 커피를 끓이던 중이었다. 베란다 바깥으로 펼쳐진 배 과수원의 거의 져버린 배꽃들을 보며 이현은 가까운 불국사와 석굴암을 다녀와야겠다는 생각을 하고 있었다. 승혜의 아파트에서 비스듬히 마주 보이는 토함산 봉우리는 도착하던 날부터 내내 회백색 구름을 이불처럼 두른 채 이현을 유혹하고 있었던 것이다. 갑자기 마음이 급해진 이현은 서둘러 찻주전자를 찾았다. 마치 누군가를 위해 준비라도 해둔 듯 싱크대 선반에 원두커피와 분쇄기, 필터가 나란히 놓여 있었지만 마음이 조급해진 이현은 주전자에 물을 올려놓았다. 물이 끓기 시작하면서 요란한 소리를 내는 주전자 때문에 이현은 현관문 자물쇠가 돌아가는 소리를 듣지 못했다. 헝겊 장갑을 낀 채 주전자를 들고 찻잔이 있는 식탁을 향해 막 돌아서려는 순간 한 남자가 불쑥, 현관으로 들어섰다.

이현은 하마터면 주전자를 떨어뜨릴 뻔했다. 펄펄 끓는 물이 허연 김을 무럭무럭 내고 있는 주전자를 들고 이현은 너무 놀라 온몸이 빳빳이 굳은 채 남자를 쳐다보고 있었다.

놀란 것은 남자도 마찬가지인 모양이었다. 남자는 황급히 현관문을 열고 다시 나가더니 잠시 후 곧 조심스럽게 문을 열고 들어왔다.

"제가 잘못 들어온 줄 알았습니다. 놀라지 마십시오."

남자는 현관에 엉거주춤하게 서 있었다. 이현은 그때까지도 주전자를 든 채 한 발자국도 움직이지 않았다.

"승혜 씨 친구 분이신가 봅니다."

"누구세요?"

승혜를 들먹이는 걸로 보아 집을 잘못 찾아온 사람은 아닌 듯했지만 이현은 갑작스런 방문객에 여전히 놀란 표정을 풀지 못했다.

"화분에 물 주러 온 사람입니다."

남자는 베란다 한쪽을 차지하고 있는 싱싱한 잎새들의 화분 쪽을 턱짓으로 가리키며 쑥스러운 얼굴로 서 있었다. 그제야 이현은 이 갑작스런 상황을 겨우 이해했다. 처음부터 누군가 드나든 흔적이 있었던, 아니 승혜가 지나가는 말처럼 흘렸던, 일주일에 한 번씩 들러서 물을 주기로 했다던 사람. 그 사람이 딱히 여자라고 믿었던 것도 아니지만 남자이리라곤 미처 생각지 못했다.

"어쩌면 친구 분이 올지도 모른다고 떠나기 전에 얘기한 적이 있습니다."

남자는 김인석이라고, 자기소개를 했다. 사투리가 조금 섞인 억양이었다. 이현은 그제야 식탁 의자를 빼내 앉으며 겨우 진정을 했다.

"많이 놀라셨지요? 제가 좀더 주의를 했더라면 커튼이 걷혀 있는 것을 봤을 텐데 무심코 올라와서 놀라게 했습니다."

남자는 모든 게 자신의 불찰이라는 듯 사과했다.

"아닙니다."

사실 그가 사과해야 할 일은 아니었다. 이현은 그제야 굳어 있던 표정을 풀고 남자를 찬찬히 살펴보기 시작했다.

남자는 얼굴이 검은 편이었으며 다림질이 선명한 바지를 입고 있었다. 30대 중반을 지나가고 있는, 시간의 흔적들이 어쩔 수 없이 얼굴에서 묻어났다. 이현은 갑자기 그의 정체가 궁금해졌다. 매주 한 번씩 빈집에 들어와 화분에 물을 주는 사람. 그는 승혜가 떠난 지 석 달째인 지금까지 빠짐없이 그 일을 해오고 있었다. 주인이 없는 지금도 새잎을 싱싱하게 피워내고 있는 파키라나 벤자민, 풍란의 새 줄기가 충분히 그의 정성 어린 손길을 증명해 주고 있었다.

그는 처음의 스스럼없던 태도와는 달리 수줍음이 많은 편이었다. 승혜와는 직장 동료였으며 매주 토요일마다 와서 화분에 물을 주고 간다고 했다. 이 도시의 바닥에 고스란히 묻혀 있는 시간의 흔적들을 찾아내어 현재의 시간들과 연결시키는 것이 그의 일이었다. 집이 어디냐는 말에 남자는 잠시 머뭇거리는 눈치더니 이 도시의 반대편이라고 대답했다. 물론 경주는 대도시라곤 할 수 없지만 반대쪽이라면 그래도 결코 가까운 거리는 아니었다.

"하지만 매주 산책 삼아 왔다 가기엔 꼭 알맞은 거리죠."

그는 이현의 계산을 눈치 채기라도 한 듯 더 이상 머뭇거림 없이 당당히 덧붙였다. 순간 이현은 당황했다. 당연히 변명을 하리라던 예상과 달리 그는 갑자기 당당해졌던 것이다. 도시의 반대쪽에서 매주 물을 주러 오는 남자. 그것은 승혜에 대한 특별한 애정이 아니라면 불가능한 일이었다. 게다가 먼지 하나 없는 집 안을 보면 그는 가끔씩 청소까지 하고 가는 모양이었다. 단지 그냥 동료애만으론 할 수 없는 일들이었다.

"계시는 동안은 제가 안 와도 되겠네요."

그는 노란 꽃이 자잘하게 핀 가랑코에는 위로 물을 주지 말고 뿌리로 물이 스미게 해야 한다고 덧붙이며 곧 일어섰다. 화분들을 둘러보는 시선에 숨길 수 없는 애정이 배어났다. 승혜와 그 남자의 포옹 장면이라도 훔쳐본 기분이었다. 남자는 품이 넉넉하고 따뜻한 사람처럼 보였다. 그런 이현의 시선이 부담스러웠는지 남자는 곧바로 아파트를 떠났다.

이현은 불국사와 석굴암에 다녀오려던 계획을 취소했다. 그 대신 베란다에 놓인 의자에 앉아 아파트 담 너머로 탱자 울타리가 맞닿은 배 과수원을 오래 바라보았다. 승혜가 자주 앉아 있었을 의자. 외로울 때마다 승혜는 그곳에 앉아 과수원의 배나무를 바라보았을까. 아니 그녀는 이곳에 있는 동안은 결코 외롭지 않았을 것 같았다. 애써 당당하려던 남자의 태도가 마음속에 잔영처럼 남아 쉽게 가시지 않았다. 승혜의 화분을 바라보던 그의 애정 어린 시선도 바람결에 일렁이는 배나무 가지 끝에서 묻어났다.

이현은 비로소 승혜의 갑작스런 영국행이 짐작이 갔다. 일본에서 돌아온 지 이 년도 되지 않았는데, 문화재 연구소에서 일하게 되면서 옛 유적들의 발굴 현장이 몹시도 재미있다고 흥분하곤 했는데 갑자기 일터마저 팽개치고 영국이라니……. 더구나 그녀의 이번 여행은 특별한 목적도 없어 보였다.

"그냥, 또 역마살이 돋았나 봐. 좀 떠나 있고 싶어."

퇴직금과 적금을 해약한 돈이 다 떨어질 때까지, 아니 그 돈으

로 최대한 버틸 수 있을 때까지 버티다가 돌아오겠다던 그녀. 그
녀는 무얼 피해 거기까지 간 걸까. 그 먼 곳까지 무얼 피해…….

　서른다섯 해를 맞는 생일을 핑계 대긴 했지만 갑작스런 경주행
은 결국 도피였다. 이현은 베란다 탁자에 놓여 있는 식은 커피를
마시며 여기까지 쫓기듯 내려온 길들을 떠올렸다.

　최문경과 함께 간 비행장은 마른 갯벌이었다. 빈 하늘 아래에
부복이라도 하듯이 누워 있는 회백색 갯벌. 그러나 오랜 시간 단
단히 굳어져 다시는 질퍽이는 생명의 땅으로 돌아가지 못할 황
폐하고 메마른 사지였다. 지난겨울의 잔해가 그대로 남겨진 누
런 갈대들을 헤치며 안으로 들어갔다. 어디 먼 데라도 온 기분이
었다.

　"마치 사막에 온 기분이네요. 황량한 분위기가 꼭 사막 같아요."

　이현은 문득 신두리가 떠올랐다. 황량한 풍경이 어딘지 닮아
있었다.

　"그냥 버려진 땅이죠."

　앞서서 갈대를 헤쳐 가던 문경이 두 손 가득 비행 장비를 든 채
뒤도 돌아보지 않고 대꾸했다. 갈대가 끝나자 마른 갯벌의 곳곳
엔 꽃이 피어 있었다. 연보랏빛 꽃이었는데 들국화나 쑥부쟁이
비슷했다. 한때 바다였던 땅 위에서 붉은 밑동을 박고 자라는 이
름 모를 해안 식물이 피워낸 고운 꽃들. 어떤 생명도 키워내지 못
할 것 같은 황폐한 땅에서도 이렇듯 여린 것들이 살아간다는 게
신비할 뿐이었다. 발밑으론 단단한 땅속으로 굴을 파고 들어간

게 구멍이 보였다. 그토록 작은 몸으로 이토록 단단한 땅을 파 들
어가다니, 사람의 기척에 작은 게 한 마리가 재빨리 제 집으로 몸
을 감추었다.

　문경이 발길을 멈춘 곳은 꽤 넓은 공터였다. 활주로를 만들기
위해 근처의 풀을 모두 뽑아버리기라도 했는지 넓은 공터가 길게
뻗어 있었다. 멀리 수문이 보였다. 악명 높은 시화호인 듯했다.
텔레비전에서 보았던 뿌연 물과 시꺼먼 침전물이 떠올랐다. 뭐든
지 가두어두면 썩게 마련이었다. 가두어서 썩어버린 땅 위에서
누군가는 이렇게 비상을 꿈꾸고 있다는 사실이 재미있었다.

　문경은 비행 준비를 서둘렀다. 말없이 날개를 조립하고 조정기
를 점검했다. 익숙한 동작들이었다. 이현은 문경의 그런 동작들
에서 시선을 떼지 않고 쳐다보았다. 말없이 비행기를 다루는 문
경의 옆모습이 경건해 보이기까지 했다.

　이륙한 비행기가 눈부신 역광을 받으며 날렵하게 하늘로 오르
기 시작했다. 양 날개를 가볍게 편 채 사뿐히 날아오르는 비행기.
엔진 소리가 드넓은 공터 위로 흩어졌다. 비행기는 허공 한가운
데서 둥그렇게 원을 그리며 고도를 높여갔다. 이현은 하늘을 향
해 있던 고개를 돌려 문경을 바라보았다. 약한 바람이 불었으나
비행에 영향을 줄 정도는 아닌지 잔뜩 긴장해 있던 문경의 표정
이 누그러졌다. 문경은 시종 비행기에만 시선을 고정시킨 채 조
종기를 움직이고 있었다. 비행기가 순간적으로 흔들리자 잠시 풀
려 있던 그의 얼굴이 조율이라도 된 듯 다시 팽팽해졌다. 그의 몸
과 허공의 비행기가 보이지 않는 선으로 연결이라도 된 듯한 느

낌이었다.

비행이 끝날 무렵에는 이미 수문 쪽 하늘이 온통 붉게 물들어 있었다. 중간에 엔진이 말썽을 부리는 바람에 몇 번이나 비행기를 다시 띄운 탓인지 시간이 훌쩍 지나가버렸다. 문경은 철수를 서둘렀다. 해가 지기 전에 돌아가야 한다는 것이었다. 그러나 이현은 아쉬웠다. 무엇보다 글라이더의 비행을 보고 싶었다. 파주 그 공터에서조차 한 번도 보지 못한 글라이더였다. 이현은 장비를 챙기는 문경에게 글라이더의 비행을 꼭 보고 싶다고 정중하게 요청했다. 문경은 그제야 하는 수 없다는 듯 동력을 이용해 글라이더를 띄웠다.

글라이더는 동작이 아주 느리고 고요한 춤을 보는 것 같았다. 붉은 하늘을 배경으로 소리 없이 날고 있는 글라이더. 이륙 후에는 바람으로만 비행하는 글라이더를 이현은 넋을 잃은 채 바라보았다.

"비행기의 여왕이지요. 순전히 바람과 기류로만 나는……."

문경의 목소리가 어느새 조금씩 밀려들기 시작하는 저녁 습기에 젖어들고 있었다. 붉게 물든 하늘에서 큰 새처럼 날개를 활짝 편 채 천천히 하강하는 글라이더와 문경의 옆모습이 나란히 눈에 들어왔다. 문경은 그대로 굳어진 조각처럼 미동도 하지 않았다.

그런 문경의 모습을 좀더 보고 싶었던 걸까. 이현은 홍수에 밀려온 긴 나무등치에 자리를 잡고 앉아버렸다. 어느새 입고 있는 흰 셔츠가 붉은빛으로 물들 때까지 이현은 일어날 생각도 하지 않은 채 앉아 있었다. 서쪽 하늘에선 빠르게 노을이 걷히고 있었다. 저녁 공기가 서늘해졌다.

문경이 주위를 돌아다니며 흩어져 있는 나뭇가지와 마른풀들을 한아름 주워 왔다. 이현이 앉은 나무둥치 옆에 주워 온 것들을 모아놓은 문경은 라이터를 켜 불을 피운 다음 담배를 피워 물었다. 마른풀 더미에서 확 불꽃이 일었다. 갑자기 입 안에 침이 고여왔다.

"저도 담배 좀 주세요."

이현은 대각선 방향으로 비스듬히 앉아 있는 문경을 향해 손을 내밀었다. 그가 주머니에서 담배 한 대를 꺼내 자작거리며 타고 있는 엉성한 모닥불에 담뱃불을 붙여 건네주었다.

담배 한 개비를 천천히 다 피우는 동안 하늘은 미처 지워내지 못한 붓질 자국처럼 붉은색을 조금 남겨두고 있었다. 주위는 이미 검푸른 빛에 점령되기 시작했고 문경이 불길 속으로 작은 나뭇가지들을 툭툭 던져 넣었다.

"내 옆으로 와요."

남자가 너무 먼 곳에 앉아 있다는 느낌 때문이었을까. 이현은 남자를 향해 생각지도 않은 말을 내뱉고 있었다. 검푸른 벌판에 홀로 앉아 불길 속으로 나뭇가지들을 툭툭 던져 넣고 있는 남자. 그의 마른 어깨가 검은 산처럼 외로워 보였다.

"……바리케이드, 아시죠? 아무도 들어오지 못하게 막아는 쇠울타리요. 겨우 두 번째 만남이지만 벌써 두세 번쯤 그 바리케이드 앞에 서 있는 느낌이 들었어요. 순간적으로, 한 발자국도 더 이상 떼지 못하게 만드는……"

이현은 문경을 뚫어지게 쳐다보았다. 그러나 그는 다시 담배에 불을 붙이며 사그라드는 모닥불로 눈길을 돌렸다. 공터 밖 도로를 질주하는 차들의 엔진 소리가 아득히 들려왔다.

"어감이 삭막하긴 하지만, 그래요, 아니라고 할 수도 없군요. 잘 봤어요. 난 아무도 가까이 다가오지 못하게 하지요. 그리고 나 역시…… 그 선을 넘고 싶지 않아요. 어쩌면 당신이 보았다는 바리케이드는 나 자신을 위해서 세워놓은 건지도 모르지요. 가끔씩은 훌쩍 어디론가 나가버릴 것 같은 자신을 통제하기 위해……."

문경이 마른 나뭇가지로 꺼져가는 불더미를 뒤적거렸다. 사그라들던 불꽃이 다시 솟아올랐다.

"무얼 두려워하는 거지요?"

남자는 바닥이 훤히 들여다보이는 철교 앞에서 꼼짝도 못한 채 서 있는 어린아이 같았다. 그 어린아이의 두려움을 달래주고 싶기라도 했던 걸까.

"꼭 두려움 때문은 아닙니다. 어쩌면 생래적인 것인지도 모르지요. 하지만, 모든 게 적정 거리를 유지하고 있어야만 제대로 보이는 거 아닌가요? 너무 가까이 있거나 멀리 있으면 잘 보이지 않는 법이지요."

남자는 자꾸만 어디론가 도망치려 하고 있었다.

"삶은 그저 바라보고만 있는 건 아니잖아요. 때론 가서 부딪치고 엉키고 뒤섞여야 비로소 생생해지는 것 아니던가요?"

이해할 수 없었다. 왜 자꾸 도망치는 남자를 잡으려 하는 것인지, 이현은 도무지 그런 자신을 이해할 수 없었다.

"그런데 왜 나를 자꾸 이렇게 흔들려고 하는 거지요? 그냥 지나가도 될 텐데……. 왜지요?"

문경이 의혹에 가득 차서 비로소 이현의 눈을 정면으로 쳐다보았다. 그제야 이현은 깜짝 놀라 그를 마주 보았다. 그를 바라보는 시선이 순간 심하게 흔들리기 시작했다. 왜 자꾸 그를 흔들고 있는 걸까. 왜…….

"나도 모르겠어요. 그냥 발이 떨어지지 않아요. 단지…… 당신 주위를 둘러싸고 있는 텅 빈 공간에 발목을 잡히고 있는 기분이에요."

이현은 몹시도 혼란스러웠다. 왜 그냥 지나쳐 가지 못하고 이토록 오래 그를 붙잡아둔 채 앉아 있는 걸까. 이현은 스스로도 이해할 수 없는 이상한 기운에 사로잡혀 있는 느낌이었다.

승혜의 남자, 김인석에게서 전화가 온 것은 저녁을 먹고 난 뒤 승혜의 책꽂이에서 책 한 권을 빼들고 다섯 장쯤 넘겼을 때였다. 일본의 문화재로 지정되어 있는 한국의 막사발에 관한 책이었다.

"저…… 김인석입니다."

말끝에 섞인 독특한 사투리 억양이 아니었다면 잘못 걸려온 전화라고 수화기를 내려놓았을지도 몰랐다. 남자는 단지 화분을 쳐다보던 그 눈길로만 이미지가 고정돼 있는 탓에 이현은 미처 그의 이름을 기억하지 못하고 있었다.

"실례가 안 된다면, 술 한잔 같이 했으면 하고요."

남자는 근처의 관광호텔 옆에 있는 카페라며 위치를 일러주었다. 아파트로 오는 택시에서 봤던 호텔이었다. 이현은 곧 나가겠다고 했다. 무엇보다도 남자와 승혜의 관계가 궁금했다.

남자는 카페 한구석에서 이미 맥주를 마시고 있었다. 빈 병 하나와 반쯤 남은 술병이 나란히 탁자 위에 놓여 있었다. 남자는 정중하면서도 지난번보다 훨씬 친근감 있게 이현에게 자리를 권했다. 이현도 그런 남자가 훨씬 편안하게 느껴졌다.

"혼자 계시는데 제가 방해하는 건 아닌지 모르겠습니다."

맥주잔에 술을 따르는 남자의 손길이 몹시도 조심스러웠다.

이현은 그런 남자를 안심이라도 시키듯 따라준 맥주를 단숨에 비워냈다. 오후 들면서 자꾸 마른침을 다시게 하던 갈증 때문인지 맥주는 기다렸다는 듯이 몸속으로 스며들었다. 남자의 입을 열기 위해 이현은 그의 일에 대해 물었다.

짐작대로 문화재 발굴 현장에서 일하고 있다는 남자는 갑자기 생기를 띠기 시작했다. 최근에는 주차장을 지으려고 땅을 파다가 경주 외곽에서 BC 8세기경의 집단 거주지가 발견되는 바람에 그쪽 현장에 가 있다고 했다. 물론 계획을 세워 시작하는 일들도 많지만 갑자기 집을 새로 지으려고 파내던 땅속에서 그릇 조각이나 장신구가 발견되어 발굴이 시작되는 경우도 허다하다는 것이다.

"지금으로부터 이천팔백 년 전의 사람들이 살던 집터를 발굴하고 있습니다. 기둥을 세워 집을 지었던 흔적들과 무덤들이 많이 나오고 있지요. 지금의 시간이 그 이천팔백 년 전의 시간과 하나의 선으로 나란히 이어지는 기분이 아주 기묘합니다."

그의 이야기를 들으면서 가벼운 전율이 일었다. 이천팔백 년이란 시간은 몇 번의 인생이 거듭되는 걸까. 도무지 짐작도 가지 않는 시간들이었다.

"재미있겠어요."

진심이었다. 그는 아주 다른 세계에 속해 있는 듯이 보였다. 그가 발굴하고 있다는 이천팔백 년 전의 그 시간이 고스란히 이어진 낯선 어떤 현실에 속해 있는 듯한 느낌이었다.

"네. 재미있지요. 현실감이 자꾸 떨어지긴 하지만……."

남자는 조금씩 취기가 오르고 있었다. 얼굴이 붉어지기 시작하더니 긴장해 있던 눈동자도 조금씩 풀려갔다. 맥주가 다시 날라져 오고 빈 병이 대여섯 병으로 늘어나자 남자는 비로소 승혜의 애기를 꺼냈다.

"아무래도 승혜 씨가 애기 안 한 것 같더군요. 짐작하셨겠지만 승혜 씨와는 단순한 동료 사이만은 아닙니다."

이현은 어렵게 애기를 꺼내는 그를 방해하지 않기 위해 가만히 고개만 끄덕였다.

"처음이에요. 이렇게 타인을 위해 자신을 모두 내줄 수 있으리라곤 생각도 못 했어요. 내 속이 송두리째 텅 비어버린 기분을 아세요? 그런데도 하나도 허전하거나 아깝지 않은 게 참 이상해요."

이현은 다시 고개만 조용히 끄덕이며 그에게서 시선을 떼지 않았다. 남자는 누군가 자신의 애기를 들어줄 사람이 필요해 보였다.

"그래요, 승혜 씨가 경주 내려와서 함께 일하기 시작한 지 얼마 되지 않아서부터예요. 그런 저 자신이 처음엔 이해가 가지 않았어요. 무척 힘들더군요. 짐작하시겠지만 전 이미 결혼을 한 사람이었고, 그런 무책임한 감정 같은 걸 경멸했었거든요. 그런 저 자신을 인정할 수 없었죠. 그러다가 아주 어렵게, 그래요, 아주 힘들게 제 감정을 인정하게 됐어요. 아니 그럴 수밖에 없었죠. 안 그러면 제 자신이 자꾸 분열되기만 하고…… 견디기가 힘들었죠. 그런데 그걸 인정하고 나니 아주 편안해지더군요. 자신이 그렇게 대단한 사람이 아니라는 것을 인정한 거죠. 그 후로 전 아주 다른 사람이 되었어요."

남자는 어느새 술기운이 말끔히 가서 있었다. 이현의 시선을 피하지도 않았다.

"그런데 이젠 승혜 씨가 힘들어하고 있어요. 갑자기 영국으로 가버린 것도 그 때문이에요."

짐작대로였다. 승혜가 갑자기 영국으로 떠난 이유 중엔 어떤 식으로든 남자가 개입돼 있으리라고 충분히 짐작할 수 있었다.

"내가 이혼하겠다고, 같이 살자고 했더니…… 도망가버렸어요."

"도망이요?"

이현은 남자의 말을 받아 중얼거리고 있었다. 무언가를 피해 멀리 떠나버리는 것. 승혜는 정말 이곳을 떠날 수 있을까.

"예. 도망쳐버렸어요. 하지만 저는 승혜 씨가 반드시 돌아올 거라고 믿습니다. 화분들을 제게 맡기고 갔으니까요. 차마 그것들을 버리지 못했으니까요. 저 역시 버리지 않을 거라고 굳게 믿고 있습니다."

남자는 어느새 한 병의 맥주를 더 비우고 있었다.

"승혜 씨가 돌아올 때까지 화분들을 잘 키우는 게 제가 할 수 있는 일의 전부입니다. 혹시 그것들 중에 하나라도 잎이 시들지 않도록 잘 보살피는 거요. 지금 제가 할 수 있는 일은 그것밖에 없더군요."

남자가 화분을 쳐다보던 그 애틋한 시선을 이현은 다시 한 번 떠올렸다. 그는 쉽게 승혜를 포기할 것 같지 않았다.

"승혜 씬 자신이 없대요. 다른 사람에게 상처를 입히고 잘살 자신이 없대요……. 물론 저도 그 마음을 모르지 않습니다. 저 역시 그런 결심을 하기까지 쉽지 않았으니까요. 하지만 승혜 씨가 모르는 게 있지요. 어떤 사람에게는 집이 이미 덫이 돼버리기도 한다는 사실을 승혜 씨는 모르고 있어요. 이 여름날 저녁에 부지런히 만들고 있는 거미의 집이 어떤 날벌레에겐 치명적인 덫이 되기도 한다는 그 사실을요……. 이미 늦었다는 걸 인정하지 않아요."

덫. 그는 정말 거미줄에 걸린 날벌레일까. 몸에 감긴 그물을 벗어나려고 몸부림을 칠 때마다 그 가늘고도 질긴 줄들이 온몸을 가차 없이 감아버리는……. 이현은 고개 숙인 남자를 감고 있는 거미줄들을 떠올리며 맥주잔을 비웠다. 좀처럼 취기가 오르지 않는 이상한 술이었다.

그 후로도 맥주를 두 병이나 더 마시고 남자는 일어섰다. 꽤 취했음에도 불구하고 남자는 몸을 비틀거리지 않으려 애썼다. 택시를 잡아탄 후 이현을 승혜의 집 앞까지 데려다 준 그는 자신의 집으로 돌아갔다. 이 도시의 반대편에 있는 그의 집으로, 이미 덫이

돼버린 그의 집으로, 아니 자기가 놓은 덫에 자신이 걸려버린 그
곳으로…….

  덫에 걸려버린 것은 김인석만이 아니었다.
  문경을 만났던 그 토요일 오후. 이현은 한시라도 빨리 혼돈스
런 공기로부터 벗어나고 싶었다. 결국 자신이 몰고 온 혼란스럽
고도 위태로운 분위기. 이현은 이제 더 이상 그런 혼돈에 자신을
방치해 두고 있을 수가 없었다. 단호한 거부처럼, 이현은 벌떡 일
어나 남아 있는 불씨를 발로 비벼 꺼버렸다.
  "그만 가죠."
  이현의 말이 떨어지기가 무섭게 문경도 장비들을 챙겨 들고 성
큼성큼 앞서서 걷기 시작했다. 공터는 이미 어둠이 내려앉기 시
작해 희부윰한 바닥은 지표면보다 융기돼 보였다. 자꾸만 허공을
내딛는 기분이었다.
  문경은 빠르게 차를 몰았다. 어둠이 짙어지자 문경의 모습이
차창에 비쳤다. 무얼 보고 있는 건지, 눈동자조차 움직이지 않았
다. 남자는 점점 속도를 높이고 있었다. 얼마 남지 않았다. 곧 안
양 길로 접어들 것이고 낮에 만났던 전철역에서 차를 내리면 그
걸로 끝이었다. 이 거북한 침묵과 이유도 모를 압박감으로부터
벗어날 수 있을 것이다. 남자 역시 이현의 이 부당한 시선으로부
터 놓여나 곧 자기 집으로 돌아가리라.
  분명 문경은 부당하다고 생각하고 있을 것이다. 자신을 향한
이현의 비난 어린 시선이 부당하다고. 왜 자꾸 그를 흔들었던 걸

까. 처음 만나던 날부터 왜 남자를 공격에 가깝게 흔들었을까. 담, 울타리, 바리케이드…… 이현은 결국 스스로 혼란에 빠져버리고 만 꼴이었다.

문경은 여전히 앞만 본 채로 말없이 차를 몰았다. 밖은 이미 캄캄했다. 낮에 보았던 들판인 듯 온통 컴컴한 길 양쪽으로 펼쳐진 무논이 검은 유리처럼 빛나고 있었다. 침묵을 더 이상 참지 못하겠다는 듯 문경이 라디오를 켜고 담배를 피워 물었다. 현란한 랩이 탄피처럼 쏟아져 나왔다. 가사를 전혀 알아들을 수 없었다.

얼마나 달렸을까. 문경의 표정이 갑자기 달라지기 시작했다. 그는 허둥대고 있었다. 라이트를 모두 켜고 고개를 빼 길 앞과 양쪽을 자꾸 두리번거렸다. 이상했다. 수십 번도 더 다녔을 법한 길에서 그가 허둥대고 있다니. 차는 논 사이에 있는 1차선 도로를 달리고 있었다. 그 좁은 길은 샛길도 없이 검은 숲으로 이어지고 있었다.

"이상하군. 몇 년 동안 다녀도 한 번도 본 적이 없는 숲인데……"

문경이 혼잣말을 중얼거리고 있었다.

갑자기 그가 길가에 차를 세웠다. 그나마 좀 널찍한 갓길이었다. 길을 잘못 들어 차를 돌리려는 걸까. 그러나 문경은 갑자기 라이트와 시동을 꺼버렸다. 차 안은 순식간에 짙은 어둠과 침묵으로 돌연한 긴장감에 휩싸였다. 순간 문경이 갑자기 팔을 뻗어와 이현을 끌어안았다. 직각으로 세운 몸을 꼼짝도 하지 않고 앉아 있던 이현을 허물어뜨리며 문경은 사납게 입을 맞추었다. 그

가 순식간에 이현의 굳은 입을 열고 들어왔다. 놀란 이현의 혀가
막대사탕처럼 단단해졌다.

"갑자기, 길을 잃었어요."

이현을 안은 채 문경은 황망히 중얼거리고 있었다.

경주에 온 지 사흘째였다. 그러나 혼란은 좀처럼 가라앉지 않
았다. 무언가 모래주머니 속에서 보이지 않게 조금씩 새나가는
기분이었다. 하룻밤 자고 날 때마다 표 나게 줄어든 모래주머니.
그러나 모래가 빠져나가는 순간은 결코 눈에 띄지 않았다.

그런 기억들이 있었다. 어릴 적, 잔털 많은 해당화 열매를 치마
폭 가득 따 담고 하루 종일 맨발로 모래언덕을 뛰어다니던 시절,
갑자기 푸른 풀포기로 가려진 모래 구덩이에 한쪽 발이 푹 빠져
붉은 해당화 열매들이 흰 모래 위로 와르르 쏟아져 버렸던 그 당
황스럽던 기억. 포플린 치마 군데군데엔 해당화 열매의 붉은 물
이 배어버리고 열매 속의 잔털들이 온몸에 묻어 가려움증을 참을
수 없게 만들던 그 순간, 입었던 옷들을 모두 벗어던져 버리고 물
속으로 뛰어들고만 싶던 그런 기억. 이현은 서른다섯 살의 생이
갑자기 모래 구덩이에 빠져버린 듯한 기분이었다.

시화호엘 다녀온 다음날이었다. 오후에야 자리에서 일어난 이
현은 심한 갈증과 함께 둔중한 통증을 느꼈다. 물을 단숨에 두 잔
이나 마셨지만 입 안은 여전히 마른 논바닥처럼 갈라져 있었다.
차가운 녹차를 연거푸 몇 잔 더 마셔보아도 마찬가지였다. 물은
흔적도 없이 어딘가로 빠져나가고 입 안은 여전히 깔깔했다. 이

현은 무심코 혀로 입 안을 쓸어나갔다. 그때였다. 갑자기 혀끝이 천장 한가운데서 소스라치듯 놀라 멈춰버린 것은.

입 안에 침이 가득 고여왔다. 어디서 갑자기 솟아나온 걸까. 이현은 당황했다. 입 안 깊숙한 곳에서 무언가 불쑥 솟아오르는 느낌이었다. 몸속 깊이 숨어 있다가 무심한 혀 놀림 하나에 불쑥 튀어나오는…… 혀의 감촉이었다. 낯선, 그러나 생생히 되살아나는 한 남자의 느닷없는 혀의 감촉. 그 낯선 감촉은 순식간에 온몸속으로 번져나갔다. 손끝과 발끝에서도 낯선 혀의 감촉이 생생히 만져졌다. 순간, 온몸의 표피 위로 좁쌀을 뿌린 듯, 자잘한 소름들이 일제히 돋아났다. 그토록 낯선 감각이 이토록 생생할 수 있다니, 이현은 믿기지 않았다. 지나치게 선명해서 비현실적으로 느껴지는 꿈속 같았다.

그러나 곧 이현은 무서워지기 시작했다. 쉽게 사라지지 않을 것 같은 예감 때문이었다. 하룻밤 깊이 자고 나면 꿈속의 일인 듯 잊혀질 줄 알았다. 오후가 되도록 한 번도 깨지 않고 잠을 잔 무의식 속엔 어쩌면 그런 계산이 있었는지도 몰랐다. 아니 적어도 그토록 생생히, 낯선 남자의 감촉이 되살아나리라는 건 적어도 미처 예상치 못한 일이었다.

그때부터였다. 온몸에서 열이 나고 근육의 마디마디가 격렬한 통증에 휩싸이기 시작한 것은. 몸뚱어리 전체가 작은 용광로처럼 뜨겁게 달아올랐다. 저녁에 퇴근한 성훈이 체온계를 가져와 열을 재보니 39.8도였다. 성훈은 응급실로 가자고 성화였지만 이현은 완강히 거부했다. 차라리 열이 좀더 올라가 정신을 잃어버리기라도 했으면 하는 마음이었다. 낯선 남자의 감촉이 끊임없이 되살아나는 이 생생한 의식을 끊어버릴 수만 있다면……. 이현은 꼬박 나흘을 앓아누웠다. 그리고 자리에서 일어난 후 겨우 하루 만에 쫓기듯 경주로 내려와버렸다.

김인석의 말이 좀처럼 잊혀지지 않았다. 이미 늦었다는 걸 인정하지 않아요. 이미 늦은 걸까. 한 남자의 목소리가 환청처럼 귓가를 떠돌고 있었다. 정말 늦은 걸까. 길을 빠져나가기엔 이미 늦어버린 걸까.

'갑자기 길을 잃었어요.'

어둠 속에서 길 한쪽에 차를 세워놓고 중얼거리던 최문경의 당혹스러운 목소리가 김인석의 목소리와 뒤섞였다. 무엇이었을까. 그날 밤, 문경으로 하여금 갑자기 이현을 끌어안고 입을 맞추게 한 것은 무엇이었을까. 늘 지나다니던 길에서 갑자기 길을 잃은 남자의 당혹스러움이 그토록 거친 입맞춤을 하게 한 것일까. 어딘가로 황급히 몸을 숨기는 어린아이처럼 남자의 혀는 난폭했지만 내밀한 떨림이 남김없이 전해져 왔었다.

왜 여기까지 온 걸까. 천년 전 사람들이 그토록 많은 흔적을 남겨놓은 이 도시로, 아니 이천팔백 년 전의 집터와 화살촉이 시루떡 같은 지층 켜켜이 묻혀 있는 이곳으로……. 밤 기차 지나가는 소리가 들려왔다. 불국사역을 지나가는 밤 기차. 늦은 밤의 여행자들은 불을 환히 밝힌 기차에 몸을 맡긴 채 깊은 잠에 빠져 있으리라. 자신들이 탄 기차를 실어다 줄 그 안전한 레일을 믿으며,

부동(不動)의 레일 위를 달리는 그 기차도 때론 길을 잘못 들 수 있다는 사실은 의심조차 하지 않으면서…….

이현은 냉장고 문을 열고 차가운 생수를 병째 들이켰다. 그러나 갈증은 쉽게 가실 것 같지 않았다.

돌아가야 하리라. 집을 떠나온 지 사흘이 지나고 있었다. 사흘 동안 김인석을 만난 걸 빼곤 이현은 오직 집 안에만 틀어박혀 있었다.

비오는 날, 새파란 왕릉들 사이를 종일토록 걸어보고 싶었던, 오래 마음속에 품고 있던 소망도 더 이상 생각나지 않았다. 아니 그동안 자신이 머물고 있는 이 도시에 새파란 왕릉이 있다는 사실조차 떠오르지 않았다. 내려오는 날부터 잔뜩 몰려 있던 구름이 어제 드디어 물이 가득 찬 비닐 주머니를 터뜨리듯 종일 비를 뿌렸음에도 불구하고 이현은 집 안에서 비오는 들판을 하염없이 내다봤을 뿐이었다.

그동안 성훈은 어김없이 아침저녁으로 전화를 걸어와 몸은 괜찮은지를 물었고 때론 친정어머니나 혜인일 바꾸어주기도 했다. 그때마다 그들과 나날의 안부를 주고받았고 과장된 목소리로 자신의 평안을 전하기도 했다.

하지만 그런 내내 이현은 그들이 낯설었다. 그들이 속해 있는 그곳, 얼마 전까지만 해도 오래된 옷처럼 익숙했던 그곳이 이현은 갑자기 아주 낯설게 느껴졌다. 김인석이 파내고 있다는 이천 팔백 년 전 이 땅에 살던 사람들이 쓰던 돌칼이나 화살촉처럼, 그곳이 너무나 아득해 보였다. 너무 멀리 떠나온 걸까. 그들이 있는

그곳과 내가 있는 이곳의 거리는 얼마나 되는 걸까. 전화를 끊고
나면 이현은 순식간에 홀로 떨어진 자신의 모습을 발견하곤 했
다. 몸을 깊숙이 웅크린 채 불안한 눈으로 제 안을 들여다보고 있
는 한 여자의 가는 등줄기.

사구(砂丘)

두 번째였다. 지갑을 집에 두고 나온 것이 이번 주 들어 벌써 두 번째였다. 옷을 갈아입고 나오면서 지갑 챙기는 걸 잊은 것이다. 난감한 일이었다. 오전에는 남산터널을 지나면서 적잖이 당황했다. 콘솔 박스를 아무리 뒤져도 동전이 보이지 않았다. 동전 투입기 앞에서 한참이나 동전을 뒤지다가 문경은 뒤차의 경적 소리를 듣고서야 하는 수 없이 그냥 통과해 버렸다. 돈이라곤 동전 한 푼도 지니고 있지 않았던 것이다. 지난 월요일에 이은 똑같은 낭패였다.

이해할 수 없는 현상이었다. 문경의 기억에 의하면 지금까지 그런 경우는 거의 없었다. 아무리 술을 많이 마시거나 늦어서 정신없이 집을 나오더라도 문경은 지갑이나 수첩, 차 열쇠 따위를 잊은 적은 없었던 것이다. 그런데 그것도 한 주일에, 한 번도 아닌 두 번씩이나 똑같은 일이 일어나고 있었다.

"사장님, 무슨 걱정 있으세요?"

정은숙이 금고에서 만 원짜리 몇 장을 내주며 염려스런 얼굴로 물었다. 집에 무슨 일이라도 있느냐는 표정이었다.

"글쎄, 아무래도 치매가 오는 것 같애."

가볍게 대꾸하곤 그 자리를 피했지만 마음은 여전히 납추를 매단 그물 같았다.

이미 퇴근 시간이 다 돼가고 있었다. 아까부터 말꼬리를 잡고 이어지는 정은숙과 김철민의 입씨름 역시도 퇴근 시간이 다 돼간다는 표시였다. 종일 묶여 있던 끈에서 풀려난다는 가벼운 술렁임.

"먼저 퇴근하겠습니다."

정은숙과 김철민이 동시에 인사를 남기며 사무실 문을 밀고 나갔다. 그들이 빠져나간 문틈으로 경쾌했던 공기가 모두 새나간 듯 사무실 안은 다시 어둡고 무거워져 버렸다. 문경은 자신의 방으로 들어가 서류들을 정리했다. 책상 위에는 대출건과 통관 서류가 한데 뒤섞여 어수선했던 며칠간의 흔적을 고스란히 보여주고 있었다. 새로 기계를 들여오느라 정신없이 보낸 한 주였다. 하지만 그런 사이에도 순간순간 정전이 되는 듯하던 정신의 암전 상태가 몇 번씩 되풀이되고 있었다.

왜 그토록 어이없는 일이 생겨버린 걸까. 어떻게 그곳에서 길을 잃을 수가 있었던 것일까. 생각할수록 납득이 가지 않는 일이었다. 그토록 여러 번 오갔던 그 길을 어떻게 잘못 들 수가 있었던 걸까.

기묘한 착시였다. 그러나 길을 잘못 들었다는 걸 깨달은 것은 한참을 지나서였다. 달리고 있는 길이 문득 한없이 낯선 느낌. 지도에서조차 본 적 없는 낯선 길을 방향도 잃은 채 달리는 기분이 든 것이었다. 문경은 당황했다. 그림을 그리라면 복사라도 한 듯 그려낼 수 있던 그 길이 왜 갑자기 그토록 순식간에 바뀔 수 있었던 것인지, 도대체 어디서부터 잘못 접어들기 시작한 것인지도 알 수 없었다. 제대로 왔다면 더 이상 갈라져 나갈 곳도 없는 길에서 갑자기 길을 잃어버리다니…….

길을 잃었다는 두려움 때문이었던가. 길을 잘못 들었다는 걸 확인한 순간, 문경은 돌아가야 한다고 생각했다. 지금이라도 핸들을 꺾어 돌아간다면 다시 제 길로 접어들 수 있을 거라고……. 하지만 문경은 자신도 모르는 사이 갑자기 차를 세웠고 느닷없이 여자를 안아버리고 말았다.

커다란 웅덩이에 빠진 기분이었다. 길 한가운데에 갑자기 나타나 자동차 시동까지 꺼뜨려버리는 물이 가득 고인 웅덩이.

재킷 주머니에 손을 넣자 작은 종이 하나가 만져졌다. 명함이었다.

객원기자 서이현.

여자의 명함에는 잡지사와 그녀의 집 전화번호, 그리고 휴대폰 번호가 차례로 적혀 있었다. 이미 수십 번 쳐다본 덕에 외워버린 번호들은 그러나 현실 속의 공간엔 존재하지 않을 것만 같았다. 선이 잘린 전화선으로 존재할 듯한, 몹시도 비현실적인 느낌만 전해 올 뿐이었다.

이미 열흘이 지나가고 있었다. 여자 역시 어떤 연락도 해오지 않았다. 어쩌면 그날 밤의 그 느닷없는 포옹과 입맞춤은 꿈이었는지도 몰랐다. 어디서도 확인할 수 없는, 다만 문경의 기억 속에만 생생히 남아 있는 여자의 감촉. 바위처럼 단단해져 있다가 한순간 해면처럼 풀리던 여자의 혀. 순간 광활한 우주 공간에서 갑자기 블랙홀에 빠져버리기라도 한 듯 온몸을 휩싸던 혼돈과 두려움. 여자의 감촉은 무엇보다도 혼돈과 두려움의 기억 속에서 더욱 생생하게 되살아나고 있었다.

문경은 명함을 꺼내 물끄러미 쳐다보았다. 작고 얇은 사각의 종이 한 장일 뿐이었다. 지금 곧 쓰레기통에 던져버릴 수도 있었다. 아니 간단히 네 조각을 내어 공중에 흩뿌려버릴 수도 있었다. 실제로 어제는 슬며시 주먹을 쥐어 손안에 든 명함을 구겨버리기도 했었다. 그 순간 손바닥을 찌르는 파들한 촉감, 문경은 여전히 어디로도 던져버리지 못하고 있었다.

'내 옆으로 와요.'

여자의 목소리가 환청처럼 들려왔다. 갯벌에 내려앉은 검푸른 빛의 울림 같던 여자의 목소리. 순간적으로 문경의 몸속 어딘가에 숨죽인 채 고여 있던 물이 출렁, 하고 흔들렸다. 문경은 미동도 하지 못한 채 앉아 있었다. 숨이라도 크게 쉬고 나면 곧 온몸이 물결에 휩싸여버릴 것만 같았다.

사무실을 빠져나온 문경은 빠르게 걷기 시작했다. 옛 경기여고 앞을 거쳐 인적이 드문 덕수궁 뒷길을 순식간에 지나갔다. 누군가 쫓아오기라도 하는지, 문경은 거의 뛰다시피 단숨에 시청 앞 버스 정류장까지 도착했다. 마침 다가오던 좌석 버스에 올랐을 때는 턱까지 숨이 차올랐다. 문경이 미처 자리를 찾아 앉기도 전에 버스가 급히 떠났다. 문경은 겨우 숨을 고르고 나서 다시 한 번 버스 앞에 붙은 노선도를 확인했다. 집으로 가는 버스가 틀림없었다.

현관문을 열고 들어서자 낯익은 풍경이 눈앞에 들어왔다. 가지런히 정돈된 현관의 신발들과 방금 전까지 아이들이나 아내 지원이 앉아 있던 흔적이 남아 있는 소파, 그것들을 소리 없이 비추고 있는 낮은 조도의 거실 등. 문경은 비로소 안심이 되었다. 이제 더 이상 길 잃을 염려는 하지 않아도 될 것 같은 깊은 안도감이었다.

지원은 아직 잠들지 않고 있었다. 벽면을 향한 채 침대에 비스듬히 누워 잡지를 뒤적이고 있었다.

"벨을 누르지 왜 그렇게 도둑고양이처럼 들어와?"

지원은 속옷 차림의 외국 모델들이 전면을 채우고 있는 잡지에서 눈을 떼지 않은 채 의아한 시선으로 문경을 쳐다보았다.

넥타이를 푼 문경은 서둘러 바지를 벗었다. 미처 와이셔츠도 벗지 못한 채로 문경은 여전히 등을 보이고 있는 지원에게 몸을 던졌다.

"갑자기 왜 이래?"

지원은 외면한 자세를 풀지 않았다. 아니 돌덩이처럼 완강했다. 그러나 바위 덩어리라도 껴안듯 문경은 뒤에서 지원의 등을 껴안으며 간신히 그녀의 목덜미 사이로 팔을 비집어넣었다.

"하마터면 또 길을 잃을 뻔했어."

문경은 꼼짝도 않고 있는 지원의 등에 얼굴을 묻으며 중얼거렸다.

다음날 점심시간이 지난 후였다. 정은숙이 수화기를 든 채 소리쳤다.

"서이현 씨라는 분 전환데요."

식도를 타고 내려가던 커피가 갑자기 목 한가운데 걸린 듯했다. 수화기를 들기 전에 문경은 반사적으로 재킷 주머니 속에 손을 넣었다. 그 여자, 서이현의 구겨진 명함이 여전히 손에 잡혔다. 지갑은 잊고 나올망정 옷을 갈아입을 때마다 주머니 속의 그것은 잊지 않고 챙겨 넣고 있었다. 문경은 한 손으로 구겨진 명함을 만지작거리며 수화기를 들었다.

"네, 최문경입니다."

문경은 침을 한 번 삼켰다.

"저…… 서이현이에요."

여자의 목소리 너머에서 낮은 음악 소리가 들려왔다.

"네."

"지난번 그 레스토랑에 와 있어요. 좀 뵙고 싶은데요."

준비된 원고를 읽듯이 여자가 단숨에 말을 마쳤다. 명함을 만지작거리던 문경의 손이 순간 주머니 속에서 멈췄다.

"지금 가지요."

전화를 끊은 문경은 담뱃불을 붙였다. 팽팽히 당기고 있던 줄이 한순간에 탁 끊어진 기분이었다. 몇 번 손을 놓을까 망설이던, 그러나 끝내 놓아버리지 못했던 줄을 여자는 한순간에 간단히 끊어버리고 있었다.

"세관에 다녀오겠습니다."

김철민이 잠시 문을 열어본 후 넋이 나간 듯 앉아 있는 문경을 깨우며 나갔다. 문경은 그러나 꼼짝도 하지 않고 그대로 한참을 더 앉아 있다가 일어섰다. 여자는 어쩌면 시계를 쳐다보다가 일어나버렸을지도 모를 일이었다. 여자의 전화를 받은 지 이미 이십 분이 지나고 있었다.

그러나 문경이 사무실을 나가려는 순간 전화벨이 울렸다. 문경은 재빨리 수화기를 들었다. 전화는 은영이었다.

"지난번엔 죄송했어요. 그냥 가셨다면서요."

차분히 가라앉은 목소리였다. 이젠 제자리에 돌아온 걸까.

"좀 괜찮아졌어요?"

"네."

"그럼 됐습니다."

문경은 끝내 언제 들르겠다는 말도 하지 않고 전화를 끊었다. 아니 은영에게 한번 오라는 말을 할 기회마저 주지 않았다. 그렇다고 화가 나 있는 것도 아니었다.

며칠 전 문경이 은영의 카페에 갔을 때, 그녀는 몹시 취해 있었다. 어수선한 실내 분위기와 시끄러운 록 음악이 뒤섞여 되돌아가고 싶은 마음뿐이었다. 테이블은 절반쯤 차 있었고 은영의 모습은 보이지 않았다.

가끔씩 은영 대신 일을 봐주는 후배라는 여자가 카운터에 앉아 문경에게 가벼운 목례를 보내왔다. 차마 되돌아 나가지 못한 문경은 입구 가까운 곳에 자리를 잡았다. 그때 어두컴컴한 구석 테이블 쪽에서 혀가 많이 풀려 있었지만 은영의 것이 분명한 목소리가 들려왔다.

"왜요? 저는 뭐 취하면 안 되나요?"

은영은 세 명의 남자 사이에 앉아 있었다. 많이 마셨는지 상체가 곧 무너져 내릴 듯이 위태로워 보였다.

"아, 안 되긴. 미스 리 이런 모습 처음 보니까 좋아서 그렇지."

사내들 중 하나가 호방하게 웃으며 은영에게 수작을 걸고 있었다. 곧이어 은영의 웃음소리가 낭자하게 실내를 울렸다. 주변에 있던 손님들이 일제히 그들을 향해 고개를 돌렸다. 순간 문경은 자리에서 벌떡 일어났다.

은영의 웃음소리가 다시 한 번 파편처럼 흩어지는 걸 들으며 문경은 출입문을 밀었다.

"그냥 가시려고요?"

카운터에 있던 은영의 후배가 급히 달려나와 난처한 얼굴로 문경을 쳐다보았다.

"다음에 오지요."

"언니, 초저녁부터 마셨어요. 요즘 자주 저러네요. 몸도 안 좋으면서……."

은영의 후배가 걱정스런 얼굴로 문 앞까지 따라 나왔다.

‘블루’의 좁은 골목길을 빠져나오며 문경은 담배를 피워 물었다. 기분이 몹시 언짢았다. 은영은 왜 자꾸만 흐트러져 버리는가. 안쓰러움보다 울컥 짜증이 치밀었다. 그녀를 알고 지낸 사년 동안 저토록 흐트러진 모습은 한 번도 보이지 않던 은영이었다. 물론 문경이나 다른 손님들과 어울려 술을 마시기도 했지만 은영은 단 한 번도 자신을 놓아버리지 않는 여자였다. 그런 은영이 요즘 들어 불쑥불쑥 자신을 놓고 있었다. 산으로 들어갔다는 그 남자 때문이라는 걸 알면서도 문경은 그날따라 유난히 짜증이 났다. 난데없는 이기심이라는 걸 알지만 몰려드는 감정은 어쩔 수 없었다. 단지 더 이상은 가까이 다가가고 싶지 않은 것뿐인지도 몰랐다. 아니 은영은 늘 그 자리에 변함없는 모습으로 앉아 있어야만 하는 사람이었다. 적어도 문경에게는 그랬다. 몇 걸음 떨어진 자리, 그래서 통증 없이 바라볼 수 있는 위치. 비록 상대가 은영이 아닌 그 누구라도 문경은 언제나 그곳이 자신의 자리라고 믿었다.

은영의 전화를 끊은 문경은 여자가 기다리고 있는 레스토랑을 향해 걸음을 떼었다. 한 발 한 발 땅을 파듯이 천천히 내딛는 발길이었다.

지난번 함께 앉았던 구석 자리에 여자의 등이 보였다. 어깨 아래로 살짝 내려오는 생머리와 반듯한 흰 재킷의 어깨가 잔뜩 긴장이라도 한 듯 미동도 없이 쏟아져 내리는 불빛을 받고 있었다.

불빛 때문인지 여자는 더 창백해 보였다. 얼굴이 수척하고 파리했다. 그래서인지 눈빛은 더 투명하고 깊어 보였다.

"잘 지내셨어요?"

여자는 지극히 의례적인 인사를 건네왔다. 안녕하세요, 로 시작되는 인사말 따위와 하나도 다를 바 없는 억양이었다.

"네."

"사진이 필요하다는 걸 깜빡 잊어버렸어요. 그날 찍었어야 하는 건데 정말 까맣게 잊어버리고 말았어요. 번거로우시겠지만 사진 한 장만 보내주세요. 잡지사로 직접요. 비행기가 들어가면 더 좋고요."

여자가 찾아온 것은 사진 때문인 모양이었다.

"전화로 하셔도 될 걸 일부러 오셨군요."

문경은 커피잔을 들며 고개를 숙였다. 사무실에서부터 긴장하기 시작한 온몸의 근육이 일시에 풀어지는 느낌이었다. 그제야 재즈 피아노의 불규칙한 리듬이 귀에 들어왔다.

"그것 때문에 온 건 아니에요."

"그러면……."

잠시 이완됐던 근육들이 다시 팽팽해졌다.

"같이 가고 싶은 데가 있어요."

여자가 문경을 똑바로 바라보았다. 이미 몇 번을 마주한 적이 있는, 여자의 흔들림 없는 시선이었다.

"어딜……?"

어딘가를 향해 팽팽해져 있는 여자의 모습에서 문경은 방금 전까지 평온해 보이던 여자의 눈빛이 실은 안간힘이었음을 깨달았다. 긴장감이 온몸의 돌기들을 일제히 일으켜 세우고 있었다.

"그냥 함께 가주셨으면 좋겠어요. 제가 가자는 데로요."

여자는 가려는 곳이 어디인지 말하고 싶지 않은 모양이었다. 문경은 더 이상 묻지 않았다. 그곳이 어디든 가지 않을 수 없는 상황이라는 건 분명했다. 단호하면서도 간절한 여자의 눈빛 때문이었다.

"지금 가야 하나요?"

문경이 담배를 챙겨 넣으며 물었다.

"네. 지금 가야 돼요."

여자도 핸드백을 손에 쥐며 일어섰다.

어디로 가는 걸까. 근처 주차장에 세워둔 여자의 차에 오르며 문경은 그곳이 어딘지 모르지만 다만 캄캄한 곳으로 가고 있다는 생각만 또렷했다. 에우리디케의 손을 잡고 동굴 속으로 들어가는 오르페우스의 이야기가 언뜻 떠올랐다.

여자를 따라 도착한 곳은 교외의 한 카페였다. 제법 험한 산길을 넘자 생각지도 못한 저수지와 카페촌이 나타났고 여자는 그 중 '모래언덕'이라는 간판이 내걸린 작은 카페 앞에 차를 세웠다. 저수지가 마주 보이는 언덕이었다.

카페는 흙으로 지은 작은 초가였다. 옛 초가의 모습을 그런대로 충실히 살려내고 있었다. 다만 초가지붕을 굵은 새끼줄로 꼼꼼히 동여맨 것이 특색이라면 특색이었다. 산속 분지 같은 그곳보다는 제주도나 섬처럼 바람이 많이 부는 곳에서 흔히 볼 수 있는 초가 양식이었다.

"우연히 지나가다가 발견했는데 가끔씩 혼자서 오는 곳이에요."

차에서 내려 의아한 얼굴로 쳐다보고 있는 문경에게 여자가 설명했다. 저수지 주위엔 벌써 어둠이 내려앉고 있었다. 여자는 도대체 왜 이곳까지 온 걸까. 문경은 여자를 따라 카페의 나무문을 밀고 들어갔다.

"그냥 지나가다가 모래언덕이란 간판에 이끌려서 들어왔는데, 정말 거짓말처럼 이곳에서 저길 만났어요. 모래언덕, 저 사구(砂丘) 말이에요."

여자가 창가 맞은편 벽면을 가득 채우고 있는 액자를 가리켰다. 사진이었다. 사막인 듯 넓게 펼쳐진 모래언덕을 찍은 흑백사진들이었다. 언덕을 이루는 사선들이 선명하고도 날카롭게 이어져 있으면서 끝간데 없이 아득해 보였다.

"사막이 아닙니까?"

"사막처럼 보이지만 아니에요. 사구지요. 바람에 날려온 모래가 만들어낸 언덕이요."

여자는 사진에서 눈을 떼지 않고 있었다. 문경은 그런 여자의 눈길 때문에라도 사진에서 눈을 돌릴 수가 없었다. 사진 속의 풍경을 여자와 함께 오래 바라보았다. 사진 속의 모래알들이 날아와 눈에 박힌 듯 눈자위가 뻑뻑해지기 시작했다.

"꼭 사막처럼 황량하고 아득하군요."

문경은 불현듯 그 사막의 한가운데에 홀로 서 있는 듯한 느낌에 휩싸여 메마르고도 낮은 목소리로 중얼거렸다. 여자는 왜 하필이면 이런 황량한 풍경을 보여주려고 여기까지 데려온 걸까. 문경은 새삼 마주 앉은 여자의 얼굴을 찬찬히 쳐다보았다. 이목구비의 사이사이로 팽팽한 긴장감이 감돌고 있었다. 조금만 건드려도 핏방울이 튕겨져 나올 것만 같았다. 문경은 여자의 시선을 슬쩍 비켜났다.

"그런데 저 사진의 피사체는 모래언덕이 아니라 바람이라고 해야 할 것 같네요. 언덕의 저 사선들은 결국 바람의 흔적일 테니까……."

문경은 이미 검푸른 색으로 변해 가고 있는 창밖으로 시선을 돌리며 긴장을 누그러뜨렸다. 여자의 몸에 서린 강한 자장에 문경은 꼼짝없이 갇힌 기분이었다.

"그래요, 바람의 흔적…… 결국, 흔적만 저렇게 선명히 남는 거겠지요."

여자는 갑자기 무엇엔가 홀린 사람처럼 문경의 말을 반복하고 있었다. 긴 옷자락이 소리 없이 물에 젖어가고 있었다.

"그런데 왜 여기로 온 거지요?"

문경은 어딘가 자꾸만 낯선 곳으로 빠져드는 기분을 깨기 위해 정색을 하고 물었다.

"저걸 보여주고 싶었어요. 저 사진을요, 아니 저곳을 당신에게 보여주고 싶었다는 게 더 정확하군요."

"왜 내게 저걸 보여주고 싶은 거지요?"

문경의 말투가 갑자기 심문관처럼 집요해졌다.

"난 저 사진을 보는 순간 한눈에 알아보았어요. 신두리라고,

내가 자란 곳이에요. 사진작가인 이 카페의 주인이 직접 찍은 거래요."

"그런데 왜 내게 저길 보여주는 거지요?"

"왜냐하면……."

여자는 순간 마른 입술을 다셨다. 또다시 암전과도 같은 짧은 정적이 여자를 감쌌다. 문경은 숨을 죽인 채 여자를 보고만 있었다.

"나를 보여줘야 하니까요."

나지막하면서도 단호한 여자의 목소리를 듣는 순간 문경은 모래언덕 속에서 누군가 불쑥, 솟아오르는 느낌이었다. 고요한 모래언덕을 뚫고 불쑥 솟아오르는 한 사람.

문경은 여자가 거품 하나 없이 따라주었던 맥주잔을 들어 단숨에 마셔버렸다.

나를 보여줘야 하니까요…… 여자는 매끈한 모래언덕에 발자국을 하나하나 찍어가듯이 또박또박 말했다. 나를 보여줘야 하니까요.

여자가 남긴 발자국 속에, 아니 그 모래 더미 속에 몸이 쑤욱 빠져 들어가는 기분이었다. 가만히 서 있어도 모래 더미에 저절로 무릎까지 푹 빠져버리는…… 문경은 무릎을 빼내려 발을 움직여보았다.

"……."

문경은 여자를 향해 천천히, 그러나 분명하게 고개를 가로저었다. 오래도록 몸에 밴, 부정의 몸짓이었다. 하지만 고개를 내젓는 완강한 몸짓과는 달리 무릎은 점점 더 깊이 빠져드는 기분이었다.

"아뇨, 이미 늦었어요."

여자가 흔들리는 문경의 시선을 한순간 붙들어 매며 말했다.

"……이미 발이 들어가버린걸요……. 어쩔 수 없었어요. 나도 모르는 새에…… 발이 먼저 들어가버린걸요."

여자는 한순간도 흐트러지지 않는 부동의 자세로 앉아 있었다. 곧게 세운 허리와 반듯하게 좌우대칭을 이루고 있는 어깨선이 단호하면서도 완강한 여자의 태도를 고스란히 드러내주고 있었다. 여자는 무장하고 나온 군인 같았다.

"……난 누굴 들여놓을 줄 모르는 사람이에요……. 당신도 처음부터 알고 있었잖아요. 그냥…… 그냥 여기서 그쳐요. 그게 좋아요. 결국 당신만 다치게 될 거예요."

문경은 무장해제를 당한 포로처럼 무릎을 꿇었다. 제발, 그냥 이대로 지나가줘요. 나를 더 이상 흔들지 말아요. 문경은 지난 열흘 동안의 위태로웠던 균형이 일시에 흔들리는 기분이었다.

하루에도 몇 번씩 머리가 어찔해지던 유혹들이었다. 언뜻언뜻 손에 쥐어보곤 하던 주머니 속의 명함, 아니 내내 목을 바싹바싹 말리며 잊혀지지 않던 여자의 혀끝 감촉, 한참 동안이나 멍하니 쳐다보곤 하던 전화기, 두 번씩이나 집에 두고 온 지갑 따위…… 그것들이 일시에 몰려와 문경의 몸을 사정없이 흔들어버리고 있었다.

"당신도 알고 있잖아요. 그냥 지나쳐 갈 수 없는 길이라는 거……. 지난번 당신이 갑자기 길을 잃었을 때 우린 이미 다른

길에 들어서버린 거예요. 지난 열흘 동안 아무리 부정하려고 해
봐도 안 됐어요. 이미 그 길에 들어서버렸다는 것밖엔 아무것
도…… 정말 아무것도 생각할 수가 없었어요."
　여자의 목소리가 바람 속 전깃줄처럼 떨리고 있었다. 희다 못
해 파랗게 굳은 얼굴이었다.

　푸른빛이 도는 여자의 얼굴을 멍하니 쳐다보고만 있던 문경은
그제야 여자가 심상치 않다는 걸 깨달았다. 그때까지 몸을 꼿꼿
이 세우고 앉아 있던 여자는 갑자기 소파 등받이에 털썩, 몸을 기
댔다. 여자는 얼음강에서 건져낸 사람처럼 몸을 떨고 있었다.
　문경은 카운터에 따뜻한 물을 부탁하고 여자의 옆자리로 가 어
깨를 감싸 안았다. 여자는 근육이 뻣뻣해진 채 떨고 있었다. 문경
은 재킷을 벗어 여자에게 걸쳐주고 어깨와 팔을 주물렀다. 따뜻
한 물을 두 잔이나 거푸 마시고 문경이 한참이나 어깨를 쓸어주
고서야 겨우 진정이 되는지 여자의 떨림이 조금씩 잦아들었다.
　"가능하면 당신에게 오지 않으려고 했어요. 정말이에요……
할 수만 있다면 나 역시 피하고 싶었지요. 며칠 동안 꼬박 앓았어
요. 당신을 떠올리는 것만으로도 내 몸은 고열이 나고 온몸의 마
디마디에 통증이 일었어요. 몸이 낱낱이 해체되는 기분이었어요.
아니 차라리 그렇게 모두 해체돼 버렸으면 했어요. 몸은 몸대로,
정신은 정신대로……. 낱낱이 분해돼 당신을 기억하고 있는 내
감각기관들이 모두 사라져버렸으면 했어요. 겨우 자리에서 일어
난 뒤에도 당신에게 오지 않으려고 온갖 핑계를 다 대며 도망다

넜죠. 아주 멀리까지 갔었어요. 당신을 피해 보려고…… 하지만 헛수고였어요……. 결국 이렇게 오고 말았잖아요."

여자의 말은 잔물결처럼 가늘게 떨리고 있었다. 자박거리는 떨림이 팔을 타고 문경에게 고스란히 전해져 왔다. 그동안 온몸의 마디를 멍들이며 자신과 싸웠을 여자, 그녀의 안간힘이 남김없이 문경의 가슴에 와 박혔다.

"그만 해요. 더 이상 말하지 말아요. 그만……."

문경은 여자를 안았다. 여자의 몸에 박힌 멍을 품듯이 깊숙이 끌어안았다. 여자가 그제야 문경의 어깨에 머리를 기대왔다. 자신의 전 존재를 실은 듯 여자의 머리가 문경의 어깨를 압박하고 있었다. 온몸을 깊숙이 끌어내리는 여자의 무게.

문경은 허벅지 위에 가지런히 놓인 여자의 손을 잡았다. 희고 마른 손등엔 푸른 정맥들이 어지럽게 얽혀 있었다. 피의 흐름을 남김없이 드러내고 있는 여자의 손. 그 손이 말하고 있었다. 피하지 말아요. 아니 더 이상 피할 수 없어요.

"모르겠어요. 정말 난, 모르겠어요. 왜 이렇게 돼버렸는지……."

여자의 손이 문경의 손가락 사이로 깍지를 껴왔다. 손가락 마디마디를 구부려 합쳐진 두 손이 가늘게 떨렸다. 순간 여자의 피돌기가 고스란히 문경의 손바닥에 전해졌다. 꿈틀거리며 부딪치는 피의 흐름.

여자의 차가 오른쪽 후미등을 깜박이며 천천히 아파트 단지 안으로 꺾어 들어갔다. 곧이어 맞은편에서 오던 승용차 두 대가

라이트를 훤히 밝힌 채 여자를 뒤따라 들어갔다. 이제 여자의 차 불빛은 더 이상 구별할 수 없었다. 문경은 그제야 참았던 담배를 꺼내 물었다. 여자는 자기가 속한 그 익숙한 세계 속으로 돌아갔다. 똑같은 불빛들이 똑같은 크기의 창문 밖으로 배어 나오는, 어디가 여자의 거처인지 도무지 구분조차 할 수 없는 허공 속의 한 공간 속으로……. 어쩌면 내일 아침 눈을 뜬 여자는 오늘의 이 낯설고도 짧은 여행을 후회할지도 몰랐다. 높은 담장과 크고 완강한 문이 달린 그 익숙한 곳을 나와 금기의 길에 훌쩍 들어서버린 여자는 자신의 발등을 찍게 될지도 모를 일이었다. 문경은 발길을 돌려 여자가 알려준 길의 반대 방향으로 걷기 시작했다. 서울행 택시들이 밤늦게까지 있다는 그 쇼핑센터와 반대 방향이었다.

넓고 반듯한 신도시의 도로는 캄캄한 밤임에도 불구하고 온몸이 노출된 기분이 들게 했다. 언덕진 곳 하나 없이 평평하게 깎아놓은 땅에 아파트와 빌딩을 지은 도시라서 어디 한곳 은폐할 공간이 허락되지 않는, 광장의 한가운데에 서 있는 기분이었다. 문경은 공원을 향해 뛰듯이 걸었다.

호수가 가까워지자 거리는 조금씩 앞이 흐려지기 시작했다. 매복해 있던 비밀 병사들처럼 안개가 소리 없이 몰려오고 있었다. 붉은 가로등의 밑동부터 발자국 소리 하나 내지 않고 점령해 들어오는 비밀 군단. 호수를 둘러싸고 있는 쇠울타리 너머로 흰 안개가 뭉텅이져 넘어오고 있었다. 건널목을 건너자 순식간에 하반신이 안개에 휩싸여버렸다. 발끝부터 머리끝까지, 축축하게 젖어

들고 있었다. 문경은 다시 담배 한 개비를 꺼내 물었다. 라이터를
켜자 한 움큼의 안개를 삼키며 불꽃이 솟아올랐다. 그러나 불꽃
은 오래가지 않았다. 단속한 것.

　모든 불꽃이 그러하리라. 한순간 솟구쳐 타올랐다가 곧 형체도
없이 사라져버리리라. 한때는 대지를 온통 삼킬 듯이 이글거리다
가도 세찬 빗줄기 한번으로 순식간에 소멸에 이르는…… . 영원
한 불꽃이란 존재하지 않으리라.

　문경은 자욱한 안개를 헤치고 호수의 끝까지 걸었다. 혼자서
인적 하나 없는 거리를 걷기 시작한 지 삼십 분은 족히 지났을 시
각이었다. 안개에 완전히 점령당한 도시의 불빛은 곧 꺼져들듯이
까무룩하게 공중에 점점이 떠 있었다. 축축이 젖은 몸이 점점 무
거워지고 있었다. 저 허공의 희미한 한 점 속으로라도 스며들고
싶은 마음이 간절했다.

　그곳, 스무 살 때 떠나온 그 집도 늘 안개에 잠겨 있었다. 마을
의 불빛이 하나 둘 꺼지기 시작할 무렵부터 몰려오기 시작하는
안개는 온몸이 뻣뻣해지도록 밤새 산으로 읍내로 돌아다니다 엉
성한 대문을 밀고 들어올 때까지도 걷히지 않았다. 강이 밤새 토
해 낸 신음 같은 안개 속을 헤치고 돌아오는 새벽녘이면 그 기괴
한 집은 여전한 모습으로 버티고 있었다. 강 자락과 어울리지도
않는 2층에 미처 완공도 못 한 채 멈춰버린 집. 비죽 튀어나온
철근이 흉기처럼 음흉하게 도사리고 있는 그 집이 아직도 쓰러
지지 않고 있다는 게 기이하기만 했다. 그때마다 문경은 중얼거

렸다. 오늘도 집은 무너지지 않았다. 그것은 안도감이라기보다는 분노에 더 가까웠다. 도무지 쓰러질 줄 모르는 그 불굴의 견딤에 대해……. 도대체 무엇이 저 집을 버티고 있는 걸까. 문경은 의혹과 분노에 휩싸여 온통 안개에 덮인 그 2층집을 바라보곤 했다.

연거푸 피워댄 담배가 혀끝을 갈라놓았는지 입 안이 쓰려오기 시작했다. 문경은 돌아서서 가로질러 온 길들을 바라보았다. 안개가 붉은 가로등 불빛을 받아 오렌지빛 장막처럼 완강하게 드리워져 있었다. 도시를 가로질러 온 길들이 보이지 않았다. 이젠 돌아가야 하리라. 이 낯선 길들을 버리고 내가 속해 있는 그 익숙한 곳으로 돌아가야 하리라. 문경은 붉고 푸른 네온사인들이 현란한 도시의 중심부를 향해 성큼성큼 걷기 시작했다. 택시들이 곧 출어할 배들처럼 불을 밝힌 채 전철역 앞에 줄지어 서 있었다. 문경은 50대의 사내가 실내등을 환히 켜놓은 채 담배를 피우고 있는 개인택시에 올라탔다. 기사는 담배를 마저 다 피우고 나서야 브레이크를 내리며 문경을 힐끗 쳐다보았다. 피로에 찌든 얼굴이었다.

"직장이 여기슈?"

기사는 백미러를 통해 문경을 쳐다보았다.

"아닙니다."

문경은 창밖으로 시선을 돌리며 차창을 내렸다. 어느새 서늘해진 바람이 코끝에 감겨왔다.

"그럼 무슨 일로 이 밤에 여까지 왔다 가슈?"

기사는 이제 딱히 대답을 듣겠다는 생각도 아닌 듯 라디오를 켜면서 버릇처럼 토를 달아 물었다. 택시는 어느새 안개 자욱한 호수 옆을 지나가고 있었다.

"글쎄요……."

무심결에 나온 말이었다. 글쎄요……. 도대체 여긴 왜 왔던 걸까. 온통 아파트로 뒤덮인 이 낯선 도시에, 아니 불도저로 평평히 깎은 넓은 터에 세트 같은 건물들이 들어서 있는 이 북쪽까지 왜 온 것일까.

굳이 문경의 사무실까지 데려다 주고 가겠다는 여자의 운전대를 뺏다시피 해서 겨우 이곳까지 왔다. 몸이 아픈 여자를 혼자 보낼 수가 없었다. 대신 운전을 하고 있는 문경의 옆자리에 앉은 여자는 이제 더 이상 혼란스러워 보이지 않았다.

"생각해 보면 당신을 처음 본 순간부터 이미 예감하고 있었던 것 같아요. 그래요, 그냥 지나치지 못할 사람이라는 걸 처음부터 알고 있었어요."

여자는 운전을 하고 있는 문경을 내내 바라보았다. 고요하면서도 흔들림 없는 시선이었다. 문경은 그런 여자를 가끔씩 훔쳐볼 뿐 앞만 응시한 채 운전을 했다. 순전히 자동차 라이트에 의존해야 하는, 가로등도 없는 산길이어서 차라리 다행이었다.

"그래요, 나도 몇 번 당신에게 전화를 하려고 했었어요. 하지만 끝내 못 하고 말았지요……. 그건 어쩌면 아까 보았던 모래 같은 건지도 몰라요. 바람이 부는 방향에 따라 얼마든지 형체가 달라질 수 있는 모래 같은 거 말이오. 거기에 나를 걸기에는 난 너무 무거워져 버렸소."

여자의 집 근처 주차장에 차를 세워놓고 문경은 겨우 한마디를 했을 뿐이다. 목구멍 가득 모래가 낀 느낌이었다.

"사실은…… 나도 두려워요."

맞잡았던 여자의 손에서 스르르 힘이 빠져나갔다. 내내 경직돼 있던 여자의 온몸에서 피가 소리 없이 새나가기라도 하는 듯했다.

여자의 낮은 목소리가 안개처럼 달라붙어 좀처럼 떨어지지 않았다. 나도 두려워요. 여자의 목소리엔 말 그대로 두려움이 가득했다. 별도 없는 어두운 밤, 잘못 든 산길에서나 뱉어낼 듯한 두려움에 가득 찬 목소리. 나 역시 두려웠던 걸까. 문경은 시속 140킬로미터로 달리고 있는 택시의 유리문을 내렸다. 한꺼번에 몰려든 바람이 날카롭게 얼굴을 훑었다.

누군가를 받아들여본 기억이 없다. 서른아홉 해를 살아오면서 문경은 단 한 번도 타인을 자신 속으로 들여놓은 적이 없었다. 물론 문경 역시도 그 누구의 속 깊은 곳으로 들어간 기억은 없었다. 어쩌다 타인의 그림자가 겹쳐지고 있다고 느끼는 순간이 되면 어김없이 발을 빼거나 밀어내곤 했었다. 아니 문경에게 타인이란 언제나 적절한 거리를 두고 바라봐야 하는 풍경일 뿐이었다. 그 거리를 유지하지 못한다면 언제 서로를 할퀴는 흉기가 될지 모르는 위험한 존재들. 아니 무엇보다도 인간이란 홀로인 존재가 아니던가. 누군가와 하나가 될 수 있다거나 하는 생각은 꿈속에서

조차 가능한 일이 아니었다. 일직선으로 뻗은 도로의 붉은 가로
등이 긴 꼬리를 흘리며 빠르게 지나갔다. 무슨 일이 일어나고 있
는 것인가. 도대체 무슨 일이 일어난 걸까.

5

상처, 혹은 공포

유난히 흰 철쭉이 많은 아파트 단지엔 군데군데 만개한 철쭉이
봄 햇살을 받아 더 희게 빛나고 있었다. 라일락 무리들도 연보랏
빛 꽃잎들을 막 틔워내고 있었다. 어제 화단 옆을 지나다가 갑자
기 코끝을 스치는 향기에 놀라 걸음을 멈추고 보니 라일락 꽃잎
들이 잔잔히 피어 있었다. 단지 내 정원은 막 피어나는 꽃들과 연
둣빛 나뭇잎들로 인해 몹시도 소란스러워 보였다. 그러나 두꺼운
유리와 새시로 막힌 아파트 실내는 여전히 적막하기만 했다. 벽
시계의 초침 소리만이 텅 빈 집 안을 울리고 있었다. 남서향인 아
파트는 오전중엔 햇빛이 들지 않아 물속처럼 깊고 고요했다. 이
현은 베란다로 나가 청동 의자에 앉았다. 동그란 유리 탁자 위엔
로즈메리 화분 하나와 담배와 재떨이가 놓여 있었다. 지난해 봄
성훈과 함께 간 꽃 박람회에서 사 온 두 개의 허브 화분 중 하나
였다. 하나는 뿌리가 부실했는지 겨울을 넘기지 못한 채 죽어버

렸고, 하나 남은 화분이었다. 겨우내 실내로 들였다 베란다로 내났다 하며 정성을 쏟은 덕인지 봄이 되자 잎이 싱싱하게 되살아났다. 손바닥으로 화분 속 줄기와 잎들을 가볍게 흔들어 훑었다. 손바닥에서 상큼한 로즈메리 향이 짙게 배어 나왔다. 팽팽히 조여 있던 머릿속의 줄들이 한결 느슨해지는 기분이었다.

이현은 주방으로 가서 찻물을 끓이기 시작했다. 허브 향기를 맡자 차를 마시고 싶었다. 잎을 몇 개 따 넣고 뜨거운 물을 부으면 노란 찻물이 우러나리라. 봄이 되면서 새로 나오기 시작한 연한 새순은 물이 많아 금세 노랗게 색이 변했고 향도 더 짙었다. 이현은 따뜻한 찻잔을 감싸 쥐고 앉아 유리창 밖의 풍경을 바라보았다. 아늑하고도 평화로운 정경이었다.

한때 이런 삶을 꿈꾼 적이 있었다. 여성 잡지의 화보처럼 아늑하고 평화로운 삶. 계절이 바뀔 때마다 커튼과 침대 커버를 바꾸고, 딸아이와 같은 천으로 옷을 만들어 입고 나란히 피크닉을 가는, 아니 햇살 따사로운 공원에서 온 식구가 누워 나른히 오수를 즐기는, 그런 삶을 꿈꾼 적도 있었다. 성훈과 결혼을 하면서 이현은 그가 그려주는 그 그림들 속으로 아무 망설임 없이 따라 들어가 그림의 한 풍경으로 자리잡고 싶기도 했다.

그러나 그 꿈은 오래가지 않았다. 이현은 어느 날 꽃무늬가 자잘한 침대 커버를 벗겨내다 말고 무릎이라도 꺾인 듯 주저앉아버렸다. 장롱 구석구석부터 벽에 걸린 작은 액자 하나까지 이현의 손을 거치지 않은 것이 없었건만 이현은 갑자기 그 어느 하나에서도 자신의 숨결을 느낄 수가 없었다. 살아서 파들거리는 생생한 존재감은 그 어디서도 만져지지 않았던 것이다. 그 순간 이현은 깨달았다. 이토록 화분 하나하나까지 고심하면서 사들이고 먼지가 앉기도 전에 쓸고 닦으며 흩어진 물건들을 쉼없이 정리한 것은 어쩌면 닿을 데 없는 마음들을 어떻게든 붙잡아두고 싶었던 것은 아니었는지, 어딘가로 뛰쳐나가려는 자신을 붙들어 매두려는 본능적인 방어는 아니었는지…… 이현은 그날부터 담배를 피우기 시작했다.

성훈은 이현의 흡연을 태연히 받아들이려 애썼다. 주로 식사 후에나 한 개비씩 피우는 담배를 그것도 반드시 베란다에 나가 피우던 성훈은 거실 바닥이나 식탁 아래에서 몇 번 담뱃재를 발견할 때만 해도 말이 없었다. 그러던 어느 날 성훈은 거실 한가운데에 새겨진 담뱃불 자국을 보곤 얼굴을 일그러뜨렸다. 흰 리놀륨 바닥에 누런 담뱃불 자국이 또렷이 남아 있었던 것이다. 피우던 담배를 손에 든 채 거실 한가운데 멍하니 서 있다가 자신도 모르는 사이에 떨어뜨린 자국이었다.

"내가 뭐 잘못한 거라도 있나?"

성훈은 누런 담배 자국에서 시선을 떼지 못한 채 물었다.

"아니."

그가 잘못한 일은 아무것도 없었다.

"요즘 당신 딴 사람 같아. 가끔씩 멍하게 앉아 있을 때 보면 정신은 어디 다른 데 가 있는 사람 같아. 그럴 때마다 난 내가 뭘 잘못했나 하는 생각만 자꾸 들어. 하지만 아무리 생각해 봐도 잘 모르겠어."

절제가 몸에 익은 성훈의 분노는 가끔씩 타인에 대한 배려로 치환되곤 했다. 오랜 세월 동안 잘 훈련된 감정들이었다. 이현은 차라리 그가 화를 터뜨리기라도 하면 무언가를 설명할 수 있을 것 같았다. 그러나 몸에 밴 그의 절제와 단정함은 언제나 이현의 입을 봉쇄해 버리곤 했다.

"당신 잘못한 거 아무것도 없어. 그냥 담배를 피우기 시작했을 뿐이야."

사실 이현은 스스로에게도 달리 더 설명할 수가 없었다. 이야기할 만한 일이라곤 아무것도 일어나지 않았던 것이다.

"도무지 이해할 수가 없어. 뭐가 부족하다는 건지……."

성훈은 안방으로 들어가며 혼잣말처럼 중얼거렸다. 그에겐 깨끗한 거실 바닥에 난 작은 담배 자국이 자신의 몸에 새겨진 오점처럼 생각되는지도 모를 일이었다. 그러나 그 이후로도 담배 자국은 거실뿐만 아니라 주방, 안방으로 점점 더 늘어나기 시작했다. 이현은 담배를 피워 물었다. 깊숙이 들이마신 연기가 가슴속의 한 지점을 향해 맹렬히 몰려들었다. 거실 벽에 붙은 시계는 열두 시 십오 분을 가리키고 있었다. 그는 이제 점심을 먹고 있으리라. 오늘 아침, 성훈이 출근을 한 후 이현은 시계를 보았다. 일곱 시 삼십 분이었다. 그 역시 출근을 서두르며 넥타이를 메고 있을까. 아이를 놀이방에 데려다 주고 돌아오는 길에 아파트 입구에 붙어 있는 둥그런 벽시계를 보며 이현은 또 그를 생각했다. 지금쯤은 아마 사무실에서 커피를 마시고 있으리라. 순간 이현은 문득 깨달았다. 자신의 시계가 어느덧 한 사람, 문경을 중심으로 돌기 시작하고 있다는 것을.

한 사람에게 집중된 감각들은 일상의 다른 감각들을 점차 마비시키고 있었다. 오늘 아침, 출근 준비를 하던 성훈이 당황한 목소리로 이현을 불렀다. 옷장 속에는 남은 와이셔츠가 한 벌도 없었다. 일주일분을 늘 채워놓는 옷장 속엔 빈 옷걸이들만이 마른 뼈처럼 매달린 채 텅 비어 있었다.

"도대체 어떻게 된 거야?"

설거지나 청소 등 다른 집안일은 능숙하게 해내는 성훈은 다림질만큼은 조금도 나아지지 않았다. 그래서 세탁과 다림질만큼은 전적으로 이현의 책임이었다.

성훈이 벗어놓은 일주일 치의 와이셔츠가 세탁 바구니에 그대로 쌓여 있었다. 세탁기를 돌리는 것조차 잊은 채였다.

"세탁이라도 해놨으면 다려 입을 수 있을 거 아냐."

성훈은 의혹에 찬 표정으로 이현을 바라보았다. 이현은 세탁 바구니에 가득한 빨래들을 황망히 쳐다보며 아랫입술을 물었다. 성훈은 결국 전날 벗어놓은 셔츠를 다시 세탁 바구니에서 꺼내 입고 출근을 했다. 셔츠를 결코 이틀 입어본 적이 없는 성훈은 현관문 소리가 온 집 안을 울리도록 닫으며 집을 나갔다.

수조처럼 조용한 집 안을 깨우듯 전화벨이 울렸다. 이현은 미처 담배를 끌 새도 없이 수화기 앞으로 뛰어갔다. 문경을 만난 이후부터 온 신경이 전화벨 소리에 가 있었다. 혹 벨 소리가 들리지 않을까 봐 이현은 아침이면 늘 켜놓던 음악 방송도 틀지 않았다. 발끝으로 담뱃재가 떨어졌다. 낯익은 여자의 목소리였다. 이현은 힘 빠진 음성으로 겨우 대답을 했다. 리라이팅 일을 하는 출판사 편집부 담당 직원이었다.

"어제 원고 가지러 오시기로 했는데 연락이 없어서요."

이현은 그제야 어제 오후에 출판사에 들르겠다고 약속한 사실을 떠올렸다. 현대무용가의 에세이라고 했던가. 신문이나 잡지에서 많이 보았던, 자유로운 춤 형식이나 매인 데 없는 삶이 널리 알려진 무용가의 글이어서 사실 무척 흥미가 가는 원고였다. 그런데도 약속 사실조차 까맣게 잊고 있었던 것이다. 이현은 오늘 오후에 꼭 들르겠다며 수화기를 내려놓았다. 다시 손가락 한 마디만큼 타버린 담뱃재가 바닥으로 떨어졌다. 낡은 지붕에서 삭은 목재들이 툭툭 떨어져 내리는 기분이었다.

고등학교 2학년 때, 부산까지 가는 밤 기차를 탄 적이 있었다. 수학여행 간다며 집을 나와선 관광버스들이 늘어선 학교 교문 앞에서 갑자기 돌아서버린 것이다. 혼자서 거리를 배회하다가 극장엘 들러 영화를 한 편 보고 나와도 시간은 점심시간을 간신히 넘겼을 뿐이었다. 다시 서점으로 들어가 오후 내내 책을 뒤적이다가 갑자기 서울역으로 가서 가장 늦게, 그리고 가장 멀리까지 가는 밤 기차표를 샀다. 기차를 기다리는 두 시간 동안 교복 차림에 붉은 배낭을 가슴에 끌어안은 채 오가는 사람들을 경계심 가득 찬 시선으로 살피기만 했다. 한참 후 개찰을 시작하자 뛰듯이 차에 올라 겨우 내쉬던 안도의 한숨. 부산에 도착하기까지 가끔씩 힐끔거리는 불량한 시선들과 노골적으로 여학생 혼자서 어딜 가

냐던 아주머니나 할머니들의 호기심 어린 의문을 견디며 온몸에
비늘같이 일어선 긴장감으로 밤새 창밖을 쳐다보고만 있었다. 박
명의 새벽녘, 희뿌연 안개에 싸인 낙동강을 지나며 자신도 모르
는 새에 흘렸던 소리 없는 눈물.

이즈음 이현은 혼자서 갔던 그 여행이 자주 떠올랐다. 생애 최
초로 선을 벗어났던 그 두려운 일탈의 기억. 이현은 자주 그때가
생각났다. 수학여행을 간다며 가방을 들고 집을 나와서 거리를 배
회하던 그날의 아찔한 불안과 자신의 몸 둘레로 쳐진 견고한 선
하나를 간단히 뭉개버렸다는 쾌감, 그리고 어딘지 낯선 곳으로 걸
음을 옮겨야만 한다는 긴장감까지, 아주 비슷한 느낌이었다.

물론 이현은 잘 알고 있었다. 이번은 수학여행 버스를 타지 않
은 것과는 엄연히 다르다는 걸 결코 모르지 않았다. 수학여행은
사흘 후 학교에 나가 선생님과 친구들에게 갑자기 몸이 아팠노라
고 진땀을 흘리며 거짓말을 하는 것으로 끝이 났지만 이 낯선 길
은 결코 진땀을 흘리며 거짓말하는 것으로 끝나지 않으리라는 걸
잘 알고 있었다. 무엇보다도 이 길은 가장 가까이 있는 사람들을
향해 칼날을 휘두르며 가는 길이라는 게 이현의 가슴을 짓누르고
있었다. 한 걸음 뗄 때마다 번쩍이는 창이 날아가는, 날아가 누군
가의 가슴에 꽂히고 말리라는 공포. 그러나 발길은 이미 들어선
낯선 길에서 돌아설 줄을 몰랐다. 공포로 온몸에 비늘을 돋우고
도 결코 돌아서지 않는 무모한 발길. 그건 어쩌면 지금까지 걸어
온 길 위에서 가닿은 곳이 한 군데도 없었다는, 지독한 궁핍의 증
거인지도 몰랐다.

느닷없이 번쩍이는 칼날이 날아와 심장 깊숙한 곳에 꽂혔던 기억이 있다. 스물다섯, 누군가 한 사람에게 지극하게 가닿는 것이야말로 제 삶의 가장 붉은 열매를 맺는 것이라 믿었던 그 무모한 시절. 칼날은 갑자기 생각지도 못한 곳에서 날아와 심장을 겨누었다.

그날 갑자기 친구 유선의 자취방을 찾아간 것은 어쩌면 우연이 아니었을지도 몰랐다. 예감. 이현은 그즈음 정체도 뚜렷치 않은 불안한 기류가 자신의 몸 주위를 떠돌아다니고 있는 기분이었다. 그러나 도무지 짐작도 할 수 없는……. 그날의 갑작스런 방문은 아마도 짐작도 할 수 없는 그 기류가 이끈 걸음이었는지도 몰랐다.

근무하고 있던 복지 재단 신문의 마지막 원고를 인쇄소로 넘기고 나오던 날이었다. 을지로의 좁고 어두운 인쇄소 골목을 빠져나오자마자 햇살이 한꺼번에 몰려와 이현은 눈을 뜨는 것조차 힘이 들었다. 또다시 두통이 몰려왔다. 인쇄기 돌아가는 소리와 잉크 냄새, 그리고 종이 냄새가 한꺼번에 뒤섞여 머릿속을 둔중하게 짓누르고 있던 두통이 햇빛 아래서 한꺼번에 지글대기 시작했다. 이현은 골목을 빠져나와 직장으로 다시 돌아가기 위해 들어서던 둥그렇고 시커먼 지하철 입구에서 갑자기 발길을 돌려 파란불이 깜박이고 있는 횡단보도를 재빨리 건넜다. 그리고 곧 다가온 마포행 버스에 올라탔다. 유선의 동네로 가는 버스였다.

유선은 고등학교 시절 문예반을 함께하며 친해진 친구였다. 밤늦도록 문예반 교실에 앉아 소설책을 읽거나 가끔씩은 포도주 따위를 사서 유선이 얹혀살고 있던 고모집 문간방에서 몰래 나눠 마시던 시절. 유선은 작가가 되고 싶다고 했다. 대학에서 불문학을 공부한 후 소설을 쓰겠다고 늘 스스로에게 다짐이라도 하듯 말하곤 했다. 하지만 유선은 대학을 졸업하려면 아직도 세 학기나 더 남아 있었다. 집안 형편으로 일 년 늦게 입학한 데다 몇 차례씩 반복한 휴학과 복학 때문이었다.

"이렇게 기를 쓰고 대학을 졸업해야 하는 이유를 도무지 모르겠다."

두 달 전, 최종 마감일에 가서야 겨우 등록을 마치고 이현을 찾아온 유선은 몹시도 지친 모습이었다. 그녀는 혼자서 감당해야 하는 등록금과 생활비를 벌기 위해 그룹 과외를 두 개씩이나 하고 있었다. 과외지도는 대학 입학 때부터 시작된 그녀의 주된 일이었다.

"부모들이란 어쩌면 그렇게 포기할 줄을 모르는지……. 공부만이 그애들의 앞날을 지켜줄 거라고 철석같이 믿고 있으니. 하긴 어쩌면 나 역시도 마찬가진지 모르지……."

유선은 가끔씩 술을 마시며 자신이 가르치고 있는 아이들의 부모들을 비웃곤 했다. 고등학교 졸업 후 일 년 동안 작은 무역회사에서 출납일을 하던 유선은 도저히 포기가 되지 않는다며 소원하던 불문과에 입학했지만, 그러나 글을 쓸 시간은커녕 공부할 시간조차 좀처럼 얻어내지 못했다. 때론 아이들 가르치는 일이 매춘 행위 같다며 학교 앞 레스토랑에서 음식을 나르기도 했지만 그런 다음엔 등록금이 턱없이 모자라 휴학을 해야 했다.

　유선의 자취방은 작고 허름한 집들이 나지막한 산을 이루고 있는 동네의 맨 꼭대기에 있었다. 마당 한구석에 있는 창고 위에 철제 계단을 매달고 블록을 쌓아 만든 작고 허름한 방이었다. 물도 주인집 마당에 있는 수도를 써야 하고 비록 양은 냄비 두 개와 그릇 세 개, 휴대용 가스레인지가 전부인, 부엌세간조차 변변히 놓을 자리가 없는 방이었지만 큰 창문으로 햇볕이 잘 든다는 이유만으로 유선은 그 방을 보자마자 마음에 들어했다. 그전에 있던 학교 근처의 지하 방은 방세도 더 비쌌지만 곰팡이 때문에 견딜 수 없다며 이사를 서둘렀던 것이다.

　유선이 이사하던 날이었다. 둘은 짐을 다 옮겨놓고 깨끗이 닦은 방에 나란히 누워 유리창 맞은편 벽이 붉게 물드는 광경을 오랫동안 말없이 지켜보고 있었다. 붉은빛이 절정에 달해 곧 검푸른 빛으로 변하기 직전, 유선과 이현의 입에서 마른침 삼키는 소리가 거의 동시에 새나왔다. 지나치게 고요한 순간이었고, 그 순간 누가 먼저랄 것도 없이 둘은 손을 내밀어 맞잡았다. 그때 닿았던 손바닥의 부드러운 온기와 가는 떨림은 지금도 이현의 기억에 생생했다. 사소한 순간들이 영원히 기억 속에 각인되는 그런 일들이 간혹 있는 법이었다.

　그날, 잠금장치가 고장나 항상 열려 있는 유선의 집 낡은 철 대문을 밀 때 들려오던 기분 나쁜 쇳소리를 떠올리면 이현은 지금도 온몸에 소름이 끼쳤다. 아귀가 맞지 않아 문을 밀거나 당길 때마다 가래가 잔뜩 낀 노인의 신경질 같은 녹슨 쇳소리. 그날따라

쇳소리는 두통으로 짓눌려 있던 신경 줄 사이를 날카롭게 파고들
었다.

이현은 난간을 잡고 가파른 철제 계단을 천천히 오르기 시작했
다. 발걸음을 뗄 때마다 삐걱이는 소리가 났다. 유선의 방 안에
누워 있으면 누구의 발소리인지 금방 알아맞힐 수 있을 만큼 선
명하고도 크게 들렸다.

계단은 두 사람이 함께 서 있기도 힘들 만큼 좁은 데다 경사가
가팔라 오르내릴 때 항상 현기증이 일었다. 언젠가 유선은 천국
으로 오르는 계단이라고 그 낡은 계단에 이름을 붙이곤 자조적으
로 웃으며 허리를 꼿꼿이 세운 채 올라가기도 했다. 이현은 두통
에 현기증까지 겹쳐 난간을 잡고 천천히 한 걸음씩 발을 옮겼다.
마지막 두 계단을 남겨두었을 때였다. 갑작스런 파열음이 들려왔
다. 둔탁한 무언가가 부딪치는 소리와 동시에 들려온 날카로운
파열음. 유리창 깨지는 소리였다. 동시에 이현의 눈앞에서 유리
창이 산산조각나며 떨어져 내렸다.

유선의 방 유리창이었다. 한쪽 벽면의 절반 이상을 차지하고
있는 서쪽으로 난 유리창이 문틀에 박힌 왼쪽 일부를 제외하곤
모조리 깨져서 바닥으로 떨어졌다. 깨진 창틀에 남은 유리 조각
들이 곧 누구라도 찌를 듯이 날카롭게 매달려 있었다. 떨어져 내
린 유리 조각 사이로 유선이 첫 아르바이트에서 받은 돈으로 큰
맘 먹고 산 카세트가 전선을 드러낸 채 부서져 있었다. 유리창으
로 던져진 물건이었다.

이현은 깨진 유리 조각들과 부서진 녹음기를 놀라서 쳐다보았

다. 유선의 방과 똑같은 구조의 옆집 2층에 세 들어 살고 있는, 저녁이면 근처 카바레로 출근을 한다는 파마머리의 남자가 뛰쳐나와 깨진 유리 조각들과 이현을 번갈아 쳐다보았다. 유선의 집 주인은 외출중인지 조용했다. 이현은 날벼락이라도 맞은 얼굴로 남자의 시선을 비켜 유선의 방문이 있는 왼쪽으로 걸음을 옮겼다. 방 안에선 어떤 움직임도 느껴지지 않았다. 마치 투명인간이나 보이지 않는 힘에 의해 녹음기가 유리창으로 던져지기라도 한 것만 같았다. 이현은 알루미늄 새시 문의 손잡이를 천천히 비틀었다. 차가운 감촉이 손바닥을 찌를 듯했다. 이미 태양이 비껴가 버린 응달은 눈부시게 쏟아지는 햇살과 무관했다.

방 안은 폐허 같았다. 이불이 펼쳐진 방 안엔 빈 술병들이 쓰러져 있었다. 문을 밀어도 술병이 먼저 걸려 문은 채 반도 열리지 않았다. 술 냄새와 뒤섞인 역한 냄새가 확 몰려나왔다.

"유선아!"

이현은 언뜻 눈대중으로도 네다섯 병은 돼 보이는 빈 병들에 멍하니 눈길을 둔 채 유선을 불렀다. 불길한 긴장감이 온몸을 뻣뻣하게 만들고 있었다.

대답이 없었다. 방 안은 곧 터질 듯한 정적에 휩싸여 있었다.

"유선아, 나야."

이현은 다시 한 번 조심스럽게 유선을 부르며 빈 병 더미에 걸린 문을 좀더 밀었다. 그때였다. 누군가 술병을 치우며 문을 마저 열었고 방 안의 풍경이 한눈에 들어왔다. 깨진 창문으로 비쳐든 빛에 의해 두 사람의 실루엣이 드러났다. 얼굴이 창백한 유선은

산발한 머리로 몸을 가누기가 힘든 듯 벽에 등을 겨우 기댄 채 맞
은편 허공을 노려보고 있었고, 문을 연 장본인인 듯한 남자가 반
쯤 일어선 자세로 이현을 쳐다보고 있었다. 눈은 분명 이현을 보
고 있었지만 초점이 뭉개져 있었다.

"……."

온몸의 피가 일시에 머리끝으로 몰리는 걸 또렷이 느끼며 이현
은 멍하니 방 안의 풍경을 바라보고만 있었다.

"당신이…… 왜……?"

더 이상은 말이 나오지 않았다. 조금 전에 들었던 유리창의 파
열음이 재생 테이프라도 틀어놓은 듯 생생하게 되풀이해 귓가를
때렸다.

남자가 단호한 태도로 몸을 일으켰다. 초점이 뭉개졌던 시선에
도 날 선 힘이 들어갔다. 낯선 표정이었다. 하지만 그는 불과 얼
마 전만 해도 그의 방에서 이현의 알몸을 쓰다듬고 껴안았던 그
남자, 김한영이 분명했다.

"돌아가 있어……. 내가 연락할게."

그는 단호하게 짧은 두 마디를 내뱉었을 뿐이었다. 이현은 손잡
이를 잡고 있던 손을 얼른 놓고 두 걸음 뒤로 물러선 채 그대로 서
있었다. 어서 뒤돌아 도망쳐야 한다는 생각은 간절했지만 더 이상
은 앞으로도 뒤로도 발을 뗄 수가 없었다. 하지만 곧이어 그 짧은
순간의 정지된 화면을 깨뜨리며 날카로운 목소리가 들려왔다.

"아니, 이현아, 가지 마. 가지 말고 들어와서 이 장면을 똑똑히
봐. 네가 지금 무슨 일을 당하고 있는지…… 보란 말이야!"

술에 절은, 그러나 결코 취한 것 같지도 않은 유선의 목소리가 깨진 유리 파편들처럼 튀어나왔다. 파편들은 함부로 날아 희고 뽀얀 이현의 살집에 하나씩 콱콱 박혀왔다.

"그만 해!"

남자가 낮은 목소리로, 대못이라도 박듯 유선의 입을 막았다. 그러나 남자의 말이 미처 끝나기도 전에 다시 뭔가 부서지는 소리가 났다. 유선의 맞은편 벽면 아래로 재떨이가 날아갔다. 재떨이에 수북이 쌓여 있던 담배꽁초와 재가 방 안 곳곳으로 흩어졌다. 그것도 잠시, 유선이 갑자기 허리를 구부리고 구토를 하기 시작했다. 뱃속 밑바닥을 뒤집듯 온몸을 비트는 구토였다. 하지만 이미 여러 차례 토한 듯 유선은 말간 물만 게워냈을 뿐이었다. 남자가 유선의 어깨를 감싸 안고 등을 두드리더니 휴지를 말아 그녀의 입을 닦아냈다. 넋을 잃은 채 방 안의 광경을 멍하니 보고 있던 이현은 그제야 정신이라도 차린 듯 황급히 달아나기 시작했다.

어떻게 그 계단을 내려온 것일까. 기억에 없었다. 수직으로 내리뻗은 그 계단을 어떻게 발 한 번 헛딛지 않고 용케 내려왔을까. 쫓기듯 무작정 걷다가 더 이상 걸을 수가 없어 어느 낯선 골목 입구에 있는 허름한 호프집 앞에 주저앉아버린 이현에게 제일 먼저 떠오른 생각은 그것이었다. 어떻게 그 계단을 무사히 내려왔을까.

그날 이현은 호프집 앞에서 어두워질 때까지 미동도 하지 않고 앉아 있었다. 얼마쯤 지난 것인지 문득 거리에 하나 둘 켜지기 시작하는 불빛을 보고서야 이현은 안으로 들어가 술을 마시기 시작했다. 혼자서 마신 맥주가 500cc 잔으로 네 잔이 넘도록 술은 취

하지 않았다. 평소엔 조금만 마셔도 정신이 몽롱해질 만큼 약한
주량이었다. 이현은 다섯 잔째의 맥주를 주문했다. 술과 싸움이
라도 하는 기분이었다.

무슨 일이 일어난 것인가.

머릿속은 소리들이 뒤섞여 도통 한 가지도 제대로 알아들을 수
없도록 시끄럽기만 했다. 온몸으로 번지기 시작한 알코올 기운을
따라 지독한 통증이 일고 있었다. 도대체 무슨 일로 그가 유선의
방에 있는 것일까. 그가 왜 유선의 이불을 그토록 태연히 밟고 있
던 걸까, 마치 그 방의 주인이기나 한 듯 그토록 익숙한 자세
로……. 유선은 왜 그토록 격렬하게 자해를 하고 있던 걸가. 그
러나 생각은 거기서 멈추었고 통증만이 몸 한가운데를 관통하며
치솟아 올랐다.

불안감은 며칠 전 유선을 만났을 때부터 시작된 것이었다. 그날
유선은 소주 두 잔을 마신 뒤 두 무릎 사이로 얼굴을 깊이 파묻고
만 있었다. 마주 앉은 이현이 두 시간 동안 나머지 소주를 모두 비
울 때까지 유선은 자세를 바꾸지 않았다. 시선 역시 이현과 한 번
도 마주치지 않은 채, 아니 이현을 비껴 한구석에 고정된 유선의
시선은 어딘가에 골똘해 있었다. 밤이 늦어 이현이 일어설 때까지
유선의 자세는 변함이 없었다. 그러나 이현이 가방을 집어드는 순
간, 유선이 느닷없이 이현을 끌어안았다.

"내가, 너 정말 좋아했다는 거 알지?"

유선이 이현의 어깨너머에서 나직하게, 그러나 다짐이라도 받
듯이 속삭였다. 느닷없는 얘기였다. 고등학교 시절부터 지금까지

단 한 번도 그런 얘기를 해본 적이 없는 사이였다. 그러나 서로에 대한 애정 역시 단 한 번도 의심해 본 적이 없었다. 대학 친구 승혜가 있긴 했지만 굳이 함께 지낸 시간 때문이 아니더라도 유선은 살붙이처럼 느껴지는 유일한 친구였다. 이현은 순간 이상한 기분이 들었으나 곧 취기 때문이리라 생각하며 유선의 어깨를 토닥여 차를 태워주곤 돌아섰다. 그런데 유선은 왜 과거형으로 애길 했을까. 유선과 헤어져 집 앞의 좁고 어두운 골목길을 걸으며 이현은 갑자기 유선의 말이 과거형이었다는 게 떠올랐다. 이상했다. 대문 안으로 들어설 때까지 발길이 바닥에 길게 끌리고 알 수 없는 불안감이 벌레처럼 몸속을 기어다니는 기분이었다.

한영은 철학 강사였다. 2학년 때 교양과목으로 수강했던 교양철학 강사. 이현이 수강한 그 과목은 박사과정을 밟고 있는 그의 첫 강의였다. 그는 첫 시간부터 창밖만 쳐다보며 강의를 했다. 고대 희랍의 자연철학자들을 설명하면서도, 중세 스토아학파의 금욕주의를 강의하면서도 그의 시선은 내내 창밖에만 가 있었다. 창밖은 늘 시끄러웠다. '민주계단'이라는, 도서관 앞 긴 계단은 학내의 유일한 집회 장소였기 때문에 확성기와 마이크, 북소리로 하루도 조용할 날이 없었다. 창밖으론 늘 붉고 노란 깃발들이 펄럭였고 아이들의 흰 팔과 손이 노랫소리에 맞춰 죽창처럼 힘차게 뻗곤 했다.

이현은 그가 쳐다보는 것들이 펄럭이는 깃발과 죽창 같은 아이들의 손인 줄 알았다. 그는 가끔씩 헤겔의 절대정신이 마르크

스·레닌의 변증법적 유물론으로 이행해 온 과정을 상세하게 화살표와 도표까지 이용해 설명하기도 했다.

아니 그의 시선은 자주 노랗게 물든 강의실 밖 포플러나 은행나무로 향하기도 했다. 한참씩이나 눈을 돌릴 줄 모르고 박혀 있던 그의 시선. 그럴 때면 그는 미당이나 폴 발레리의 시를 낭송하기도 했다. 나를 키운 건 팔 할이 바람이었다⋯⋯. 바다, 항상 다시 시작되는 바다⋯⋯. 그런가 하면 어떤 날은 아예 학생 회관에서 상영하는 찰리 채플린의 《모던 타임스》를 함께 관람하는 것으로 수업을 대체하기도 했다. 끊임없이 돌아가는 컨베이어 벨트에 갇힌 현대인의 비극에 대해 그는 몹시 비장하게 얘기하기도 했다. 물론 그때마다 그의 시선은 늘 창밖에 머물렀다.

이현은 그의 첫 강의를 듣던 날부터 무엇보다도 그의 시선이 머무는 바깥이 궁금했다. 그가 보고 있는 것은 무엇일까. 도수 높은 그의 안경 너머로 보이는 풍경은 어떤 세계인가. 이현은 자주 그의 안경을 빼앗아 써보고 싶은 충동에 사로잡혔다.

"내가 보는 거요?"

그는 웃었다. 종강을 핑계로 마련된 술자리에서 이현이 어렵게 물은 그 질문에 대해 그는 멋쩍게 웃었다.

"아무것도 보지 않아요. 사실은 여러분들 수업이 내 첫 강의예요. 첫날, 오십 명도 넘는 사람들의 백 개도 넘는 눈동자가 일제히 나를 쳐다보고 있는데 정말 당황했어요. 그래서 창밖을 봤어요. 도저히 마주 보곤 강의를 할 수 없을 것 같아서⋯⋯. 그 뒤로 그냥 그게 습관이 돼버린 거예요. 특별한 이유 같은 건 없어요."

그는 그렇게 무참하게 이현의 환상을 깨뜨리고 말았다. 종강 후 리포트를 내러 그의 과사무실에 갔을 때 그는 마침 혼자 있었고, 리포트를 내고 나오는 이현을 그가 불러 세웠다.

"강의 시간 내내 나를 제일 당황하게 한 학생인 거 알아?"

그는 여전히 이현을 보지 않고 탁자 위의 리포트에 시선을 박고 있었다.

"왜 그렇게 빤히 쳐다봐?"

그날 이후 이현은 일주일에 두 번씩 그를 기다리느라 밤늦게까지 도서관에서 시간을 보냈다. 한영이 강의 시간에 소개해 주었던 책 목록들을 하나씩 지워나가며 그가 틀어박혀 있는 박사과정 도서관의 불이 꺼지길 기다렸다. 하지만 그는 반드시 하루하루 자신이 계획한 분량의 공부를 마쳐야만 도서관을 나섰다. 그는 논문을 준비하고 있었다.

그를 기다리는 곳은 언제나 학교에서 두 정거장을 더 걸어 내려간 곳의 허름한 맥줏집이었다. 낡은 탁자에 종일토록 켜놓은 라디오 소리가 그치지 않는 곳. 음악이나 분위기 따위를 따지는 학생들은 결코 그곳에 오지 않았다. 이현이 그곳에서 삼십 분이나 한 시간쯤 앉아 있노라면 그는 낡은 문을 밀며 나타났고 곧이어 생맥주를 한 잔씩 나눠 마시고 골목 입구에 있는 허름한 여관으로 향하곤 했다.

"니 몸은 꼭 물고기 같애. 너무 미끄러워."

그는 파르르 떠는 이현의 몸을 어망 속에 가두기라도 하듯 품에 가득 껴안으며 귓속으로 뜨거운 입김을 불어넣었다. 그럴 때

마다 이현은 자신의 몸에 지느러미라도 달린 듯한 기분이 되었
다. 그리고 그의 몸 사이사이를 술래잡기라도 하듯, 헤엄이라도
치듯 빠져나가곤 했다. 그러나 얼마 지나지 않아 이현은 그의 촘
촘한 어망에 갇히고 말았다는 걸 깨달았다. 이현의 몸은 이미 그
의 손길과 입김, 리듬에 길들여져 버리고 말았다. 그에 의해 깨어
났다 사그라드는 몸. 그를 만나고 온 늦은 밤, 집에 돌아와 방 안
에 누우면 이현은 온몸에 멍이 든 것처럼 아팠지만 자신의 몸에
새겨진 그의 지문들은 당연히 그의 영혼이라고 믿었기 때문에 얼
마든지 참을 수 있었다. 그의 존재가 조각도로 새긴 듯 선명하게
이현의 가슴에 새겨져 버린 뒤였으므로.

"너를 사랑해."

처음 그와 어두운 여관방에 마주 앉았을 때, 그가 굳이 그렇게
고백하지 않았다 해도 이현은 이미 알고 있었다. 언젠가 자신의
마음 안으로 들어오는 사람에게 몸을 열리라, 두려운 마음으로 기
다리기도 했다. 이현은 눈을 감고 그의 몸을 맞았다. 온몸을 찢는
듯한 통증이 일었지만 이현은 이를 물고 참아냈다. 한 존재를 깨
뜨리거나 찢지 않고 태어나는 생명이란 존재하지 않는 법이라고
믿었다. 이현은 그의 영혼을 품는 대가로 주저 없이 몸을 찢었다.

몸속에 변화가 있다는 걸 알았을 때도 이현은 겁나지 않았다.
그를 품은 대가라고, 칫솔질을 하다가 갑자기 아침 먹은 걸 모두
게워냈을 때도 이현은 그렇게 믿었다.

"설마 그 아이를 낳겠다는 건 아니겠지?"

그가 한 치의 틈도 허용치 않는 날 선 얼굴로 물었을 때도 이현

은 좀더 신중하게 대비하지 못했던 자신을 탓했다. 이현이 아이를 낳기라도 하겠다면 그는 당장 일어나서 떠날 사람처럼 보였던 것이다.

크리스마스를 며칠 앞둔 어느 날 이현은 차가운 알루미늄 새시 문을 열고 혼자 병원으로 들어갔다.

"이런 수술, 몸에 안 좋아요. 아이 아빠와 상의해서 웬만하면 낳도록 해보지요."

여의사는 안쓰러운 눈으로 이현을 쳐다보았다. 이현은 의사의 눈길을 피했다. 의사 역시 곧 이현의 시선을 슬며시 외면해 주는 예의를 지켰다. 온몸을 얼어붙게 만들던 한영의 시선보다는 훨씬 견딜 만했다. 아마 그 의사 역시 결과가 달라지지 않으리란 걸 알고 있었지만 자신의 책임을 다했다는, 면죄부를 얻기 위한 최소한의 절차인지도 몰랐다. 결국 의사와 이현은 서로의 시선을 비낀 채 각자의 알리바이를 찾기에 급급했다. 이현은 폭포처럼 쏟아지는 수술실의 하얀 불빛들을 노려보며 마취 주사를 맞았다.

그 후로도 한영과의 만남은 위태롭게 계속되고 있었다. 그는 박사 논문을 제출했으나 몇 군데 수정을 요구받은 채 통과가 보류되었다. 벼랑에 선 사람처럼 절망적인 얼굴로 그는 거리를 배회하거나 이현의 몸속으로 도망을 치곤 했다. 최근엔 마지막으로 문장들을 수정하고 있다며 연신 초조함을 감추지 못하고 있었다. 지난 학기에 후배의 논문이 호평 속에 통과된 것이 더욱 그의 목을 조이고 있는 듯했다. 다음 해에 정년인 노교수의 후임 자리가 그를 더욱 초조하게 만들고 있었다. 그런 그가 왜 유선의 방에서 그녀가 토한 오물들을 치우고 있단 말인가.

　한영이 찾아온 것은 유선의 방에서 그렇게 마주친 사흘 후였다. 그는 퇴근길의 정류장 앞에서 이현을 기다리고 있었다.
　"얘기 좀 하자."
　그는 담배꽁초를 바닥에 비벼 끈 후 앞서서 걸었다. 두 정류장쯤 걷다가 그가 먼저 들어간 허름한 레스토랑에서 이현은 그와 마주 앉았다. 돌조각처럼 굳은 얼굴이었다. 잠시 마주친 그의 시선이 휘청, 흔들렸다.
　"얼굴이 안 좋다."
　그가 생전 처음으로 이현의 얼굴빛에 관심을 보였다. 순간 이현은 그런 그에게 머리라도 기댈 듯이 몸이 기울어졌다.
　"그날 네가 본 광경…… 사실 그대로야."
　그런 이현의 속마음을 눈치라도 챘는지 한영은 고삐를 바싹 잡아당겼다. 무엇이 사실이란 말인가. 이현의 머릿속이 솜뭉치처럼 뒤엉클어졌다.
　"이렇게 될 줄 정말 몰랐어. 두 달 전쯤 시내 서점에서 우연히 유선일 만났어. 그냥 술 한잔만 하자고 그랬는데, 둘 다 너무 취해 버렸어. 그날…… 아니, 변명하지 않을게. 걔는 나랑 닮은 데가 많아. 적어도 자기 욕망에 충실하지. 욕망이 거세된 성녀 같은 너는 아마 이해 못 할 거야."
　한영의 얼굴이 바다 속처럼 깊고 어두워졌다. 생전 처음 보는 낯선 표정이었다. 그제야 이현은 두려워지기 시작했다. 허공에서 유선의 방 유리창이 깨지던 날카로운 파열음이 다시 귓가를 울려 왔다. 아니 이미 무언가가 깨져버린 후의 깊은 정적 같은 것인지도 몰랐다.

"……같이 ……잤다는 말이에요?"

어이없게도 튀어나온 말은 그뿐이었다. 이현은 한영의 눈을 똑바로 마주 보았다. 그의 몸에서 이는 어떤 미세한 변화도 놓치고 싶지 않았다. 한영의 시선이 순간 짧게 흔들린 후 단호히 고개가 두 번 끄덕여졌다.

"……유선이가 너무 힘들어해. 널 좋아하잖아."

연민이 가득한 목소리였다.

"나한테 도대체 뭘 요구하는 거예요? 가서 위로라도 해주라는 말이에요?"

이현은 가방을 들고 벌떡 일어나 거리로 나왔다. 도시의 건물들이 검은 실루엣으로 제 몸의 남루한 선을 고스란히 드러내고 있었다. '욕망이 거세된 성녀 같은 너는 아마 이해 못 할 거야.' 한영의 목소리가 날 선 무쇠 칼이 되어 가슴 한복판을 내리쳤다. 붉은 피가 사방으로 튀어 올랐다.

유선을 다시 만난 것은 석 달 뒤였다. 몇 번 유선의 방을 찾아갔지만 그때마다 방문은 자물쇠로 굳게 잠겨 있었다. 이현은 문틈에다 간단한 메모를 남기고 돌아왔다. 해가 바뀌고, 겨울방학이 끝나갈 무렵, 유선이 전화를 걸어왔다. 눈이 움푹 파이고 광대뼈가 튀어나온 유선은 깊이 상처 난 야생동물처럼 보였다.

"너를 잃지 않으려면…… 내가 어떻게 해야 하니?"

이현은 무엇보다도 그녀를 잃게 될까 봐 겁이 났다. 그동안 한영을 잃은 것보다 더 큰 상실감을 몰고 왔던 그녀. 이현은 유선이 다시 사라져 버릴까 봐 가슴이 졸아들었다.

"차라리 침을 뱉어. 네가 성녀니?"

유선의 말끝이 피뢰침처럼 날카로웠다. 성녀. 한영과 유선은 무엇보다 먼저 이현의 위선을 공격해 왔다. 창녀라는 말보다 더 깊고 예리한 상처를 내버린 창이었다.

"너 때문에 내 감정을 속이는 짓은 비겁하다고 생각했어. 그게 오히려 너를 더 기만하는 일이라고, 차라리 너를 베더라도 내 감정에 정직한 것이 진실이라고 생각했어."

상처 난 유선의 몸에선 여전히 피가 멈추지 않고 있었다. 이현은 당황했다. 서둘러 봉합한 상처가 거의 아물 무렵 모처럼 새 옷을 입고 외출하려는데 새 옷 밖으로 붉은 피가 배어 나오는 듯한 기분이었다. 그러나 이현은 그런 자신을 돌볼 겨를도 없었다. 유선이 급격히 무너지기 시작한 때문이었다. 유선의 눈가에서 조금씩 흘러내리기 시작한 눈물이 걷잡을 수 없는 폭포처럼 쏟아져 내리고 있었다.

유선은 임신중이었다. 2개월째 접어든 그녀는 물조차 마시지 못한 채 상한 갈대처럼 말라가고 있었다. 한영은 유선이 임신이란 걸 안 이후로 연락을 끊어버렸다.

"난 도피처였을 뿐이야. 벼랑에 몰린 그가 잠시 피난한 동굴 속처럼. 난 그걸 사랑이라고 믿고 끝간 데 없이 달렸던 거야."

유선은 기진해 있었다. 전속력으로 달리던 길이 어느 지점에서 뚝 끊겨버리자 그동안 돌보지 않았던 몸의 기운이 모두 빠져버린 상태였다.

그날 이현은 싫다는 유선을 억지로 자신의 집으로 데려갔다. 불도 제대로 들어오지 않는 그녀의 방에서 혼자 지내게 할 순 없었다. 더구나 그녀는 물조차 넘기기 힘들 정도로 입덧이 심했다. 유선은 이현의 방에 누워 소금기가 버석거리는 얼굴을 일그러뜨리며 되풀이해 중얼거렸다. 자신은 도피처였을 뿐이었다고.

얼마 후 유선은 수술을 결심했다. 불면에 시달리며 벽을 마주한 채 누워 지낸 지 며칠 만에 내린 결론이었다.

"새삼스럽게 도덕적인 체하는 것도 구역질 나."

유선은 위악을 부리며 자신을 할퀴어대곤 했다. 이현은 유선을 데리고 낯선 동네의 산부인과를 찾아갔다. 수술실로 들어가기 전 유선은 수술실 문을 노려보면서 다짐이라도 하듯 말했다.

"아마 평생 이 악몽에 시달리며 살겠지."

그날 이현은 수술실 밖 대기실 의자에 앉은 채로 생살을 찢고 아이를 드러내는 악몽에 시달렸다. 어쩌면 영원히 마취당한 채로 잊고 싶었던, 생살을 떼어내는 그 아픔이 마취약에 취해 있는 유선 대신에 이현의 몸을 저미고 있었다.

결코 당신을 용서하지 않으리라. 아이를 도려낸 창백한 허벅지를 드러낸 채 미처 마취도 깨지 않은 몸으로 지저분한 회복실에 널브러져 있는 유선을 보며 이현은 결코 한영을 용서하지 않겠노라 다짐하며 진저리쳤다. 유선의 손목에 꽂힌 링거 주삿바늘로 손톱 밑을 찌르는 듯한 생생한 통증과 몸에 불을 붙이면 곧 활활 타오를 듯한 분노로 이현은 온몸을 떨었다. 아이를 버리고 나온 수많은 여자들이 걸쳤을 피 묻은 주름치마가 유선의 벗은 알몸에 함부로 감겨 있었다. 참혹했다.

이현의 집에서 일주일을 머문 유선은 서울을 떠났다. 두 학기 남은 대학도, 작가에의 꿈도 아무 미련이 없다며 내팽개치고 그녀의 부모와 동생들이 있는 시골로 내려갔다.

"사실은 너를 보는 게 너무 힘들어."

유선은 십 년 가까이 홀로 싸우던 서울을 떠나는 마지막 날 고해라도 하듯 고백했다. 유선은 말하고 있었다. 우린 이미 서로에게서 상처만 볼 수밖에 없는 관계가 돼버렸다고. 너도 그걸 인정하라고, 네 몸에 난 상처를 외면하지 말라고, 네 고통에 정직하라고, 유선은 마지막으로 소리 지르며 떠났다.

유선이 떠나면서 임시로 얽어둔 봉합마저 터져버린 상처는 오랫동안 아물 줄을 몰랐다. 이현은 오직 직장 일에만 몰두했고 퇴근하면 곧바로 집에 틀어박혀 잠을 자는 게 전부였다. 머릿속이 식빵처럼 조금씩 부풀어 오르는 느낌이었지만 이현은 개의치 않았다. 깨어 있는 유일한 시간은 출근에서 퇴근까지의 시간뿐이었다. 책도 읽지 않았다. 여전히 철마다 습관처럼 사 모으던 문예지도 더 이상 사지 않았으며, 가끔씩 마주 보고 앉아 말없이 차를 마시곤 하는 대학 친구 승혜 이외엔 누구도 만나지 않았다. 유폐된 시간들은 썩은 개울물처럼 천천히 흘러갔다.

　사 년 후, 이현은 직장 동료가 억지로 끌고 나간 자리에서 성훈을 만났다. 성훈은 곧 서슴없이 다가왔지만 결코 이현이 쳐놓은 선을 넘어서지는 않았다. 그는 함부로 타인 속으로 파고들거나 들어오도록 강요하지 않았다. 무엇보다도 그는 사람에 대한 예의를 해치는 일은 결코 하지 않을 사람이었다. 성훈의 그런 점이 이현은 가장 마음에 들었다. 얼마 후 이현은 이사라도 가는 기분으로 그와 결혼을 했다.

지문

　전화벨 소리가 요란하게 울렸다. 김철민과 정은숙이 모두 외출 중인 오후의 빈 사무실은 소리를 증폭시키는 거대한 진공관이 돼 버리기 일쑤였다. 문경은 재빨리 수화기를 들었다.

"나다."

　어머니였다. 발작적일 만큼 요란하게 울려대던 전화벨 소리와 는 대조적인 탁하고 낮은 음성이었다. 언제나 곰팡이 핀 음습한 지하 방의 한구석을 떠올리게 하는 목소리. 어머니의 전화는 대 부분 회사로 걸려왔다. 결코 길게 얘기하는 법도 없이 "집엔 별일 없니?" 하고 안부와 용건만 알아듣게 몇 마디 말로 간단히 끝나 는 어머니의 전화. 그나마 문경이나 아내 지원이 가끔 생각났다 는 듯이 거는 문안 전화가 아니라면 어머니는 아이들의 안부조차 묻지 않을지도 몰랐다. 손자들에게조차 어머니는 함부로 정을 쏟 지 않았다. 오랜 세월 동안 단단한 등 껍질로 자신을 싸고 지낸 어머니는 늙은 거북처럼 무심하고 무표정했다.

"에미가 자꾸 일을 벌이려고 하는데 절대 그런 짓 못 하게 해라. 보리암 가서 한 달 정도 있다 올 거니까 너도 그렇게 알고 딴 생각 절대 하지 마. 알아들었지?"

전화는 거기서 툭 끊겼다. 문경이 미처 대답도 하기 전이었다. 늘 그렇듯이 어머니는 당신이 할 말만 마치면 그만이었다. 문경은 담배를 꺼내 물었다. 아마도 어머니 역시 지금쯤 담배를 피워 물고 긴 연기를 내뿜고 있을 것이었다. 오랜 세월 동안 어머니의 외로움에 그림자처럼 동행했던 담배. 노란 인이 박인 오른쪽 두 손가락 사이에 담배를 물고 있는 어머니를 볼 때마다 문경은 생각했다. 어쩌면 저 담배야말로 어머니의 생을 지탱시켜 준 가장 큰 버팀목은 아니었는지…….

담배 한 대를 천천히 다 피우고 난 문경은 지원의 사무실로 전화를 걸었다.

"당신, 어머니한테 환갑잔치하자고 했어? 다시는 그런 일 벌이지 말라고 했잖아. 어머니, 절에 가서 한 달 정도 계신다니까 신경 쓰지 마. 제발 그냥 그렇게 지내시게 해드려."

문경의 전화 역시 간단했다. 지원은 이미 한 번 얘기한 일을 부득불 벌이려고 했다. 낯익은 모욕감이 몸속 깊은 곳에서 진땀처럼 솟아났다. 본처와 아들을 버리고 다른 여자와 살고 있는 시아버지와, 남편에게 버림받고 평생을 혼자서 살아온 시어머니, 그리고 한 여자에게서 남편을 빼앗아 살아온 또 다른 한 여인. 그들 앞에 버젓한 환갑상을 차림으로써 지원은 그들 세 사람의 생 모두가 얼마나 비틀어지고 뒤틀린 것인지를 확인이라도 시켜주려는 것인가. 어쩌면 그것은 흠잡을 데 없이 단란하고 지극히 정상적인 가정에서 자란 지원의 우월감인지도 몰랐다. 물론 문경의 예민한 반응 역시 열등감이라는 것 또한 부정할 수 없지만 필요 이상의 지나친 행동들이 때로 지원에게 그런 혐의를 갖게 했다.

환갑잔칫상의 기묘한 광경은 한눈에 선명히 그려낼 수 있었다. 참석을 하면 하는 대로 어색하고 우스꽝스러울 게 뻔하고, 불참을 하면 또 그러는 대로 표시만 크게 날 어머니의 옆자리인 아버지 자리. 아내 지원은 가끔씩 그런 식으로 사람들을 곤경에 빠뜨리곤 했다. 지극히 형식적이지만, 아니 그러므로 타인들의 눈엔 그지없이 정상적인 모습으로만 비춰지는 일들을 벌임으로써 역설적으로 이 집안이 얼마나 비틀려 있는지를 반증하는 그런 일들.

아이들의 돌 때도 마찬가지였다. 지원은 음식점을 빌리고 친척들까지 모두 초대해서 시아버지의 빈자리를 더 크게 확대시키는 일을 벌이곤 했다. 굳이 마다하는 일들을 벌이려는 그 심리의 이면이 궁금해질 때마다 문경은 그런 지원의 속 깊은 곳에 어쩌면 문경을 비롯한 문경의 부모에 대한 경멸감 같은 것이 있지 않을까, 하는 의심이 들곤 했다. 아니 그것은 문경의 지나친 열등감이 분명했다. 하지만 적어도 지원은 알지 못했다. 그런 일들을 한번씩 겪을 때마다 문경이나 그의 아버지나 어머니, 혹은 아버지와 살고 있는 또 다른 여자까지, 그들이 치러내야 하는 마음의 상처들을 지원은 알지 못했다. 적어도 그들에 대한 배려가 지원에게는 너무 모자랐다.

결혼식 때도 마찬가지였다. 어쩔 수 없이 결혼식 당일 아침 기차로 올라온 아버지와 결코 얼굴 한 번 마주치지 않은 채 굳은 얼굴로 서 있는 어머니를 두고 지원은 굳이 양가 사돈과 신랑 신부가 함께 찍는 사진을 고집했다. 친지 사진과 친구들 사진이면 됐지 양가 부모 사진은 뭐 하러 찍느냐고 얼굴을 일그러뜨리는 문경에 아랑곳없이 예약된 사진은 찍혀지고야 말았다. 환히 웃고 있는 지원의 부모와 대조적으로 혹 어깨라도 닿을세라 엉거주춤 떨어진 채 기묘한 표정으로 서 있는 문경의 아버지와 어머니의 굳은 얼굴. 뭇 사람들의 호기심 어린 시선 속에 내팽개쳐진 채 제각각 오직 자기 몸뚱어리만을 겨우 버티고 있는 세 사람의 위태로운 자세를 볼 때마다 문경은 모욕감으로 온몸이 딱딱해지곤 했다.

지원을 만나 처음으로 호감을 갖게 된 것은 그녀의 집에 다녀온 후였다. 제대 후 대학 4학년으로 복학을 하고 나서 한 학기가 지나도록 문경은 같은 과목을 수강하는 지원의 서슴없는 접근에도 전혀 마음이 움직이지 않았다. 경제학과에 적을 두고 있으면서, 그것도 모두들 취직 시험 준비에 정신없는 4학년이 난데없이 미술사를 수강한다는 게 흥미를 끌었다고 후에 지원이 말했다. 미술사를 수강하는 한 학기 동안 지원에게 이끌려 학교 앞 찻집에서 서너 번 차를 마신 적이 있었지만 문경은 여전히 그녀에게 별다른 느낌이 없었다.

마지막 학기가 얼마 남지 않은 가을 어느 날, 지원은 난데없이 문경을 거의 끌다시피 해서 자기 집으로 데려갔다. 자신의 생일이라는 이유였기 때문에 완강하게 거부할 수도 없는 일이었다. 그날의 그 정경을 떠올리면 지금도 문경은 마음 밑바닥에서 따뜻한 물이 차오르는 기분이었다. 문경은 그때까지 생일상을 받아본 기억이 없었다. 새어머니의 손에 밥을 얻어먹었던 고등학교 때까지는 물론이거니와 어머니가 집을 나가기 전에도 문경은 생일이라고 특별히 기억에 남아 있는 것이 하나도 없었다. 아니 날짜를 잊지 않고 지금까지 기억하고 있는 것만으로도 사실 기적이라고 생각될 정도였다.

하지만 지원의 집은 달랐다. 물론 그녀의 어머니가 손수 차린 정갈하고도 풍성한 생일상도 놀라운 일이었지만 그 상 앞에서 이것저것 음식을 챙겨주며 지원이 데리고 온 문경에게 아무런 꾸밈이나 경계 없이 대하는 그녀의 어머니와 아버지, 그리고 호기심 어린 시선으로 문경을 쳐다보면서도 티없이 천진한 그녀의 동생들을 보며 문경은 아주 호사스러우면서도 포근한 이불 속으로 기어든 듯한 느낌이었다. 낯선 종족을 대하는 듯했다. 저녁식사 후 과일까지 다 먹고도 마지막으로 지원의 어머니가 까주는 찐 밤을 한입 가득 더 먹어야 했다. 집으로 돌아오는 골목길을 혼자 걸을 때 문경은 낯선 세계를 여행이라도 하고 돌아오는 기분이 되었다. 분이 하얗게 핀 찐 밤이 목에 걸려 다음날까지도 내려가지 않았다.

그 후부터 문경은 지원의 접근을 굳이 피하지 않았다. 문경의 강의가 끝나는 시간에 맞춰 경상대 건물 입구에 서 있는 지원을 향해 먼저 다가가 자판기 커피잔을 내밀기도 했고, 그녀가 예매

해 온 극장표로 함께 영화를 보기도 했다. 그리고 가끔씩 그녀의 집에 가서 금방 지은 따뜻한 밥을 얻어먹기도 했다. 그것은 무엇보다도 그녀의 집에서 새나오는 따뜻한 불빛에 대한 동경과 선망 때문이었다. 한구석도 어긋나거나 뒤틀리지 않은, 반듯하고도 정갈한 기둥과 서까래들. 그 아래에 둘러앉은 그녀의 가족들을 볼 때마다 문경은 지상의 축복이 한 곳에만 몰려 있다는 억울한 생각이 들기도 했다.

문경이 두 개비째의 담배에 불을 붙이는데 다시 지원에게서 전화가 걸려왔다.

"도대체 뭐가 그렇게 복잡해? 며느리가 시어머니 환갑 차린다는 게 그렇게 잘못된 일이야? 남들은 자식들이 안 챙겨줘서 탈인데 왜 그러시는 거야? 남들 보기에도 그렇지, 아무것도 모르는 사람들은 아들 며느리가 평생 외롭게 혼자 산 어머니 환갑상도 안 차린다고 욕할 거 아냐."

지원은 속사포처럼 쏘아댔다. 전화가 걸려온 간격으로 보아 문경의 전화를 끊고서 화를 참다가 결국 삭이지 못한 채 터뜨리는 것 같았다.

"어머니가 원치 않는 일이잖아."

문경은 더 이상 대꾸하고 싶지도 않아 못박듯 한마디를 했다.

"가끔씩은 원치 않는 일도 해야 할 때가 있잖아. 자식들 체면도 생각을 해주셔야지. 어디 여행을 가시는 것도 아니고 그렇게 절에 가 계시면 남들이 도대체 뭐라고 하겠어? 이모님들이랑 친척들도 모두 환갑인 거 아시는데, 모두들 당신이나 나를 욕하지 어머님이 옳다고 하실 것 같애?"

결국은 체면이 문제인 것이었다. 어머니의 환갑상을 그토록 차리려 하는 이유는 아들 며느리로서 의무를 다했다는 주위의 인정 때문인 모양이었다.

"우리 얼굴 세우자고 어머니 가슴에 대못 박을 수는 없어."

문경은 단호하게 한마디를 던지고 수화기를 내려버렸다. 마음 같아서는 수화기를 내동댕이라도 치고 싶었다.

지원은 비틀린 나무를 보면 대패질을 해서라도 반듯하게 만들어야 한다고 믿는 사람이었다.

"언제까지 당신 부모 상처를 껴안고 살아갈 거야? 당신은 성인이야. 난 이 나이까지도 그런 상처에 연연해한다는 건 무책임한 짓이라고 생각해."

몇 달 전, 인천의 변두리에서 작은 여관을 하며 혼자 사는 어머니 집에 다녀오면서 말다툼 끝에 지원이 마무리라도 짓듯 한 말이었다. 그녀 말이 옳을지도 몰랐다. 서른아홉의 장년이 된 지금까지 성장기의 상처를 여전히 몸속에 지니고 있다면, 그건 분명 무책임한 짓일지도 몰랐다.

하지만 문경은 지금도 여전히 굵은 소금으로 얼굴을 세게 문지르는 듯한 통증 없이 자신의 어린 시절들을 떠올릴 수가 없었다.

읍내에 새로 생긴 식당 집에 드나들기 시작하던 아버지가 아주 그곳으로 들어가버린 것은 문경이 열한 살 되던 해였다. 한 해 전부터 며칠씩 집을 비우다가 한 번씩 잠깐 들러 겨우 옷만 갈아입고 나가는 아버지의 생활이 반복되고, 그런 아버지를 찾아오라는 할머니의 성화에 못 이겨 읍내의 그 여자 집으로 향하던 강변 둑길은 늘 어둡고 아득하기만 했다. 이른 아침 학교 갈 때나 친구들과 편싸움을 하며 뛰어다니던 그 길은 한달음 길이었으나 아버지를 찾으러 갈 때만은 끝도 없이 멀게만 느껴졌다. 마치 반대 방향을 향해 걷고 있는 것은 아닌지 착각이 일 정도로 한참을 걸어 겨우 도착한 식당 집 앞에서 쭈뼛거리다가 누군가 미닫이문을 열고 나오는 사람 틈으로 들여다본 식당 안 불빛은 언제나 환했다. 머리를 틀어올린 희고 고운 여자가 긴 앞치마를 가는 허리에 질끈 동여맨 채 손님을 배웅하다가 가끔씩 문경을 알아보곤 안으로 들어오게 했다. 분을 바른 여자의 뽀얀 얼굴이 불빛을 받아 문종이처럼 하얗게 보였다. 그때마다 유난히 검은 속눈썹 끝이 가늘게 떨리며 여자의 시선이 문경에게서 아버지로 옮겨가곤 했다.

"왜 왔냐?"

아버지의 말은 늘 그 한마디였다.

"할머니가…… 오시래요."

얼어붙은 문경의 입에서 겨우 새나오는 말 역시 늘 똑같았다.

"알았으니까 가봐라."

아버지는 들고 있던 탁주잔을 들어올리며 더 이상 문경을 쳐다보지 않았다. 문경은 아버지의 빈 술잔이 미처 탁자에 닿기도 전에 돌아서서 유리문을 밀치고 나왔다. 학교 교실 유리창을 깨고 교무실에 불려 가 한 시간이나 벌을 서고 나올 때보다 얼굴이 더

붉어졌다.

다시 어둠에 덮인 강둑길을 따라 돌아올 때면 문경은 단 한 번 눈길을 주곤 피해 버리던 아버지보다 매일 저녁 똑같은 심부름을 시키는 할머니가 더 미워졌다.

"가서 니 애비 찾아와라."

저녁 수저를 놓기가 바쁘게 가래 긴 탁성으로 문경을 아버지가 있는 읍내로 내쫓다시피 하던 할머니. 정작 할머니 자신은 한 번도 그 집엘 가지 않았다. 견디다 못한 어머니가 어느 날 작은 보따리 하나만을 가슴에 안은 채 문경과 네 살짜리 남동생을 놔두고 새벽안개 긴 집을 나가기까지 할머니는 단 한 번도 그 집엘 가서 아버지의 옷자락을 끌고 오지 않았다. 훗날 문경은 그것이 어쩌면 아버지에 대한 할머니의 보호막이었는지도 모른다고 생각했다. 혹시라도 어머니가 그곳엘 가서 자신의 아들 옷자락을 끌고 올지도 모를 사태를 방지하려는 교묘한 장치가 아니었을까, 서른이 넘어가던 어느 해 할머니의 제삿날 문경은 문득 그런 생각을 했다.

"생각해 보면 네 엄마나 아버지 모두 다 불쌍한 사람들이지 뭐. 나이 열일곱에 오로지 일 하나 잘하게 생겼다고 니 엄마를 데려왔는데 얼굴도 한 번 못 본 여자하고 같이 살게 돼버린 니 아버지도 얼마나 답답했겠냐? 무슨 정이 있길 하나……. 하긴 정이 생길 틈도 없었지. 하루 종일 일만 하다가 파김치가 돼 밤에 방구석에 들어가면 니 엄마는 정신없이 곯아떨어져 버리는데 언제 정이 쌓이겠어. 그 한창나이들에……."

　몇 해 전, 일 년에 한 번 설에만 내려가는 문경을 붙잡고 일흔을 넘긴 작은집 할머니가 어머니의 안부를 물은 후 혀끝을 차며 푸념처럼 늘어놓은 말이었다.

　어머니는 말이 없었다. 이제는 장성한 아들을 붙잡고 한 번쯤 자신의 인생에 대해 얘기를 할 법도 했지만 어머니는 결코 그렇게 하지 않았다. 대학엘 들어가면서 서울로 온 문경이 처음 어머니가 일하는 여관을 찾아갔을 때도 어머니는 눈물조차 흘리지 않았다.

　"에미 애비 잘못 만난 거 모두 다 니들 팔자라고 생각해라. 남들보다 좀더 빨리 혼자된 거라고 생각해."

　어머니는 안개처럼 번져가는 담배 연기를 내뿜으며 말했다. 얼굴 옆선엔 여전히 여리고 섬세한 자태가 남아 있었지만 자신 속에 아무도 들이지 않는 자의 텅 빈 어깨선이 완강해 보였다. 집을 떠나 혼자가 된 후로 어머니에게는 담배와 저금통장, 그리고 절(寺)이 전부였다. 그 외에는 어떤 것도 자신 속으로 들이지 않았다. 심지어는 문경과 문호마저도 어머니는 자신의 품안으로 품으려 들지 않았다. 문경이 서울로 올라와 대학을 다닐 때도, 칠 년 아래인 문호가 대학 진학을 핑계로 서울에 올라와 자취를 할 때도, 어머니는 가끔씩 자취방으로 찾아와 등록금이 담긴 봉투를 건네주던 게 전부였다. 뒤돌아보는 법도 없이 단호히 돌아서곤 하던 어머니의 뒷모습은 이미 고절한 암자라도 된 듯 누구도 선뜻 들어서기 어려워 보였다.

　문경은 수화기를 들었다. 이미 손끝에 익숙해진 번호였지만 손가락 끝은 여전히 긴장으로 뻣뻣해졌다. 신호음이 울리고 수화기 너머에서 네, 하는 이현의 목소리가 들려왔다. 한낮의 태양이 아직도 지상의 모든 사물들을 말리고 있는 시각이었지만 그녀의 음성은 저녁 비라도 맞은 듯 젖어 있었다.

　"나, 밥 좀 사줄래요?"

　느닷없이 튀어나온 말이었다. 점심을 먹은 지 두 시간도 채 안 된 시각에 난데없이 밥이라니……. 하지만 이현의 목소리를 듣는 순간 문경은 갑자기 엉뚱한 말을 내뱉고 만 것이다.

　"그래요, 밥 사줄게요."

　문경의 목소리를 확인한 이현이 잠시 침묵하더니 몸의 물기를 가만히 닦아낸 듯한, 목화솜 같은 목소리로 대답했다. 순간 문경의 가슴이 출렁, 흔들렸다.

　그래요, 밥 사줄게요.

　서슴없이 밥을 사주겠노라는 이현의 대답을 듣는 순간 갑자기 공복감과 허기가 몰려오기 시작했다. 며칠 동안을 꼬박 굶고 난 뒤 같은 맹렬한 허기.

　이현은 곧바로 달려나왔는지 사십 분도 채 지나지 않아 회사 근처라며 전화를 걸어왔다. 집에서 광화문까지 오는 직행버스를 탔다며 새삼 시계를 쳐다보았다. 약간 상기된 얼굴로 보아 버스에서 내려 뛰어온 듯했다.

　문경은 그녀를 데리고 경복궁 근처의 한식집으로 갔다. 산책 삼아 걷기에 알맞은 거리였지만 문경은 택시를 잡았다. 허기는 잠시도 문경을 기다려주지 않았다. 종업원이 한지 문이 달린 작은 방으로 안내했다. 문경은 메뉴도 보지 않고 한정식을 주문했고 이현도 같은 걸 먹고 싶다고 했다.

그토록 열중해서 밥을 먹어본 적이 없었다. 점심이 미처 소화도 되기 전이건만 문경은 이현에게 변변한 말조차 건네지 않고 그득히 차려진 밥상을 깨끗이 비웠다. 간간이 이현이 게장의 노란 알을 집어 밥 위에 얹어주면 말없이 흰밥을 한 숟가락 가득 입에 떠넣곤 했다. 이현 역시도 그런 문경을 표나지 않게 쳐다보며 밥 한 그릇을 말끔히 비워냈다. 뻥 뚫린 듯하던 몸속 구멍이 빈틈없이 채워진 기분이었다. 정말 느닷없는 허기였다.

"고마워요."

문경은 후식으로 나온 녹차를 마시며 비로소 이현의 눈을 마주 보았다. 산 그림자 하나가 들어가 앉은 듯 깊고 고요했다.

이현은 돌아갔다. 올 때 타고 왔다던 직행버스를 타고 다시 그녀의 집으로 돌아갔다. 문경은 그녀를 붙들고 싶었다. 향이 좋은 커피를 함께 마시고, 차가운 맥주도 한 잔씩 나눠 마시고, 그리고 가능하다면 그녀를 안고 싶기도 했다. 그러나 문경은 경복궁에서 광화문까지 걸어오면서 내내 그런 자신의 욕망과 싸웠다. 그녀를 똑바로 마주 보지도 못한 채 몸속 깊은 곳에서 올라오는 욕망들을 내리누르느라 발걸음만 재촉했다.

"꼭 도망가는 사람 같아요."

문경의 빠른 걸음을 따라오느라 힘이 들었는지 이현이 팔꿈치를 잡아끌었다. 시골에서 지낸 고등학교까지는 물론이거니와 대

학 때도 웬만한 거리는 걸어서 다닌 문경인지라 그의 걸음에 보
조를 맞춰 걸을 수 있는 사람은 거의 없었다. 문경은 잠시 이현과
함께 걸었으나 곧 다시 빠른 속도로 걷기 시작했고 발길은 이현
이 차를 타는 정류장 앞에서야 겨우 멈춰졌다.

"그냥, 갈까요?"

이현이 자꾸 피하려는 문경의 시선을 붙잡으며 물었다. 한풀
꺾인 햇살이 이현이 입은 연한 하늘빛 남방셔츠 위로 차분히 내
려앉아 있었다. 문경은 이현의 어깨너머로 한 손을 올려 가볍게
토닥이며 고개를 끄덕였다. 이현의 어깨에서 인 가는 떨림이 손
바닥을 타고 전해져 왔다. 그대로 껴안아버리고 싶은 충동.

"알았어요."

눈을 빤히 쳐다보는 이현의 시선에서 문경은 자신의 알몸이 들
켜버렸다는 걸 알았다. 그녀는 밥을 사달라고, 난데없는 말을 건
넬 때부터 어쩌면 이미 알고 있었는지도 몰랐다. 문경의 마음속
허기들을 이미 짐작하고 있었는지도.

문경은 버스가 오는 광화문 쪽을 쳐다보았다. 몇 대의 버스들
사이에서 그녀의 집으로 가는 좌석버스 한 대가 세종문화회관 앞
을 달려오고 있었다. 문경은 이현의 손을 잡았다. 달궈진 쇠처럼
뜨거웠다. 문경의 손에서 땀이 진득하게 배어났다. 잡아끌고 어
딘가로 함께 달려가고 싶었다. 문경은 손아귀에 잔뜩 힘을 준 후
잡았던 이현의 손을 다시 놓았다. 이현이 뒤를 돌아보며 버스에
올랐다. 금단의 열매를 쥐었다 놓은 기분이었다. 안도감과 아쉬
움이 동시에 몰려왔다.

사무실에 돌아와보니 손님이 와 있었다. 문경의 거래 은행 차장으로 있는 하 선배였다. 대학 선배라는 인연으로 문경이 사업을 시작할 때 무담보로 대출을 해주었다.

"지나가는 길에 들렀다."

누구한테나 사람 좋다는 소릴 듣는 하 선배는 손을 내밀며 웃었지만 문경은 그가 마음먹고 찾아온 길이란 걸 알았다. 선배 보기가 미안해 요즘은 가능한 한 은행 출입도 하지 않고 있던 차였다.

"미안해요. 제가 찾아봬야 하는데……."

문경은 진심으로 그에게 미안했다. 아무리 그 자리에 있다고는 해도 담보도 없이 적지 않은 돈을 선뜻 대출해 주기란 쉽지 않다는 걸 문경은 누구보다 잘 알고 있었다.

"요즘 힘들지?"

선배는 사정을 다 안다는 듯이 쳐다보았다.

"솔직히 그러네요. 도대체 앞이 안 보여요."

사실이었다. 한번 크게 휘청인 나라 경제는 그 파장이 생각보다 크고 깊었다. 도처에 무너진 터널들의 잔해만 나뒹굴 뿐 길은 보이지 않았다. 결재 일들이 몰려 있는 월말만 되면 문경은 몸무게가 몇 킬로그램씩 내려가곤 했다.

"그나저나 니 사정 뻔히 알면서 이런 말 하자니…… 참…… 지점장 독촉이 자꾸 심해진다. 부실 대출들 전부 다음 달까지 해결하라고. 은행 분위기가 살벌해."

말하지 않아도 이미 충분히 알고 있는 일이었다. 어디 은행뿐이던가. 옛날엔 그저 자리만 잘 지키고 앉아 있으면 노후까지 아무 걱정 없던 곳들이 요즘은 어디나 전쟁터를 방불케 했다. 굳이 분야를 따질 것도 없었다. 모두 다 전사가 되어 승전보를 올리거나 아니면 장렬하게 전사하는 것, 둘 중 하나였다. 그도 저도 아니면 아예 대열에서 이탈해 버리는 수밖에 없었다.

"알았습니다. 어떻게든 해볼게요. 정말 죄송합니다. 저 때문에……."

선배는 문경의 어깨를 안쓰럽게 두드려준 후 돌아갔다. 위기감이 몰려왔다. 위태로움을 느낀 지는 꽤 됐으나 문경은 혼자만 겪는 일이 아니라는 이유로 그래도 여유를 가질 수가 있었다. 그러나 그런 상대적인 비교가 이젠 더 이상 위로가 되지 않았다. 대출받은 돈을 다음 달까지 상환할 능력은 지금으로선 전무한 상태였다. 그나마 사업을 처음 시작할 때, 지원이 공동 명의로 된 집을 담보로 하거나 가족들에게 보증을 세우는 일은 할 수 없다고 딱잘라 말하는 바람에 약간의 퇴직금과 대출금으로 시작한 것이 다행이라면 다행이었다. 하지만 다음 달까지 그 적지 않은 금액을 어디에서 끌어올 것인가. 아무리 장부를 뒤져보아도 길은 꽉 막혀 있었다. 꼬박꼬박 현금으로 수입을 해서 팔 때는 몇 달짜리 어음으로 결재를 받고 있는 이 악순환은 도무지 개선될 기미가 보이지 않았다. 오늘도 수금을 나갔던 김철민은 빈손으로 돌아왔다. 그나마 장기 불황이 깊어지면서 판매되던 설비들마저 반 이상으로 줄었다. 현상 유지도 어려운 상황에서 아무도 새로운 설비를 선뜻 들여놓으려 하지 않았다.

　문경은 사무실을 나와 걷기 시작했다. 퇴근 시간이 가까워진 광화문 지하도는 사람들의 어깨가 부딪칠 만큼 복잡했다. 나무 팽이를 팔고 있는 중년 남자와 조잡한 레일 기차를 팔고 있는 얼굴이 붉은 여인, 각종 서류 가방을 늘어놓고 담배를 피우고 있는 청년……. 모두들 무심한 눈길로 서로를 쳐다보거나 지나가는 행인들을 바라보고 있었다. 지친 표정들이었다. 문경은 나무 팽이 앞으로 다가갔다. 어릴 적 동네 앞마당에 무수한 구멍을 뚫었던 팽이치기. 기계로 매끈히 깎아내 어릴 적 돌리던 팽이 맛은 없지만 그래도 줄을 감아 돌리는 요즘의 플라스틱 팽이보다는 훨씬 더 정이 갔다. 형도 없는 문경이 그 팽이를 혼자 깎느라 손을 몇 번이나 베어야 했던 기억들. 대신 일곱 살 아래인 동생 덕에 늦게까지 팽이를 깎아야 했다. 문경은 팽이 두 개를 샀다. 아이들에게 갖다 주고 돌리는 방법을 가르쳐주리라 마음먹었다. 아버지의 자상한 관심을 받아본 적이 없는 탓에 아이들에게도 문경은 애정 표현이 몹시 서툴렀다. 그러나 아이들은 가끔 뜻하지 않게 문경을 감동시키곤 했다. 지원이 엄격한 탓도 있겠지만 아이들은 제 어미가 금지시킨 일들을 살짝 문경에게로 와서 즐겼다. 지원이 집에 없을 때 가끔씩 아이들과 함께 컴퓨터 게임을 하며 라면이라도 끓여 먹노라면 아이들은 해방감에 들떠 문경의 몸 위로 거침없이 뒹굴곤 했다.
　문경은 팽이 두 개가 든 까만 비닐 봉투를 들고 인사동 골목으로 들어갔다. 선망과 소외감이 뒤엉킨 곳이었다. 문경은 가끔씩 그 골목들을 드나들었다. 화랑들이 밀집해 있는 그곳은 그 어느 곳보다

아늑했지만 동시에 그 어디보다도 소외감에 시달리게 했다.

고등학교 때까지 미술반에서 그림을 그리던 문경은 막상 대학 입시에서 미대 진학은 엄두조차 낼 수 없었다. 겨우 읍 단위의 시골 학교에서 그림을 제법 그린다고는 해도 미대란 그야말로 그림의 떡일 수밖에 없었다. 고등학교도 겨우 마친 문경에게 아버지는 취직이 확실히 보장되고 등록금도 적은 2년제 교대엘 가라고 했다. 그것도 아버지가 문경에게 보인 최대의 관심이고 호의였다. 하지만 문경은 그런 아버지의 관심을 배반하기 위해서라도 교대엘 가지 않았고 서울에 있는 4년제 대학에 입학을 한 후 무작정 상경했다. 아직 초등학생이던 동생 문호가 마음에 걸렸지만 문호는 어릴 적부터 새어머니의 손에 자라서인지 문경에 비해 훨씬 사이가 좋았다.

고등학교 3학년 때였다. 막 여름이 시작되던 6월 어느 날, 문경은 이젤을 들고 강가로 나가 하루 종일 그림을 그렸다. 바닥이 훤히 비치는 강과 흰 모래톱, 겹겹이 둘러싼 산과 강어귀의 대나무 숲을 가슴에 하나하나 조각해 넣듯 세밀한 붓 터치로 그렸다. 그날 저녁, 집으로 돌아온 문경은 그동안 그렸던 그림들과 직접 만들었던 이젤, 그림 도구들을 모두 불태웠다. 그리고 다시는 그림을 그리지 않았다.

가끔 자신이 그림을 그렸었다는 사실이 기이하게 여겨질 때가 있었다. 대학 시절 내내 도서관에 틀어박혀 경제학 원론이니 미시 경제니 하는 두꺼운 책들을 보다가 문득 내다본 창밖으로 햇살을 튕겨내고 있는 플라타너스 나뭇잎이 시선에 잡힐 때, 혹은 질끈 동여맨 넥타이에 구겨진 양복의 주름들까지 고스란히 드러나는 지하철의 어두운 창문을 바라보고 있던 어느 한순간, 문경은 자신이 그토록 그림을 그리고 싶어했었다는 사실을 떠올리며 기이한 느낌에 사로잡히곤 했다.

너무 멀리 와버린 곳에서 바라보는 떠나온 곳의 풍경은 때로 환영이나 신기루에 가까웠다. 문경은 가끔씩 환영을 대하듯 그토록 그림을 그리고 싶어했던 자신을 떠올리곤 했다. 그리고 그럴 때마다 그는 인사동의 화랑들을 순례라도 하듯 돌아다녔다.

처음 들어간 화랑에선 한 젊은 작가의 개인전이 열리고 있었다. 아크릴이나 LP 레코드, 캔버스에 그려진 그림들은 모두 누드였다. 특히 인물들의 동적 움직임에 초점을 맞춘 그림들은 순간적인 인상을 잡아내는 크로키에 파스텔 톤 색채를 입혀 환상적 느낌을 주었다.

문경은 입구부터 천천히 그림들을 다시 한 번 자세히 보았다. 한 번만 쓱 훑고 지나가기엔 늘 마음이 아렸다. 그 그림들에 쏟았을 작가의 열정과 노력을 생각하면 어떤 그림도 그냥 지나쳐 갈 수가 없었다. 어쩌다 겨우 한 번씩 개인전을 여는 것만도 힘든 무명의 젊은 작가들. 그들 중 대부분은 무명인 채로 일생을 지낼 것이다. 천재적 재능이 아니라면, 하다못해 요절이나 스캔들 같은 특별한 이벤트도 없다면 말이다. 어디든 정글은 존재했고, 그 생존 법칙은 점점 더 냉혹해지고 있었다.

세 번째로 들어간 지하 화랑의 한 그림 앞에서 문경은 발길을 옮기지 못하고 있었다. 넥타이를 매고 검은 양복을 입은 한 남자의 엉거주춤한 뒷모습을 그린 그림이었다. 남자의 한 손엔 검은 서류 가방이 들려 있었고, 남자는 곧 어딘가를 향해 걸음을 옮기는 중이었는데 옆면으로 보이는 남자의 눈길은 당혹스러움과 혼돈에 휩싸여 있었다. 남자의 시선을 보는 순간 문경은 온몸에 전율이 인 채 그 자리에 멈춰 서버렸다. 지금까지 걸어온 관성대로 발걸음을 옮기는 순간, 남자는 갑자기 자신 앞에 펼쳐져 있는 길이 낯설었다. 이 길이 아니었어, 혹은 지금까지 내가 걸어온 길이 바로 이 길이었던가, 하는 돌연한 혼란. 남자는 늘 입던 옷을 입고, 신던 구두를 신고, 항상 들고 다니던 가방을 든 채 길을 나서다 갑자기 당혹감에 사로잡힌다. 내가 서 있는 이곳은 도대체 어디일까. 남자의 당혹감은 돌아선 등의 양복 주름을 통해서도 적나라하게 드러났다. 두 다리는 가던 길을 향해 있고 주위를 둘러보느라 비틀린 상체의 굴곡진 주름은 어쩌면 남자가 빠진 낯선 함정에서 이는 파장인지도 몰랐다.

순간 문경은 자신의 뒷모습이 떠올랐다. 서른아홉 해를 걸어온 발길은 오늘도 한 발을 앞으로 내민 채 어딘가를 향해 뻗어 있었다. 그곳이 어디인지, 생각해 보지 않았다. 다만 관성대로 걸었을 뿐이다. 그런데 지금, 왜 새삼스레 주위를 둘러보고 있는 걸까. 문경은 그림 속의 남자가 멈춰 선 지점이 바로 자신이 지금 서 있는 곳이란 걸 깨달았다. 누구나 언젠가는 한 번쯤 맞닥뜨리는 지점, 내가 왜 여기 서 있는 걸까, 갑작스런 의문에 사로잡히는 곳.

문경은 황급히 화랑을 빠져나왔다. 오후 내내 무겁게 내려앉았던 하늘이 드디어 제 무게를 이기지 못한 채 터져버렸는지 비가 내리고 있었다. 제법 세찬 빗줄기였다. 문경은 뛰었다. 어디를 향해서인지도 모르면서 무작정 뛰었다. 그러나 비를 피하기엔 역부족이었다. 어깨는 어느새 젖어 축축해지기 시작했다. 문경은 공중전화 부스 속으로 뛰어들었다. 젖은 몸에서 풍기는 훈기와 습기 때문에 전화 부스 속에 금세 하얀 김이 서렸다. 문경은 휴대폰을 꺼내 빠르게 번호를 눌렀다. 여자의 목소리가 들려왔다.

"나예요."

문경은 무작정 나라고 말했다. 여자는 문경의 목소리를 금세 알아들었다.

"지금 좀 나올 수 있겠어요?"

젖은 머리에서 수화기를 든 손등으로 물방울이 떨어졌다. 이미 여자의 남편이 퇴근해서 함께 저녁이라도 먹고 있을지 모를 일이었다.

"그럴게요."

여자는 또다시 아무것도 묻지 않고 그러마고 대답했다.

"내가 그쪽으로 갈 테니까 중간쯤에서 만나요."

문경은 전화를 끊고 급히 공중전화 부스 문을 밀고 뛰기 시작했다. 지하철역을 향해 문경은 전력 질주를 했다.

우물

이현은 서둘러 지하철역으로 뛰어가고 있었다. 10미터 전방에서 깜박거리던 신호등의 파란 불이 어느새 빨간색으로 바뀌었다. 건너가지 마시오. 강한 금지의 신호인 빨간 불빛. 그 붉은 불빛 속엔 멈춰 서 있는 사람의 검은 형상이 숨어 있었다. 그러나 이현은 멈추라는 신호를 무시하고 보도 아래로 내려섰다. 비가 내리는 도로 저쪽에서 승용차 한 대가 빠른 속력으로 달려오고 있었다. 이현은 뛰듯이 재빨리 길을 건넜다. 길을 건너자마자 승용차가 이현이 건너온 길목을 쏜살같이 통과했다. 이현은 한 손에 든 우산을 흔들며 지하철 입구까지 숨이 차도록 뛰었다. 미색 바짓가랑이에 빗물이 튀어 있었다. 이현은 에스컬레이터 계단을 뛰어내려가 재빨리 지하철 패스를 밀어넣고 플랫폼으로 달려갔다. 잠시 후에 열차가 도착한다는 안내 글이 전광판에서 반짝이고 있었다. 얼굴이 붉게 상기된 채 등줄기로 땀이 흘러내렸다. 열차가 떠나지 않았다는 게 천만다행이었다.

　문경의 전화가 왔을 때 이현은 저녁 준비를 하고 있었다. 성훈은 한 시간 전에 전화를 걸어왔다. 며칠간 계속 야근하다가 모처럼 일찍 퇴근하는 오늘은 함께 저녁을 먹고 싶다고 했다. 이현은 그가 유난히 좋아하는 두부가 든 된장찌개를 준비하고 있었다. 하지만 잠시 후 문경의 전화가 걸려왔고 이현은 무조건 나가겠다고 약속을 했다. 물론 성훈이 곧 도착할 것이고 그에게 변명조차 할 수 없는 처지였지만 더 이상은 생각할 겨를이 없었다. 이현은 곧장 성훈의 휴대폰으로 전화를 걸었다.
　성훈은 이미 자유로로 접어들었다며 곧 도착할 거라고 했다. 모처럼 긴장에서 해방된 듯 가벼운 목소리였다. 이현은 잠시 침묵하다가 겨우 말을 꺼냈다. 갑자기 외출해야 할 것 같다고, 친구 난주에게 급히 가봐야 할 것 같다고. 이혼한 지 이 년이 다 돼가는 난주는 가끔씩 밤에 이현을 불러내 술을 함께 마시기도 했다. 그러나 황망히 둘러대는 이현의 핑계는 어설프기만 했다. 성훈은 몹시 상해 버린 기분을 숨기지 않은 채 알았다는 한마디만 하고 전화를 끊었다.
　"혜인이 걱정은 마시고 빨리 다녀오세요."
　갑자기 아이를 맡은 앞집 여자는 싫은 내색은커녕 급한 일이라도 생긴 듯 서두는 이현을 안심시키느라 애쓰고 있었다. 성훈이 올 때까지도 기다리지 못하고 나가야 하는 일이라면 몹시도 급한 일일 게 틀림없다는 표정이었다. 앞집엔 세 살 위의 남자아이가

있었는데 동생이 없어서인지 혜인일 잘 데리고 놀았다. 오빠, 오
빠, 부르며 시시콜콜 귀찮게 굴어도 화도 내지 않고 잘 대답해 주
었고, 제 장난감을 꺼내다 주기도 했다. 그러나 볼 때마다 차 한
잔 하자며 들어오라는 앞집 여자의 성화에 못 이겨 몇 번 아이와
함께 놀러 간 적은 있어도 아이를 맡기는 것은 처음이었다. 잠깐
이긴 했지만 그래도 역시 쉬운 일은 아니었다. 그러나 이현은 성
훈이나 앞집 여자에게 미처 신경을 쓸 겨를이 없었다. 문경은 이
미 인사동에서 지하철을 타고 떠났을 것이었다. 이현은 음식 냄
새가 밴 옷을 갈아입고 만화영화를 보던 아이를 일으켜 세워 앞
집의 초인종을 눌렀던 것이다.
　제정신이 아니야.
　이현은 지하철의 검은 유리창에 비친 제 모습을 보면서 속으로
중얼거렸다. 유리창엔 열에 들뜬 여자의 불안한 시선이 열차 바
퀴의 진동에 맞춰 흔들리고 있었다.
　어디로 가는 열차일까. 이현은 다음 정류장을 알리는 안내원의
목소리를 새삼 의심하기 시작했다. 그와 만나기로 한 지하철역이
지상에 존재하지 않을 것만 같은 불안감이 몰려왔다. 하루에 두
번씩이나, 그것도 갑작스런 전화를 받고도 아무 망설임 없이 뛰
쳐나가는 여자. 이현은 맞은편 유리창 속의 여자를 다시 한 번 곤
혹스럽게 쳐다보았다.

　문경은 지하철 플랫폼 한가운데 서 있었다. 빈 의자도 여럿 눈
에 띄었는데 그는 젖은 옷을 걸친 채 홈 한가운데 긴 나무 팻말처

럼 서 있었다. 손엔 까만 비닐봉지 하나가 들려 있었다.

"못 오는 줄 알았어요."

도착한 지 십오 분 정도 지났다는데, 문경은 이현이 오지 못할 거란 불안감에 시달린 모양이었다. 낮에 보았던 카키색 양복은 비에 젖어 검은색에 가까워 보였다. 넥타이는 풀어 주머니에라도 넣었는지 노타이 차림이었다. 후줄근해진 차림에 눈빛만 형형한 게 몹시 흐트러져 보였다. 처음 보는 모습이었다. 단정하고 견고한 건물에 가는 균열이라도 간 듯, 몹시도 불안정해 보였다. 무슨 일이 있는 것인가.

"그냥, 갑자기…… 내가 어디 있는지 모르겠어……."

그는 기둥 몇 개가 어긋난 서까래처럼 위태로워 보였다. 조금만 강한 힘이 가해져도 우지끈 내려앉을 것만 같은 위태로운 서까래.

서둘러 지하철을 빠져나왔다. 여전히 가는 비가 내리고 있었고 이현은 우산을 펴 문경에게 씌워주었다. 퇴근길의 사람들이 펼쳐 든 우산이 서로 부딪치며 물을 튕겼다. 비가 오는 거리는 훨씬 더 소란스럽고 복잡했다.

"어디로 가지요?"

앞도 보지 않은 채 걸어오는 남자의 우산을 피하느라 잠시 휘청하며 문경이 물어왔다. 어디로, 어디로 갈 수 있을까. 이현은 주위를 한 번 둘러보았다. 가끔씩 차를 타고 지나쳤을 뿐인 동네였다. 등산로 입구가 가까운 곳답게 등산용품이나 컵라면 따위를 팔고 있는 가게들이 줄지어 서 있었다. '관광 기념'이라 찍힌 타

월들을 보니 멀리 여행이라도 떠나온 느낌이었다.

"……우리 둘만 있을 수 있는 데로 가고 싶어요."

그제야 겨우 우산을 받아 들고 서 있던 문경이 이현을 똑바로 쳐다보았다. 순간 그의 시선이 짧게 흔들렸다. 빗물이 이미 젖은 그의 어깨 한쪽을 다시 적시고 있었다.

"함께 있고 싶어요."

입 안이 바싹 말라왔다. 겨우 두 마디를 했을 뿐인데도 입 안의 침샘이 모두 마른 느낌이었다. 두려움이 몰려왔다.

문경이 당혹스런 표정으로 이현에게서 눈을 떼지 못하고 있었다.

"당신은 늘 나보다 용감하군."

문경이 이현을 향해 고개를 끄덕이며 중얼거렸다.

택시 한 대가 서 있었다. 비가 와서인지 빈 택시가 거의 없었다. 문경이 서둘러 택시로 다가갔다.

"제일 가까운 모텔로 가주세요."

택시에 오르자 문경이 기사에게 말했다. 이현은 긴장한 얼굴로 문경을 쳐다보았다. 택시 기사가 백미러를 통해 재빨리 두 사람을 훑어보았다. 이현은 꼿꼿이 앉아 앞 차창을 노려보았다. 와이퍼가 주황색 빗물들을 밀어내고 있었다. 우산을 쓴 사람들이 느린 화면 속의 한 장면처럼 서로 등을 지고 걷고 있었다. 저들은 어디를 향해 걸어가고 있는 걸까. 문경이 가만히 손을 잡아왔다. 택시는 북한산 방면으로 빠져나가고 있었다.

택시가 멈춘 곳은 북한산 초입의 한 모텔이었다. 붉은 목욕탕

표시의 네온사인이 캄캄한 빗속에서 등대 불빛처럼 반짝였다. 택시 기사가 거스름돈을 내주며 다시 한 번 노골적인 시선으로 쳐다보았다.

초저녁의 모텔은 텅 비어 있는지 계단을 오르는 두 개의 발자국 소리가 지나치게 또렷이 울리고 있었다. 어디로 가는 걸까. 그곳이 어디인지 모른다. 다만 이현은 비에 젖은 문경이 홀로 서 있는 곳을 향해 가고 있을 뿐이었다. 복도를 울리던 발소리가 문득 멈추었다.

열쇠 구멍을 찾는 문경의 손끝이 자꾸만 빗나가고 있었다. 어두운 복도는 마치 지하 묘지의 입구처럼 긴장감이 감돌았다. 몇 번의 실패 끝에 문이 열렸다. 문경이 이현의 손을 잡고 묘지 입구로 들어섰다. 지하 묘지에 불이 켜지자 문경이 이현을 끌어안았다.

"당신을 안는 게 무서워. 왜 이런 기분인지 나도 잘 모르겠어. 아까 낮에도 그랬어. 당신을 간절히 원하면서도 뭔가 다 산산조각이 나버릴 것 같은 이상한 기분이 들었어."

문경은 두려움을 떨쳐내기라도 하듯 거칠게 이현을 껴안았다. 어깨에 걸쳐져 있던 이현의 가방이 방바닥으로 툭 떨어져 내렸다.

"겁내지 말아요."

이현은 문경의 머리를 가슴에 안았다. 젖은 머리카락 사이에서 아직도 물이 배어 나왔다.

"괜찮아, 괜찮아요."

문경의 머리에 얼굴을 기댄 이현이 낮게 중얼거렸다. 어쩌면 문경보다 자기 자신에게 하는 말인지도 몰랐다.

　마주 놓인 1인용 소파 두 개와 침대 옆 방바닥엔 서둘러 벗어던 진 옷가지들이 널려 있었다. 젖은 문경의 바지와 이현의 팬티가 겹쳐져 있고, 문경의 양말이 뒤집어진 채 이현의 남방셔츠 앞자 락에 얹혀 탈피 동물의 껍질처럼 흩어져 있었다.

　이현은 불빛을 받아 반들거리는 문경의 마른 어깨를 바라보았 다. 격렬한 포옹과 입맞춤의 흔적이 그의 목덜미와 가슴에 벌건 자국으로 남아 있었다. 물론 이현의 목덜미와 가슴 곳곳에도 짙 은 흔적들이 남아 있을 것이었다.

　문경은 이현의 젖가슴을 오래도록 빨았다. 며칠 동안 떨어져 있던 엄마 젖을 찾는 갓난아이 같았다. 아이를 낳고 젖을 물리고 있던 어느 날 오후처럼, 이현은 한순간 자신의 가슴을 오랫동안 빨고 있는 문경을 안고 혼곤하고도 나른한 평화 속으로 빠져들기 도 했다. 다시는 엄마를 놓치지 않으려는 아이처럼 문경은 이현 을 바싹 껴안고 있었다.

　이현은 문경의 머리카락을 천천히 쓰다듬었다. 수건으로 닦아 주긴 했지만 아직도 물기가 남아 있는 젖은 머리카락.

　"왜 이렇게 비를 맞고 다녔어요?"

　이현은 여전히 자신의 가슴을 만지작거리고 있는 문경의 등을 쓸었다. 좁쌀 같은 소름이 돋아 있었다.

　"그냥…… 비라도 흠뻑 맞고 나면 내가 어디 있는지 보일 것 같아서……."

"그래서, 어디 있는지 봤어요?"

"아니, 더 모르겠어."

문경이 천천히 고개를 저었다.

이현은 문경의 얼굴 굴곡을 따라 하나하나 확인이라도 하듯 손으로 쓸어내리기 시작했다. 퀭한 두 눈과 우뚝한 콧날, 단정한 입술 선을 따라 천천히 내려갔다. 깊게 파인 늑골을 지나 이현은 문경의 갈비뼈 하나하나를 세기라도 하듯 어루만졌다. 비를 맞은 그의 몸에서 물비린내가 풍겼다. 갑자기 자기가 서 있는 곳을 모르겠다며 비를 맞고 다닌 서른아홉 살의 사내. 이현은 그의 몸 하나하나를 손끝에 새기기라도 하듯 구석구석까지 남김없이 쓸어내렸다. 길고 마른 문경의 몸이 손바닥에 각기 다른 또렷한 감각을 남기며 지나갔다.

비썩 마르기만 한 상체와 달리 허벅지는 돌처럼 단단했다. 이현은 갑자기 놀라 손길을 멈추었다. 단단한 두 다리가 낯선 이물감을 갖게 했다. 마치 감춰진 그의 비밀 서랍을 빼 보는 기분이었다. 그가 걸어온 길 위에서 오랫동안 다져졌을 근육들. 이현은 그의 두 발을 가만히 감싸 쥐었다. 군데군데 각질이 생긴 발바닥은 조금씩 금이 가 갈라져 있었다. 그가 걸어온 모든 길들을 기억하고 있는 발. 이현은 그의 발가락을 하나하나 어루만졌다. 길쭉한 그의 발이 뻣뻣이 굳은 채 이현의 손길을 참아내고 있었다. 순간 이현은 깊숙이 몸을 숙였다. 신전을 향해 경배라도 드리듯 온몸을 낮게 구부렸다.

이현은 메마른 그의 발에 가만히 입술을 갖다 댔다. 그리고 혀로 그의 발가락을 핥기 시작했다. 하나씩, 천천히, 그러나 거침없이. 날카로운 엄지발톱 끝이 혓바닥을 스쳤다. 피가 배어 나오는지 아리고 비릿한 게 입 안에 고여왔다. 그러나 이현은 멈추지 않았다. 발가락을 모두 핥고 난 이현은 발가락 사이사이의 깊숙하고도 여린 살갗에 혀를 밀어넣었다. 문경이 몸을 비틀며 짧은 신음을 토해 냈다. 어느덧 이현은 그의 발바닥을 남김없이 침으로 적셔가고 있었다.

당신이 걸어온 그 길들을 핥아주고 싶어. 이현은 딱딱하게 굳어서 터진 그의 발뒤꿈치에 오래도록 입맞추었다. 어느덧 각질이 생겨버린 지친 발바닥. 이현은 푸른 정맥이 훤히 드러난 그의 두 발을 가슴에 품어 안았다.

어디선가 자동차 시동 거는 소리가 들리고 곧 잔잔한 돌 마당을 구르는 바퀴 소리가 들려왔다. 누군가 돌아가는 모양이었다. 커튼만 닫은 채 창문을 열어놓아 소리가 아주 가깝게 들려왔다. 모텔은 다시 적막에 휩싸였다. 자작자작 빗소리가 들려왔다.

"당신이 무서워."

이현의 귓불을 물고 있던 문경이 강바닥처럼 내려앉은 목소리로 말했다. 황토빛 한지를 바른 스탠드가 문경의 등 너머에서 외딴집 불빛처럼 홀로 떠 있었다. 불빛을 받은 그의 등이 매끈하게 빛났다.

"당신의 정열이 무서워. 당신을 따라가다 보면 바닥도 없는 곳으로 추락해 버릴 것만 같아."

귓바퀴를 울리는 문경의 음성이 이젠 전생에서의 목소리처럼 익숙했다. 잔뜩 겁을 먹은, 그러나 낮고 긴 울림을 남기는 그의 목소리. 이현은 문경의 가슴으로 파고들었다.

"나도 내가 무서워요. 왜 이렇게 당신에게만 치닫고 있는지……."

맥주를 제법 마셨지만 얼굴만 조금 달아오를 뿐 취기는 느껴지지 않았다. 온몸을 팽팽히 당기고 있는 긴장 때문인지 좀처럼 취할 것 같지 않았다. 문경은 팔베개를 풀지 않고 있었다.

"얘기 하나 해줄까?"

스탠드 하나만 켜진 방 안, 화장대 거울엔 날카로운 문경의 옆모습이 짙게 음각돼 비쳤다.

"고등학교 때까지 강가에서 살았는데, 그땐 겨울이면 강이 꽁꽁 얼어붙었어. 그러다가 날이 조금씩 풀리면서 두꺼운 얼음 조각들이 배처럼 둥둥 떠다니기 시작하지. 열 살 때였는데, 그날도 나는 동갑내기 한 아이와 햇빛이 잘 드는 강가에서 놀고 있었어. 그런데 우리가 놀고 있는 강 저쪽 얼음 위에 오리 한 마리가 앉아 있는 걸 발견했어. 우리는 오리를 향해 돌멩이를 집어던졌지. 그래도 오리는 꼼짝도 하지 않았어. 강바닥에 발이 얼어붙은 것 같았지. 그때 같이 있던 아이가 갑자기 '저 오리는 내 꺼다!' 하고 소리치더니 옷을 벗기 시작했어. 그애는 발가벗고 얼음이 둥둥 떠다니는 강을 헤엄쳐 오리에게 갔지. 나는 숨을 죽인 채 새빨간 몸으로 얼음 속을 헤엄쳐 가는 그 친구를 쳐다보고만 있었어. 그런데 그애가 오리에게 다가가 살그머니 손을 뻗는 순간 그때까지 꼼짝도 하지 않던 오리가 갑자기 푸드득, 하고 날아가버렸어."

이현도 언젠가 한가롭게 걷고 있던 저수지 둑길에서 갑자기 날아오르던 오리 떼를 본 적이 있었다. 예고 없이 날아오르는 것들은 언제나 놀라웠다.

"다시 강 밖으로 나온 그애의 빨간 알몸은 뻣뻣이 언 걸레 같았어. 그런데 얼음물이 뚝뚝 떨어지는 그애의 얼굴에 느닷없이 어떤 자랑스러움이 배어들기 시작했어. 얼음 속으로 뛰어든 그애만이 가질 수 있는 의기양양함 같은 거. 조마조마한 마음으로 그애를 쳐다보던 나는 결국 부끄러워지기 시작했지. 나는 왜 옷을 벗고 강으로 뛰어들지 못하고 쳐다만 보고 있었던 걸까, 적어도 '저 오리는 내 꺼다!' 하고 왜 먼저 외치지 못했을까 하고."

문경은 남은 맥주를 병째 들고 마셨다. 갈증이 좀처럼 가시지 않는 모양이었다.

"그 일이 내겐 어쩌면 하나의 상징이 아닐까 하는 생각이 들었어. 늘 강물 속으로 뛰어들어야 한다는 강박관념과 부끄러움에 시달려. 하지만 그렇게 시달리면서도 나는 정작 늘 이쪽에서 저쪽을 바라보고만 있어. 오리와 그 아이를 바라보던 꼭 그만큼의 거리에서. 여전히 강물로 뛰어들지 못하고 있는 거지. 대학 때도 마찬가지였어. 마음은 민주광장에 모여서 분노의 손을 높이 올리는 친구들 곁에 있었는데 몸은 늘 도서관 구석 자리의 형광등 아래 갇혀 있었고…… . 내 삶은 늘 그랬어."

문경은 어느새 강 저쪽만큼의 거리를 둔 곳에 홀로 앉아 있었다. 얼음강을 헤엄쳐 가지 않으면 결코 다다를 수 없는 완강한 거리였다. 그는 어쩌면 이 이야기들이 하고 싶어 갑자기 이현을 불러냈는지도 몰랐다. 누군가에게는 꼭 토해 놓고 싶은 마음속 체증들. 이현은 담배를 피워 물었다.

"그래, 스무 살 땐 그랬어. 마흔쯤 되면 뭔가 다 선명해지고 단단해질 거라고 믿었어. 인생이란 이런 거다, 하고 한마디쯤은 할 수 있게 될 줄 알았지. 아니 적어도 이렇게 혼란스럽거나 휘청거리지는 않을 거라고 생각했어. 정말 이렇게 당혹스러운 얼굴로 마흔을 맞을 줄은 몰랐어. 자기가 서 있는 곳조차 모르면서 말이야."

벽에 기댄 문경이 일어나 갑자기 형광등을 켰다. 흰 형광등 불빛 아래 문경과 이현의 알몸이 적나라하게 드러났다. 몸의 굴곡은 물론 음모 한 올까지 남김없이 드러나 있는 알몸들.

"내 몸이 참 낯설군. 이렇게 적나라하게 내 몸을 본 적이 없었어."

담배 연기가 그의 가슴에 부딪혀 굴곡을 그리며 흩어졌다. 이현 역시 마찬가지였다. 이렇게 환한 불빛 속에서 벌거벗은 채로 자신의 알몸을 자세히 들여다본 적은 없었다. 오랫동안 닫혀 있던 몸. 이토록 아무 저항 없이, 완전히 몸을 열 수 있으리라곤 생각지도 못했다. 늘 한쪽 빗장이 완강히 닫힌 채 아주 일부분만을 허용하곤 하던 고집스러운 몸이 타인 앞에서 이토록 남김없이 열릴 줄 이현은 전혀 예상치 못했다.

"나도 내 몸이 낯설어요. 지금까지의 내가 아닌 다른 몸이 된 것 같아. 전혀 알지 못했던 내가 숨어 있었나 봐. 숨겨져 있던 또 다른 나를 만난 기분이에요."

사실이었다. 문경의 알몸을 쓰다듬어 내려갈 때, 이현은 자신의 손길에 따라 변하는 그의 반응을 하나도 놓치지 않았다. 아주 작은 반응 하나까지도 이현은 남김없이 제 몸에 새겼다. 어느 순간 그의 몸에서 일어나는 반응에 따라 자신의 몸 역시 똑같은 반응이 일어나고 있다는 걸 이현은 깨달았다. 그리고 언제부터인지 몸은 의식의 통제선을 훌쩍 넘어버렸다. 몸은 이제 제 자신의 리듬을 따라가고 있었다.

"그래, 이렇게 몸과 몸이 깊이 만날 수 있다는 건 상상도 못 했어. 책이나 영화에서만 있는 일인 줄 알았어."

문경이 뒤에서 이현을 껴안으며 혼잣말처럼 중얼거렸다. 맨살의 감촉이 파릇했다.

새벽 아파트 단지는 몹시도 분주했다. 이미 신문 배달은 끝났는지, 자전거를 탄 여자가 막 단지를 빠져나가고 있었다. 뒤이어 우유 배달원이 옆 라인에서 나왔다. 엘리베이터에서도 누군가 내려오고 있었다. 신문이나 야채 생즙 따위를 배달하러 온 사람일지도 몰랐다. 그러나 엘리베이터에서 나온 사람은 4층에 사는 반장여자였다. 자전거를 끌고 나오는 게 아침 운동을 가는 모양이었다.

"아니 이 새벽에 어딜 갔다 오시는 거예요?"

평소엔 그냥 스쳐 지나기도 하던 여자가 유난히 알은체를 했다.

"예, 좀……."

이현은 여자가 빠져나온 엘리베이터 속으로 재빨리 들어가 닫힘 버튼을 눌렀다. 닫히는 문틈 사이로 여자가 다시 한 번 엘리베이터 속의 이현을 유심히 훑어보았다. 문이 완전히 닫히자 이현은 엘리베이터 벽에 달린 거울을 들여다보았다. 밖에서 밤을 보내고 온 흔적이 군데군데 눈에 띄었다. 지워진 화장과 흐트러진 머리, 후줄근해진 옷. 이현은 손가락으로 머리를 매만지고 남방 셔츠의 구겨진 곳을 손으로 펴보았다. 그래도 흔적은 지문처럼 남아 있었다.

성훈은 벌써 깨어 있었다. 소리 죽여 열쇠로 현관문을 열고 들어간 이현은 거실 소파에서 정면으로 마주 보고 앉아 있는 성훈을 본 순간 하마터면 소리를 지를 뻔했다.

"어떻게…… 이렇게 일찍 일어났어?"

이현은 성훈의 눈길을 피하며 애써 태연한 척 가방을 소파 위로 가볍게 던졌다.

"도대체 뭐야? 전화 한 통도 없이 이 시간까지……."

성훈은 애써 화를 참는 기색이 역력했다. 어쩌면 밤새 한숨도 자지 못한 채 소파에 앉아 있었는지도 몰랐다. 화를 참는 게 이상할 만큼 그의 분노는 당연했다.

"미안해. 난주랑 술을 좀 마시다가 그만 잠이 들어버렸어."

이현은 미리 생각해 둔 변명을 조심스럽게 얘기했다.

"그럼 전화라도 해줘야 할 거 아냐. 휴대폰도 안 가져가고……."

"정말 미안해. 그냥 잠이 들었어."

이현은 더 이상 할 말이 없었다. 최선을 다해 생각해 낸 거짓말이었고, 더 이상은 할 말도 없었고 하고 싶지도 않았다.

방으로 들어가 옷을 갈아입은 이현은 얼른 목욕탕으로 가 샤워

기를 틀었다. 따뜻한 물이 온몸을 녹일 듯이 쏟아져 나왔다. 이현은 한참 동안이나 쏟아지는 물을 맞으며 그냥 서 있었다. 몸을 닦아내고 싶지도 않았다. 거울에 비친 알몸엔 문경의 지문이 군데군데 남아 있었다. 가슴과, 배 언저리, 그리고 허벅지에 문경은 검붉은 흔적들을 남겨놓았다. 또렷한 흔적을 보고 있으면서도 지난밤은 꿈속의 일인 듯 아득하기만 했다.

성훈은 보통 때보다 한 시간이나 빨리 출근을 했다. 잠을 설쳐 입맛도 없다며 주스만 한 잔 마시고 나갔다. 현관문 닫히는 소리가 유난히 크게 울렸다. 늘 세심한 데까지 조심을 하는 그는 현관문을 소리 나게 닫는 법이 거의 없었다. 더 이상 말은 하지 않았지만 그의 화는 쉽게 풀리지 않을 것 같았다. 이현은 마음 한편이 불안하고 미안했지만 그것은 성훈이 옆에 있을 때뿐이었다. 그가 눈에 보이지 않으면 곧 문경에 대한 상념이 머리를 꽉 채우고 더 이상 다른 생각을 할 겨를도 없었다. 아이까지 놀이방에 보낸 이현은 커튼을 모두 닫고 침대에 누웠다. 온몸이 젖은 솜처럼 무거웠지만 쉽게 잠이 올 것 같지는 않았다. 이현은 잠옷 속으로 손을 넣어 알몸에 가만히 손을 대보았다. 문경의 입술이 닿던 순간 일제히 일어나던 섬모들의 떨림과 긴장이 생생히 되살아났다. 쉽게 잊혀질 것 같지 않은 감각들이었다.

액정 화면 속의 커서가 점멸등처럼 깜박이고 있었다. 모형 비행기를 날리는 사람들. 문경의 인터뷰 기사였다. 적어도 오늘 오전중으로는 기사를 보내야 했다.

이현은 한 자 한 자 검색이라도 하듯 문장을 읽어 내려갔다. 누군가, 세심한 눈이 읽어낼지도 모를 치우침을 잡아내려는 것이었다.

이현은 몇 개의 문장을 다시 다듬어 건조하고 딱딱한 문장으로 고쳐 썼다. 고쳐놓고 다시 내용을 읽어보고 나서야 이현은 비로소 안심을 했다. 문장 어디에도 문경에 대한 경사(傾斜)를 보여주는 구절은 찾아볼 수 없었다. 적당한 거리에서 이목구비만 정확히 그려낸 듯한 문경의 초상이 거기에 있었다. 원고를 다 읽고 난 이현은 새삼 그의 얼굴이 낯설게만 느껴졌다. 밤새 쓰다듬고 어루만졌던 그의 알몸. 그 알몸의 체취는 어디서도 새나오지 않았다. 그럼 된 것이다. 이현은 파일을 닫고 원고를 전송했다. 전송을 마치자 기다렸다는 듯이 곧 전화벨이 울렸다. 편집장 박미경이었다. 한발이라도 먼저 원고를 보내고 난 뒤라서 다행이었다.

아이는 쉬 잠을 자지 않았다. 동화책 한 권을 다 읽어주어도 눈은 여전히 초롱초롱했다.

"어, 손이 빨개벗었네."

아직도 얇은 긴소매 내의를 입고 있던 아이는 누운 채 팔을 들어 내복 끝으로 드러난 손을 골똘하게 쳐다보고 있다가 마침내 입을 열었다. 손이 발가벗었다고.

아이 곁에 누워 상념에 사로잡혀 있던 이현은 갑자기 놀라 아이를 쳐다보았다. 머루 같은 아이의 눈은 아직도 팔목이 드러난 손에 가 있었다.

"정말 손이 빨개벗었네. 엄마 손도."

이현도 잠옷을 입은 손을 아이와 나란히 들어 함께 쳐다보았다. 호기심과 관찰력이 세심하고도 깊은 아이였다. 이현은 아이를 품에 꼭 안았다. 진흙 반죽처럼 말랑하고도 보드라운 몸이 품속으로 쏙 들어왔다. 명치께가 아릿했다. 도대체 무슨 짓을 하고 있는 것인가. 이 말랑하고 보드라운 몸을 외면하고 도대체 무슨 짓을 하고 있단 말인가. 이현은 돌연 두려움에 휩싸였다. 어쩌면 아이에게 다가올지도 모를 어두운 그림자들. 이현은 더 세게 아이를 껴안았다. 마치 어두운 그림자를 몸으로 막아내기라도 하려는 듯했다. 명치에서 시작된 통증이 온몸으로 번져 나갔다.

이현의 품을 파고들던 아이는 어느 순간 갑자기 잠이 들어버렸다. 이현은 아이의 방 창문을 단속하고 살며시 문을 닫고 나왔다.

"금방 잠이 드네. 이리 와 좀 쉬어."

신문을 뒤적거리고 있던 성훈이 고갯짓으로 소파 옆자리를 가리켰다. 아침에 문을 소리 나게 닫고 나간 성훈은 아무 일도 없었다는 듯이 평소와 다름없는 표정으로 현관문을 열고 들어왔다.

"좀 피곤해. 나도 일찍 자야겠어."

이현은 간단히 씻고 방으로 들어왔다. 온몸이 멍이라도 든 것처럼 아프고 무거웠다. 지난밤의 긴장이 풀리면서 생긴 증상들이었다. 그러나 무엇보다도 이현은 성훈을 태연히 마주 볼 수 없었다. 차라리 그가 화를 내던 아침이 마음 편했었다. 이현은 불을 끄고 침대에 누워 눈을 감았다. 그러나 잠은 쉽게 올 것 같지 않았다.

이현은 다시 주방으로 가 와인병을 꺼냈다.

"술 마시게?"

성훈이 따라와 물었다.

"피곤해서 한 잔 마시고 푹 자려고."

"나도 한 잔 줘."

성훈이 잔 두 개를 꺼내 와 나란히 놓았다. 이현은 난감해졌다. 예상치 못한 술자리가 만들어진 셈이었다. 어떻게든 빨리 자리를 피하고만 싶은 이현은 반쯤 채운 잔을 성훈에게 건네주고 자신의 잔은 가득 채워 들고 방으로 들어왔다. 약이라도 먹듯이 단숨에 한 잔을 마신 이현은 불을 끄고 다시 침대에 누웠다. 오 분쯤 지났을까, 성훈이 방으로 들어왔다.

"잠이 안 와?"

성훈이 침대 속으로 들어왔다. 이현은 잠이 든 척 눈을 감고 있었지만 성훈은 팔을 뻗어 이현을 안았다. 이현은 몸을 최대한 비틀어 그의 팔을 피했고 성훈은 더 깊이 이현의 어깨를 파고들었다. 하는 수 없이 이현은 천장을 향해 몸을 돌렸다. 곧 성훈이 얼굴을 가까이 가져왔다. 순간, 이현은 얼른 고개를 돌려 성훈의 얼굴을 피했다. 순간적인 반사 동작이었다. 그러자 성훈이 이번에는 이현을 안은 팔에 힘을 준 후 다시 얼굴을 향해 몸을 돌려왔다. 분명 이현의 입술을 더듬는 몸짓이었다. 이현은 다시 반대 방향으로 고개를 돌렸다.

"왜 그래?"

성훈은 갑자기 동작을 멈춘 채 외면하고 있는 이현을 바라보았다.

"피곤해. 그냥 자고 싶어."

이현은 여전히 고개를 돌린 채 마른 목소리로 겨우 대답했다.

"내가 재워줄게."

성훈이 이현의 잠옷 속으로 손을 밀어넣었다. 이현의 왼쪽 가슴에 성훈의 손이 와닿았다. 순간 이현은 거칠게 몸을 비틀어 성훈의 손길을 밀어냈다. 마치 몸에 붙은 거미라도 떼내는 듯한 몸짓이었다. 반사적이면서도 단호한, 온몸으로의 거부였다. 이현의 몸은 어느새 차갑고 단단하게 굳어 있었다.

이현의 단호한 거부에도 불구하고 성훈의 손길은 더욱 집요해졌다. 온몸을 비틀어 털어내는 이현의 몸을 성훈은 필사적으로 끌어당겼다. 성훈은 순식간에 이현을 알몸으로 만들어버렸다.

"이러지 마, 싫단 말이야."

이현의 입에선 비명에 가까운 쇳소리가 튀어나왔다. 그러나 성훈은 이현의 비명조차 무시한 채 온몸으로 내리누르며 이현의 몸 속으로 파고들었다. 이현 역시 마찬가지였다. 뻣뻣하게 굳은 몸을 필사적으로 웅크려 성훈의 손길을 막아내고 있었다.

그러던 어느 순간 둘 사이에 잠시 정적과도 같은 침묵이 흘렀고 곧이어 이현은 단단히 막고 있던 다리를 풀었다. 아니 풀었다기보다는 풀렸다는 것이 옳았다. 저절로 스러지듯 무방비 상태에 빠져버리는 것, 그러나 결코 항복은 아닌…… 그것은 저항조차 하지 않는 싸늘한 외면이었다.

성훈은 풀려버린 이현의 몸을 기어이 비집고 들어왔다. 굳게

닫혀 있던 입구가 한순간에 열려버린, 그러나 모든 보물이 사라
져버린 텅 빈 동굴 같은 이현의 몸속으로 성훈은 들어왔다. 이현
은 숨마저 멎은 듯 꼼짝도 하지 않았고 성훈은 적막한 허공에 몸
을 던지듯 이현의 몸속을 파헤쳤다.

한순간 성훈의 몸이 허공 어디쯤에 부딪히기라도 한 듯 우뚝
서더니 곧 쓰러져 내렸다. 참혹한 무너짐이었다. 성훈은 그제야
이현에게서 떨어져 나와 도망이라도 치듯 황급히 거실로 나가버
렸다.

성훈은 몸도 씻지 않은 채 어두운 거실에서 담배를 피우고 있
었다. 베란다 창을 통해 담배 냄새가 새어 들어왔다. 이현은 똑바
로 누워 컴컴한 천장만 바라보았다. 눈물 한 방울이 주르륵 흘러
내렸다.

이현은 성훈이 파헤쳐놓은 몸속을 가만히 더듬어보았다. 난자
라도 당한 듯 참혹했다. 아니 그것은 자신이 난자한 성훈의 상처
였다. 눈물이 걷잡을 수 없이 흘러내렸다. 도대체 무슨 짓을 하고
있는 걸까. 도대체 감당이나 할 수 있을까. 성훈을 그토록 난폭하
게 만든 그 낯설고도 불안한 기미들을……. 눈물이 솟구쳐 귓속
으로 흘러들었다.

전이(轉移)

희미한 빛이 레이저 불빛처럼 빠르게 지나갔다. 멀리서 아이들의 재잘거리는 소리가 들려왔다. 문경은 그제야 겨우 두꺼운 눈꺼풀을 밀어올렸다. 몰려 있던 빛들이 한꺼번에 망막 가운데로 쏟아져 들어왔다. 여기가 어디일까. 몇 번 눈을 끔벅인 다음에야 초점이 제대로 맞았다. 조잡한 파스텔 톤의 벽지가 먼저 눈에 들어왔다. 먼지 낀 형광등과 작은 직사각 천장. 붉은 커튼 사이로 햇빛이 스며 방 안의 사물이 오히려 더 적나라하게 드러났다. 그제야 문경은 지난밤 집으로 가던 중 양화대교를 건너 우회전을 하려다가 갑자기 경인고속도로 차를 몰아 인천으로 왔던 기억을 떠올렸다. 어머니의 여관이었다.

시계를 보았다. 열한 시 사십오 분. 눈이 부신 걸로 보아 분명 오전이었다. 도대체 몇 시간이나 잔 것인가. 몸을 움직이자 침대 스프링이 쇳소리를 냈다. 문경은 방바닥에 놓인 생수 한 병을 남김없이 마셨다. 설마 하루가 더 지난 것은 아닐까. 문경은 휴대폰을 찾아 날짜를 확인해 보았다. 다행히 하루가 더 지나간 것은 아니었다. 다만 열다섯 시간 동안 잠을 잤을 뿐이었다.

여관은 조용했다. 아이들 소리도 꿈속이었던 듯 들리지 않았다. 벽시계에서 나는 초침 소리만 아니라면 방 안은 먼지가 내려앉는 소리까지 들릴 만큼 조용했다. 여관은 텅 빈 듯했다. 하긴 주말에도 빈방이 적잖을 만큼 한가한 곳이었지만 손님이 들었다고 해도 지금은 모두 비어 있을 시간이었다. 근처에 최신 시설을 갖춘 모텔급 여관들이 들어서는 바람에 어머니의 여관은 여인숙만큼이나 초라해졌고 당연히 손님도 대폭 줄었다.

왜 여기로 온 것일까. 지난밤 갑자기 어두운 경인고속도로 위를 달리던 기억이 떠올랐다. 왜 갑자기 어머니에게로 온 것일까. 어머니는 밤에, 연락도 없이 찾아온 문경을 보자 얼굴이 굳어졌다.

"무슨 일이 있니?"

어머니는 문경의 안색을 조심스럽게 살피며 물었다.

"아뇨. 이 근처에 왔다가 피곤해서 그냥 들어왔어요."

문경은 적당히 얼버무렸다. 그러나 그 역시 의외의 일이긴 마찬가지였다. 미혼인 동생 문호는 가끔씩 주말이면 어머니에게로 와서 자고 갔지만 문경이 어머니를 찾아와 자고 간 경우는 결혼 후 한 번도 없었다. 지원이 어머니의 여관을 불결해하는 것도 걸렸지만 무엇보다도 문경이 밖에서 자는 걸 어머니가 못마땅해했다. 설령 어머니의 집이라 할지라도 외박은 마찬가지라는 게 어머니의 생각이었다.

사실 이곳을 어머니 집이라고 생각한 적은 없었다. 집을 나온 어머니가 빨래와 청소를 하며 이십 년 넘게 몸을 먹여 살린 곳이고 지금은 엄연히 어머니가 주인인 곳이었으나 문경은 한 번도 이곳이 어머니의 집이라는 생각은 들지 않았다. 어머니 역시 이곳에서는 하룻밤, 혹은 잠시 머물다 가는 사람처럼 보일 뿐이었다. 이상하게도 어머니는 집을 따로 마련하지 않았다. 삼십 년이나 된 여관 생활이 진저리쳐질 만도 하련만 어머니는 따로 집을 사거나 하지 않았다.

"아무 데나 잘 데 있으면 되는 거지 집은 있어 뭐 하니. 어차피 한세상 잠시 머물다 가는 인생인데……."

언젠가 작은 아파트라도 하나 얻지 그러느냐는 문경에게 어머니는 그렇게 대꾸하곤 그만이었다. 늘 하룻밤, 혹은 몇 시간씩 머물다 가는 사람들만 보면서 어느덧 몸에 배어버린 생각인지도 몰랐다.

어머니의 그런 태도가 지난밤 갑자기 문경을 이곳으로 오게 한 것은 아니었을까. 어딘가 정교하게 연결된 고리로부터 떨어져 나가고 싶은 충동. 그것이 문경을 이곳으로 오게 한 것은 아닐까……. 이틀째 외박이었다. 이현과 밤을 꼬박 새운 어제는 이현을 그녀의 집 근처까지 데려다 준 후 곧바로 회사로 갔었다. 사무실 소파에서 잠깐 눈을 붙인 후 종일 거래처들을 직접 돌아다니며 수금을 재촉하고 저녁때가 돼서야 사무실로 다시 돌아왔다.

"웬 잠을 그렇게 자니? 며칠 밤 세운 사람 같더구나."

내실로 들어가자 어머니는 잔뜩 쌓아논 수건을 개고 있었다.

"전날 밤에도 집에 안 들어갔다면서?"

어머니는 돋보기를 빼면서 문경의 얼굴을 자세히 살폈다.

"전화하셨어요?"

문경은 어머니의 시선을 피해 방바닥에 놓여 있는 신문을 집어 들었다.

"에미한테 여기서 잔다고 전화했더니 목소리가 냉랭하더라."

"술 마시다가 너무 늦었어요."

"자꾸 바깥잠 자 버릇하지 마라."

어머니는 못이라도 박듯 아퀴를 질렀다.

"그나저나 회사는 여전히 그렇게 어렵니?"

어머니는 다 갠 수건들을 칫솔과 치약이 담긴 쟁반에 하나씩 얹어놓기 시작했다.

"나아지겠죠."

신문을 한 장 넘기자 정치인들은 여전히 서로의 얼굴을 향해 침을 뱉고 있었다.

"욕심 내서 무리하지 마라."

어머니의 말은 늘 한결같았다. 욕심 내지 마라. 아마도 평생 어머니가 마음속에 품고 살았던 말인지도 몰랐다.

"어머닌 왜 재혼 안 하셨어요?"

어머니에게도 욕망이 있었을까, 문경은 문득 의문이 생겼다. 집을 나온 때가 어머니의 나이 서른두 살이었다. 아직 청춘인 그 시퍼런 나이에 외면당해 버린 어머니의 욕망들……. 왜 한 번도 어머니에게 그런 욕망들이 있었으리란 생각을 해보지 않았을까.

문경은 어머니를 새삼스레 다시 쳐다보았다.

"갑자기 웬…… 사람한테 그렇게 데었으면 됐지, 무슨 영화를 보겠다고……."

어머니는 마른 수건을 담았던 플라스틱 빈 소쿠리를 들고 나가버렸다. 좀처럼 허물어지지 않는 등이 서늘했다. 그 서늘함이야말로 욕망을 이겨내게 만든 힘인지도 몰랐다. 아니 바로 그것이야말로 어머니의 오랜 외로움과 질긴 욕망을 반증하는 것은 아닐는지……. 문경은 여관을 나왔다. 환한 햇살 아래 드러난 2층짜리 작은 여관 곳곳엔 타일이 떨어지고 먼지가 더께져 있었다. 몹시도 초라해 보였다.

김철민은 여섯 달짜리 어음을 들고 돌아왔다.

"요즘은 아주 여섯 달이 기본인 것 같습니다. 석 달짜리 주는 곳도 없으니, 참. 그나마도 부도가 안 나면 다행이지만……."

김철민은 어음을 내밀며 한숨을 푹 내쉬었다.

그의 말대로 여섯 달, 심지어는 그 이상의 어음도 많았다. 물론 그 어음들을 만기일까지 내내 들고 있을 수는 없었다. 곧 할인을 해 현금화해야겠지만 이즈음엔 워낙 부도가 많이 나는 바람에 할인도 쉽지 않았다.

"정말 큰일이군. 불황의 끝이 보이지 않으니, 이러다가 무슨 일 나는 거 아니야?"

문경도 어음을 받아 들곤 절로 한숨을 쉬었다.

"사장님, 이젠 현금 결재만 하는 게 좋을 것 같습니다. 이렇게 결재가 늦어지면 우린 남는 게 하나도 없잖습니까?"

물론 김철민의 말이 옳았다. 그러나 그렇게 하자면 거래처의 절반 이상이 떨어져 나갈 건 불 보듯 뻔한 일이었다. 목숨이 걸리지 않은 바에야 이 불황에 누가 현금으로 설비투자를 할 것인가.

"글쎄…… 생각 좀 해보자고."

김철민이 나가고 문경은 담배를 피워 물었다.

점점 수렁 속으로 빠져드는 기분이었다. 물론 문경의 회사만 그런 것은 아니었다. 신문엔 문 닫는 회사의 수가 점점 늘고 있다는 보도가 끊이지 않고 있었다. 경제 위기가 지나갔다는 전망이 나오는 요즘이 오히려 처음보다 압박감은 더 심해지는 느낌이었다. 다른 환자들은 다 회복이 돼 퇴원하는데 혼자만 병명도 모른 채 여전히 정밀 검사를 받고 있는 심정과 비슷했다. 숨구멍을 조여오는 압박감이었다.

아무래도 시기를 잘못 선택했다는 후회가 되살아나고 있었다. 불황기에 새로운 일을 시작하는 게 아니었다. 그러나 누가 예상했던가. 이토록 끝없이 무너져 내릴 줄 누가 예상이나 했던가. 업종 선택에도 문제가 있었다. 소비의 시대에 생산 설비라니. 좀더 가볍고 그럴 듯한 걸 했어야 됐다. 인터넷이나 하다못해 PC방이라도……. 그러나 선욱처럼 난데없이 당구장을 차릴 게 아니라면 아무래도 잘 아는 분야가 낫다는 나름대로의 판단이었던 것이다. 문경은 갑갑한 마음에 재킷을 들고 일어섰다.

선욱은 당구를 치고 있었다. 손님 하나 없는 빈 당구장 안에서 그는 흰 당구공을 겨눈 채 정신을 집중하고 있었다. 마침내 흰 공이 경쾌한 소리를 내며 빨간 공에 가 부딪혔다. 빨간 공이 다시 파란 공을 치고 초록색 바닥으로 흩어졌다. 가볍고 유연한 동작이었다.

"예술이구나."

문경이 그제야 기척을 내며 당구장 문턱을 넘었다. 당구공을 겨누고 있는 그의 옆모습은 가히 선(禪)의 경지였다. 당구공과 몸이 하나의 선(線)으로 연결돼 있는 완벽한 구도였다. 늘 게임을 즐기는 듯한 그에게서 좀처럼 보기 힘든 순간이었다.

"그럼, 당구야말로 종합예술이지."

"내가 아무래도 말을 잘못했구나."

문경이 의자로 가 앉으며 웃었다.

"당구는 아무나 하는 게 아니다. 삼각함수, 공간 감각, 집중력, 상상력과 창의력이 모두 필요한 거라고 내가 전부터 입이 마르도록 얘기했잖아."

선욱이 큐대를 제자리에 끼워놓은 후 손을 씻었다. 공간은 꽤 넓은 곳이었지만 오래된 동네의 건물들이 그렇듯이 바닥 곳곳은 조금씩 파이고 시설도 낡고 지저분했다. 한때 카페나 술집 들에서 술을 마시며 포켓볼을 즐기는 게 유행이 되기도 할 때, 선욱은 하필이면 이 변두리에서 당구장을 시작했다. 물론 당구장이 든 건물이 선욱의 부친 소유라는 점도 많이 작용했을 것이다. 그래도 이 당구장을 보고 있으면 노량진이나 봉천동쯤에 있었던, 동시 상영관이 떠오르곤 했다. 권태와 허무가 오후의 햇살처럼 뿌옇게 내려앉은 영락의 분위기. 선욱은 그곳에서 마치 광속(光速)의 세상을 조롱이라도 하듯 느리게 걷고 있었다.

"그나저나 웬일이냐? 아직 퇴근도 전인데."

선욱이 냉장고에서 차가운 녹차를 꺼내 왔다.

"술이나 한잔하려고."

"무슨 일이 있어?"

선욱이 긴장된 표정으로 쳐다보았다. 전화도 없이 이렇게 불쑥 찾아온 적이 있었던가. 아마도 없었던 듯했다. 선욱에게 문경은 늘 같은 궤도를 왕복하는 지하철 노선 같은 존재였다.

"불쑥 너하고 술 마시고 싶은 일."

"제법인데."

선욱이 어디론가 전화를 걸었다. 아마도 당구장을 대신 봐줄 아르바이트생인 듯했다.

선욱이 데려간 곳은 노천에 차려진 막창구이집이었다. 둥그런 화덕을 가운데 두고 서넛씩 둘러앉은 사람들이 연신 숯불에 소창자를 굽고 있었다. 소주를 좋아하는 선욱과 마주 앉은 모처럼의 술자리였다. 그와 마시는 소주는 유난히 맛이 있었다. 소주 예찬론자인 그는 쓰고 독한 그 맛이 소주의 참맛이라며 소주에 오이나 레몬을 섞거나 하는 것을 무슨 변절처럼 싫어했다. 그럴 바엔 차라리 다른 술을 마시자면서.

"용케 당구장에 붙어 있는 날 잘 골라 왔네."

선욱이 소리 나게 잔을 부딪치며 웃었다. 그는 늘 유리잔이 깨질 듯이 쨍그랑, 소리가 나게 부딪곤 했다.

"당구장에도 안 붙어 있으면, 뭐 하러 다니는데?"

문경은 소주를 한입에 털어넣었다.

"그냥 이리저리 쏘다녀. 지난 한 달 동안 당구장에 붙어 있었던 날은 아마 한 일주일 정도일 거야."

선욱이 막창을 타지 않게 뒤집으며 잘 구워냈다. 금방 구운 막창은 쫄깃하고 맛이 구수했다. 그는 도대체 어딜 그렇게 쏘다닌단 말인가.

"특별히 뭘 정하고 다니는 것도 아니야. 그날 일어나 마음 내키는 대로 쏘다녀. 어떤 땐 사람도 없는 빈 벌판을 헤매고 다닐 때도 있고, 어떤 날은 지방의 5일장을 하루 종일 기웃거리기도 하고, 또 간혹 서울의 오래된 골목들을 발이 아프도록 걸어다니기도 하고……."

"왜?"

문경은 화덕을 비스듬히 비껴 앉은 그의 옆모습을 바라보았다. 오랫동안 혼자 살아온 사람들에게서 어쩔 수 없이 배어나는 적막한 외로움이 검은 프로필 사진처럼 한눈에 들어왔다.

"왜? 글쎄 그냥, 좀 막막해. 내일모레가 불혹인데 난 갑자기 세상에 혼자 내던져진 것처럼 막막하기만 하다. 도대체 뭐가 뭔지 모르겠단 생각만 들고. 너 기억나냐? 스무살 때 그땐 마흔 살쯤 되면 그래도 인생이란 이런 거라고, 한마디쯤 할 말이 있을 거라고 생각했지. 내가 살아보니 인생이란 이런 것 같더라. 그런데 이게 뭐냐? 그 마흔 살이 다 됐는데 명확해지는 건 하나도 없고 스무 살 때보다 오히려 더 혼란스럽기만 하니, 그래서 쏘다닌다. 막막해서……."

선욱이 남은 소주를 털어넣곤 피식, 웃었다.

"막막해서……? 그래, 막막하지. 스무 살 땐 차라리 훨씬 명확했지. 선악이 분명했고, 좋고 싫고가 분명했으니까. 치기나 독단에 빠지더라도 늘 기준들이 선명했으니까."

문경은 불연 스무 살의 자신을 떠올렸다. 그 숨 막히게 답답하던 소읍, 그곳에서 비로소 벗어났다는, 아니 아버지에게서 벗어났다는 해방감이 가장 먼저 떠오르는 스무 살. 그땐 상상이나 했을까. 마흔이 다 된 나이에 이토록 막막하기만 하리라고, 단 한 번이라도 상상해 본 적이 있었을까.

"가끔씩은 그런 생각도 했다. 내가 세상의 경계선에 적당히 발을 걸치고 있는 탓은 아닌가. 승진이나 월급봉투에 매여 기를 쓰고 사는 것도 아니고 먹여 살려야 할 처자식이 있는 것도 아닌 이런 어정쩡한 상태 때문은 아닌가 하고 말야."

어쩌면 그럴지도 몰랐다. 선욱은 스물여덟 살에 결혼을 했었다. 열아홉에 만난 첫사랑의 여자하고 결혼을 했지만 그러나 일 년도 채 못 살고 헤어진 후 쭉 혼자 살고 있었다. 그토록 오래 만났는데도 같이 살아보니 전혀 다른 사람 같더라고, 상대가 더 미워지기 전에 그만 헤어지자는 생각뿐이었다고, 도대체 사람을 신뢰할 수 없었다고, 어쩌면 관계가 갖는 한계인지도 모른다고, 언젠가 술이 많이 취해 말했었다.

"그런데 꼭 그런 것만은 아닌 것 같더라. 세상 한가운데서 정신없이 달리는 인간들도 나랑 비슷한 느낌이 들 것 같다는 생각이 어느 날 문득 나더라. 너 본 적 없냐? 지하철에서 주름 하나 없는 양복에 감색 넥타이 단정히 매고 앉은 남자가 침 질질 흘리면서 자다가 자기 내릴 곳도 지나쳐서 허둥대며 가방도 놓고 내리는 거 넌 본 적 없냐고. 언젠가 밤늦은 지하철에서 그런 남자를 보면서 저 사람도 마찬가지일 거란 생각이 문득 들더란 말이지."

문경도 그런 경험이 있었다. 졸다가 문득 눈을 떴는데 도대체 어디가 어딘지 전혀 알 수가 없고, 자신이 지하철 의자에 앉아 있었다는 사실까지 기억이 나지 않는 그런 완벽한 망각의 순간. 그 혼란과 어리둥절함이라니.

"그래서 그런가 봐. 이 나이쯤 된 사람들이 말도 안 되는 불륜의 연애에 빠져서 정신을 못 차리거나 아니면 목적도 없는 돈을 벌기 위해 수단과 방법을 가리지 않는다거나 종교나 명상, 하다 못해 골프 같은 것에라도 빠져버리는 게 다 그런 것 같아. 어디 한 군데 빠지지 않고는 맨 정신으로는 견딜 수가 없는 거겠지. 이 막막한 시간의 폭력을 견딜 수가 없어서……."

"시간의 폭력? 어쩌면 그럴지도 모르지."

문경은 갑자기 몸 한가운데가 푹 꺼져버리는 기분이었다.

시간에 대한 저항이 기껏 불륜의 연애라니……. 부정하고 싶지만 선욱의 말이 옳을지도 몰랐다. 이현을 만난 처음부터 이해할 수 없을 정도로 흔들려버린 그 배경엔 결국 소멸을 향해 가는 시간에 대한 저항이 자리잡고 있는지도 몰랐다. 단 한순간이라도 시간을 뛰어넘어보고 싶은 욕망. 이현은 그 욕망의 열차에 오른 우연한 동승자일 뿐인지도 몰랐다. 그럼에도 불구하고 이현에 대한 갈망은 점점 팽팽해지기만 했다. 열차는 목적지도 모른 채 초고속으로 달리고 있었다.

“……여자를 만났어.”

담배 한 대를 끝까지 피운 문경은 갑자기 고백을 하고 말았다. 아니 어쩌면 오늘 선욱을 느닷없이 찾아올 때부터 그에게 이런 고백을 하고 싶었는지도 몰랐다. 스스로도 주체할 수 없는 혼란과 분열들에 대해, 이해할 수 없는 몰입에 대해, 설명할 길 없는 모순들에 대해, 누구에게라도 얘기하고 싶었는지도 몰랐다.

“너도 결국 함정에 빠져들고 말았구나.”

두서없는 문경의 얘기를 듣고 난 선욱이 담뱃불을 붙인 뒤 탄식 같은 말을 내뱉었다. 담배 연기가 뭉게구름처럼 그의 얼굴을 뒤덮은 후 빠르게 흩어졌다.

“……함정? 어쩌면 그럴지도 모르지. 하지만 지금은 그게 함정이라는 게 명백하더라도 들어갈 수밖에 없는 것 같다. 뒤돌아 나오기엔 이미 내 몸이 너무 깊이 들어가버렸어.”

저녁놀이 사라진 하늘엔 푸른빛이 점점 짙어지고 있었다. 어느 순간 모든 사물들을 한꺼번에 삼켜버릴 어둠. 문경은 라이터 불을 켰다. 작은 불꽃이 솟아올랐다. 시간의 막막함에 대항하는 자들의 어처구니없는 저항 같은 작은 불꽃. 라이터 불빛만 한 저항이라니. 문경은 쓴웃음을 지었다.

“어쨌든 너 많이 변했다. 사람에 대한 신뢰나 희망이 이 나이에도 생겨나다니…… 아마 내겐 어림도 없는 일이겠지…….”

결국 문경은 선욱의 아파트에서 또 잠들었다. 소주가 세 병을 넘어서면서 급격히 취하기 시작한 문경은 끝내 몸을 가누지 못했다. 선욱의 부축을 받고서야 겨우 차에 태워져 그의 아파트로 갔다. 사흘째 외박이었다.

무얼 피하고 있는 걸까. 문경은 사흘째 집에 들어가지 않아 때에 절은 와이셔츠를 보며 새삼 의문에 사로잡혔다. 도대체 무얼 피하는 것일까.

지원의 얼굴을 보기가 두려운 건 아니었다. 그녀는 어차피 이젠 더 이상 깊숙한 시선으로 문경을 쳐다보지 않았다. 그러므로 지원의 시선을 피하는 것은 그리 어려운 일이 아니었다.

문경은 선욱의 방 안 한구석에 걸린 재킷을 쳐다보았다. 비를 맞아 후줄근해진 재킷에 남아 있는 선명한 주름들이 한눈에 들어왔다. 늘 다림질이 잘된 옷을 걸치고 다니던 문경이었다. 지원이 바쁘기도 했지만 다림질은 대부분 문경의 몫이었다. 문경 자신의 옷뿐만 아니라 가끔씩 지원의 옷까지 말끔히 다려놓으면 그녀는 세탁소 해도 되겠다며 좋아했다. 군대에서 배운 것 중 가장 쓸모 있는 것이 다림질이었다. 자신도 모르는 사이에 긴장감을 갖게 해주던, 날이 잘 선 바지 선이나 빳빳한 칼라들. 그것들이 한순간에 늘어져 잔주름이 잔뜩 잡힌 채로 문경의 생 앞에 걸려 있었다.

문경은 구겨진 재킷을 걸쳐 입었다. 그리고 방 안에 걸린 전신용 거울 앞에 섰다. 재킷은 물론 바지 선도 뭉개져 있었다. 선명하던 옷 선들이 뭉개져 흐릿한 흔적으로만 남아 있었고 시선은 거울 속의 한 지점에조차 잠시도 머물지 못했다. 문경은 그제야 자신의 시선이 한 존재가 남긴 흔적과 자취를 이 며칠간 끊임없이 좇고 있었다는 걸 깨달았다.

그동안 문경은 마치 밀린 일들을 처리하는 기간이기라도 한 듯 이곳저곳으로 바삐 돌아다녔다. 미수금이 있는 곳은 물론이거니와 특별한 볼일이 없는 거래처까지 문경은 하루 종일 순례라도 하듯 돌아다녔다. 그러나 자동차의 핸들을 잡고 액셀러레이터를 밟는 순간, 혹은 지하철에서 누군가의 등을 언뜻 바라보는 순간, 혹은 차가운 기계를 만지는 순간마저도 어느새 자신의 몸에 배어버린 이현의 감촉이 환영처럼 떠올랐다. 온몸에 지문이라도 찍듯 천천히 쓸어내리던 부드러운 손길, 발가락 하나하나는 물론 각질로 갈라진 발뒤꿈치까지 온몸을 구부려 핥아주던 침이 마르지 않던 혀, 아니 혼이 빨려 들어가는 것만 같던 그녀의 몸속……

이현의 몸은 어린 시절 혼자서 자맥질해 들어가곤 하던 강물 속 같았다. 숨을 멈추고 고요히 몸을 숙이고 있으면 지상의 모든 소리와 빛으로부터 차단되어 홀로 한세상을 만나는 듯하던 짧은 순간 동안의 전율. 곧 숨이 넘어갈 듯한 압력에 저절로 몸이 치솟아 오를 때 찾아들곤 하던 죽음과 같은 찰나의 공포. 이현의 몸을 통해 문경은 그 어린 날의 강물 속으로 다시 들어간 느낌이었다. 아니 강바닥으로 자맥질해 들어가던 어린 날의 자신을 만나고 있었는지도 몰랐다.

여자의 감촉이 떠오를 때마다 문경은 흰 포말에 휩싸여 끝이 보이지 않는 폭포 속으로 떨어지는 듯한, 아니 눈을 감은 채 액셀러레이터를 끝까지 밟고 있는 듯한, 아득하고도 아찔한 느낌에 사로잡히곤 했다.

누군가에게 그토록 전적으로, 자신의 전부가 받아들여지고 있다는 생생한 느낌을 받아본 적이 없었다. 아니 자기 자신에게조차 그것은 불가능한 일이었고 꿈속에서도 꿔보지 않은 꿈이었다. 이현의 손과 혀가 닿는 곳마다 생생히 돋아나던 존재의 또렷한 감각들. 그것들이 동시에 다른 한 존재에게로 전이되는 순간의 생생한 느낌과 의식들. 생각해 보면, 그런 것이 가능하다는 것조차 믿은 적이 없었다. 아니 자신의 몸 안에 그런 감각기관들이 존재하고 있었다는 것부터 믿을 수 없었다. 문경은 서른아홉 해를 살아온 자신의 모든 질서들이 갑자기 의심스러워지기 시작했다.

어쩌면 훼손을 두려워하고 있는 것은 아닐까. 아내와 아이들이 있는 그 익숙한 세계로 되돌아감으로써 그 생생한 감각들이 둔화되고 훼손될 것을 두려워하고 있는 것은 아닌지, 문경은 갑자기 어이없는 의문에 사로잡혔다. 다시 한 번 거울 속의 남자를 물끄러미 바라보았다. 이미 예전의 자신이 아니었다.

사흘 만에 들어간 집은 이사간 첫날 문을 열고 들어설 때처럼 생경하고 어색했다. 아이들은 이미 잠이 들었는지 조용했고 불만 환한 거실에서 지원은 비디오를 보고 있었다. 문을 열자마자 음악 소리가 몰려왔다.

지원이 문소리에 힐끗 문경을 쳐다보았다. 그러나 시선은 다시 화면 속의 패션쇼로 되돌아갔다. 문경은 지원의 왼쪽으로 놓인 소파에 가서 조용히 앉았다. 텔레비전 속에서 흘러나오는 경쾌한 리듬의 남미 음악이 집 안을 더욱 적막하게 만들고 있었다. 문경은 조용히 일어나 방 안으로 들어가 옷을 갈아입었다.

"연락 못 해서 미안해. 그냥, 술 마시고 돌아다녔어."

문경은 여전히 시선을 주지 않고 있는 지원을 향해 겨우 한마디를 건넸다. 지원은 대리석처럼 차가웠다.

"당신이 무얼 하고 다니든 상관 안 해. 하지만 못 들어온다는 전화 한 통쯤은 해야 하는 게 최소한의 예의 아냐?"

지원은 여전히 텔레비전 화면에서 눈을 떼지 않은 채 말했다. 그녀의 말이 옳았다. 그것은 최소한의 예의였다. 하지만 문경은 그 사흘 동안 지원이 요구하고 있는 그 최소한의 예의조차 생각할 겨를이 없었다. 문경은 베란다로 나가 담배를 피워 물었다. 탁자 위에는 나흘 전, 문경이 피웠던 담배꽁초 세 개가 고스란히 재떨이에 남아 있었다. 부정할 수 없는, 또 하나의 자신의 자리였다.

이현에게서 전화가 온 것은 그녀를 만난 지 한 주가 지난 토요일이었다. 문경은 그동안 하루에도 수십 번씩 수화기를 쳐다보거나 집어들었지만 끝내 전화를 걸지 못했다. 견뎌내야 할 것이 있다면 견뎌내고 싶었다. 무엇을 견딘다는 것인지, 혼자서 되묻곤 했지만 그 정체는 끝내 명확해지지 않았다. 다만 무언가를 치르고 견뎌내야 한다면 그것은 바로 이현에게 달려가는 자신의 마음일 것이라고 막연히 짐작을 할 뿐이었다. 이현도 마찬가지였는지 연락이 없었다.

"여기 양평이에요."

문경은 미수금을 체크하느라 퇴근이 늦어져 버렸다. 차가 막 합정동으로 접어들 무렵 전화벨이 울렸다. 이현은 대뜸 양평이라고 했다. 그 시각에 그녀는 왜 양평에 가 있는 걸까.

"가족들과 같이 콘도에 와 있어요."

문경은 가슴 한구석이 서늘해져 왔다. 남편과 아이와 함께 있는 그녀의 모습이 처음으로, 그러나 생생한 모습으로 떠올랐다. 한 가족의 단란한 나들이길. 그 어떤 것보다도 단호한 경고였다. 접근 금지.

"그랬군요."

순간 이현이 서 있는 곳이 닿을 수 없는 거리로 멀어져 갔다.

"보고 싶어요."

이현의 또렷한 목소리가 귓바퀴를 울려왔다. 남편과 아이와 함께 간 콘도에서 한밤에 밖으로 나와 전화를 걸고 있는 여자의 목소리였다. 문경은 무거운 한숨을 토해 냈다. 여자가 서 있는 곳이 한없이 위태로워 보였다.

"이리로…… 와줄 수 있어요?"

여자의 몸이 휘청, 하고 흔들리는 것을 마침내 보고 만 느낌이었다.

"……"

입 안이 바싹 말라왔다. 차마 입이 떨어지지 않았다.

"지금, 당장요."

여자의 목소리가 어느덧 명령처럼 들려왔다.

"알았어. 지금 당장 갈게."

　문경은 양화대교 앞에서 급히 차선을 바꿔 강변도로로 빠져나
갔다. 갑자기 끼어든 문경을 향해 뒤차가 신경질적으로 경적을
울려댔다. 빨리 달린다면 한 시간이면 닿을 수 있으리라.

　강변북로를 벗어난 차는 워커힐을 지나 팔당대교 방향으로 달
리고 있었다. 시속 140킬로미터였다. 길의 곳곳엔 속도 위반 카
메라가 잠복해 있을 것이었다. 그러나 문경은 내처 그냥 달렸다.
밤길이긴 했지만 토요일이어서 차가 많아 차선을 계속 바꿔야 했
다. 길 양쪽으로 즐비하게 늘어선 카페와 모텔의 불빛들이 휘황
했다.

　어딜 가고 있는 거야. 문경은 어두운 도로 위로 간간이 보이는
표지판을 지나칠 때마다 자신에게 묻고 있었다. 도대체 어딜 가
고 있는가. 남편과 아이와 함께 단란한 가족 여행을 온 여자를 향
해 왜 이토록 최고 속도로 달리고 있는가. 그러나 속도계의 눈금
은 조금도 내려가지 않았다. 도로 오른쪽으로 넓고 검은 강이 소
리 없이 흐르며 문경을 지켜보고 있었다.

　한 시간 만에 문경은 여자가 묵고 있는 콘도 앞에 도착했다. 언
젠가 문경도 지원과 아이들과 함께 와서 근처에 있는 자연 휴양
림엘 다녀온 적이 있던 곳이었다. 아이들이 소리 지르며 산등성
이를 뛰어가던 광경이 지금도 눈에 선했다.

　이현은 콘도 앞에 입간판처럼 서 있었다. 한 시간 전부터 줄곧
그대로 서 있기라도 한 듯 이현은 머리를 뒤로 질끈 동여맨 채 긴
치마 차림으로 미동도 하지 않고 서 있었다. 문경은 이현을 차에
태우고 재빨리 콘도를 빠져나와 근처의 캄캄한 공터에 차를 세웠

다. 시동도 꺼진 차 안은 숨조차 멎은 듯 고요했다.

"더 이상…… 도저히 참을 수가 없었어요."

이현이 더듬거리며 말했다.

"……."

문경은 아무 말도 하지 못한 채 이현의 얼굴과 머리에 입을 맞추었다. 문경이 보냈던 그 위태로운 견딤의 시간들을 이현 역시 고스란히 겪었으리라 짐작만 할 뿐이었다.

"이러면 안 된다고 수백 번도 더 다짐했지만 소용없었어요. 저녁식사 후 남편과 아이가 잠들자마자 몰래 빠져나왔어요. 꼭 나 자신이 자객처럼 느껴졌어요. 잠든 그들에게 칼을 꽂고 몰래 빠져나오는 자객이요."

문경은 눈물이 흐르기 시작한 이현의 얼굴을 혀로 닦아주었다. 그녀가 자객이라면 자신 역시 마찬가지였다. 그녀에게 칼을 쥐여준 검은 손.

"그래도 할 수 없다고 생각했어요. 잠든 그들에게 칼을 꽂는 비겁한 자객이 되어도 할 수 없다고……. 하지만 저 입구에 한 시간 동안 서서 당신을 기다리면서 어쩌면 나 자신을 찌르러 가는 길인지도 모른다는 생각이 들었어요."

그녀의 말이 옳을 것이다. 결국 칼날의 최종 목표는 자신들일지도 몰랐다. 이토록 걷잡을 수 없는 소용돌이 속으로 몸을 던지는 자신들을 향해 마지막 칼끝은 겨누어지리라. 문경은 기꺼이 그 칼날을 받기라도 하듯이 자신의 가슴으로 한사코 파고드는 이현을 안고 의자를 뒤로 눕혔다.

희고 딱딱한 구멍

문경은 돌아갔다. 한 시간 남짓 함께 지낸 문경은 캄캄한 어둠을 가르며 그의 집으로 돌아갔다. 이현은 그의 차 후미등이 보이지 않을 때까지 콘도 앞 도로에 서 있었다. 길이 꺾이기 직전, 그는 손이라도 흔들듯 라이트를 두 번 깜박이며 굽이진 길로 사라져버렸다. 이현은 그제야 걸음을 옮겨 콘도 입구로 들어섰다. 늦은 시각이었지만 가끔씩 뒤늦게 도착하는 차들이 환한 라이트를 켜고 들어서기도 했다. 차 한 대가 들어오며 이현을 향해 불빛을 쏘았다. 이현은 반사적으로 뒤를 돌아보았다. 순간, 무대 위의 배우처럼 전신이 노출돼 버린 낭패감에 빠졌다. 차는 서서히 이현을 지나 주차장으로 들어갔다. 이현은 어둠 속에서 발끝부터 천천히 자신을 훑어보았다. 차 안의 누군가는 혹 알아채지 않았을까. 남편과 아이와 함께 온 여행길에서 다른 남자를 불러들인 한 여자의 펄럭이는 부정한 치맛자락을, 저 환히 밝힌 라이트 속에서 누군가 남김없이 보고 만 것은 아닐까. 이현은 서둘러 어둠이 두껍게 덮인 광장을 가로질러 갔다.

성훈은 깨어 있었다. 이현이 소리를 죽인 채 문을 열고 들어섰을 때 성훈은 담배라도 피우고 들어오는지 발코니에서 거실로 막 한 발을 들여놓고 있었다. 성훈과 정면으로 맞닥뜨린 꼴이었다.

"어딜 갔다 오는 거야?"

담배 연기가 채 빠지지 않은 목소리로, 그러나 담배로도 삭이지 못한 분노를 고스란히 드러내며 성훈은 몰아붙였다.

"바람 좀 쐬고……."

이현은 쏘는 듯한 성훈의 시선을 피해 식탁 의자를 빼 앉았다. 그의 시선이 이현의 왼쪽 옆모습에 와 박혔다. 불안했다. 행여 문경의 손길이 수없이 쓰다듬었던 이현의 머리카락에 찍힌 지문을 성훈이 알아보지 않을까. 아니 눈과 코, 입 언저리의 얼굴 곳곳에 남아 있을 문경의 타액 자국을 성훈의 밝은 눈이, 예민한 코가 알아채지 않을까. 이현은 성훈이 빨리 방 안으로 들어가 자던 잠을 마저 자주었으면 하는 마음만 간절했다. 하지만 성훈은 거실 소파에 앉아 다시 담배를 빼어 물었다. 아이가 자고 있는 방문이 열려 있다는 것도 성훈은 미처 생각할 겨를이 없어 보였다.

"이 한밤중에 두 시간이 넘게 바람을 쐬고 온단 말이야?"

성훈은 의혹에 가득 찬 표정이었다. 이현이 나가고 나서 그는 곧바로 잠에서 깬 듯했다.

"잠이 안 와서 지하 카페에서 맥주 한잔 하고 근처 산책하다 왔어."

이현은 슈퍼 갔다 오는 길에 보았던 카페를 떠올렸다. 그러나 이현에게선 술 냄새는커녕 비릿한 욕정의 냄새만이 은밀히 번지고 있을 것이었다. 조금만 주의를 기울인다면 누구나 맡을 수 있는 욕정의 비린내. 이현은 미동도 하지 않고 앉아 있었다. 조금만 움직여도 온몸에서 냄새가 번져나갈 것만 같았다.

"문소리가 나는 것 같아서 잠이 깼는데 당신 자리가 비어 있잖아. 처음엔 잠깐 바람 쐬러 나갔는가 보다 했는데 한 시간이 넘으면서부터는 걱정이 되기 시작하잖아. 차 키는 그대로 있는데 도대체 어딜 간 건지. 이 산중에서 갈 데가 어디 있다고……. 찾으러 나가려 해도 혜인이가 깰까 봐 꼼짝도 할 수 없고……."

성훈은 화를 삭이느라 애쓰고 있었지만 굳은 표정은 쉽게 풀리지 않았다. 그럴 만도 했다. 오늘 이 여행만 해도 지난번 일로 인해 급속도로 냉각돼 버린 분위기를 바꾸기 위해 성훈이 마음먹고 계획한 일이었다. 도무지 가까워지지 않는 거리를 메우기 위해 성훈은 갑자기 주말 여행을 제안했고, 이현 역시 집안의 그 팽팽한 압력을 벗어나 바람이라도 쐬고 오는 편이 훨씬 나을 것 같아 함께 나선 길이었다. 회사 콘도이긴 했지만 주말이어서 예약하는 데 꽤 애를 먹는 것 같았다. 성훈이 화를 내는 것은 당연했다.

"자고 있길래 난 아무 걱정도 안 했는데……."

겨우 한마디를 거의 중얼거림에 가깝게 내뱉은 이현은 차마 미안하다는 말조차 하지 못했다. 무슨 말이든, 성훈에 대한 기만일 뿐이었다. 이현은 지금도 자신의 몸에 묻어 있을 다른 남자의 정액을 떠올리며 진저리를 쳤다. 몸의 세포 하나하나가 제각각으로 분해돼 버리는 듯한 분열감. 어쩌다 여기까지 왔을까.

"당신 요즘 많이 이상해. 꼭 넋 나간 사람 같아."

겨우 화를 누그러뜨리고 방으로 들어가던 성훈이 한마디를 던졌다.

성훈이 방으로 들어가고 나서도 한참 동안 이현은 식탁 의자에 그대로 앉아 있었다. 환한 실내등 아래 드러난 몸뚱어리엔 문경의 손길이 스치는 곳마다 꽃망울처럼 터졌던 흔적이 마른 꽃처럼 남아 있었다. 언제든지 다시 물기를 빨아들이고 꽃망울을 터뜨릴 준비가 돼 있는 팽팽히 부푼 욕망의 덩어리. 이해할 수 없는 이 느닷없는 욕정에 당황한 것은 누구보다도 이현 자신이었다.

최소한, 즐기지는 말 것!

스물세 살, 그 일기장의 한구석엔 마치 피로 쓴 듯한 하나의 문장이 새겨져 있었다. 아이를 떼낸 텅 빈 자궁으로 찬바람이 몰려드는 영하의 거리를 몸이 온통 얼어붙도록 걸어서 집으로 돌아와 쓴 한 줄의 혈서 같은 구절이었다. 최소한, 즐기지는 말 것. 그 후로 이현의 모든 성감대는 거세라도 된 듯 어디론가 사라졌다. 스물세 살. 그 어린 나이에 사라져버린 성감대. 오랫동안 이현은 사라져버린 그 감각들에 대해 잊고 지냈다. 자신의 몸속 어딘가에 숨어 있을지도 모를 그것들에 대해, 아니 이미 자신의 몸속에서 모두 사라졌다고 믿은 그것들에 대해 이현은 잊고 지냈다. 스물세 살, 그때부터 이현에게 모든 욕망은 금기일 뿐이었다.

물론 그 후로도 이현은 가끔씩 한영을 만났고 그가 원할 때마다 옷을 벗기도 했다. 하지만 이현은 늘 일기장의 그 구절을 경고처럼 머리에 새기고 있었다. 간혹 몸이 경고를 잊고 작은 반응이라도 보일라치면 이현은 놀라 급속 냉동이라도 시키듯 몸의 감각들을 죽이곤 했다. 그리고 마침내 어느 날부터인가 이현의 몸은 감각 세포가 절반쯤은 죽은 것처럼 차갑고 딱딱해졌다. 이현은 그제야 안심했다. 자신의 몸속에서 잠시 살다 간 생명에 대한 죄책감을 그런 식으로라도 덜어내지 않고는 견디기가 힘들었다. 이현의 몸에 채워진 자물쇠는 오랫동안 열리지 않았다.

'욕망이 거세된 성녀 같은 너는 아마 이해 못할 거야.'

한영이 유선과의 관계를 얘기하면서 이현에게 비수처럼 꽂았던 말은 격렬한 분노와 고통을 가져왔지만 그러나 부정할 수 없는 사실이었다. 욕망을 거세시키기 위해 애썼던 그 불감의 시간들. 어쩌면 한영을 배반의 이름으로 떠나보내게 된 이유인지도 몰랐다.

성훈 역시 마찬가지였다. 더 이상 의식적으로 통제하지 않아도 이미 굳어져 버린 몸은 자동제어장치가 부착된 기계처럼 조금만 압력이 차 올라도 견디질 못하고 셔터를 내려버렸다.

"당신은 욕망이 없는 사람 같아."

성훈은 가끔씩 나무토막처럼 누워 있는 이현과 자맥질 같은 섹스를 마치고 나선 짙은 담배 연기로 열패감에 빠진 표정을 숨기며 그렇게 말하곤 했다. 그때마다 이현은 자신의 몸이 하나의 무생물처럼 여겨지곤 했다. 오랜 세월 동안 지층 속에 갇혀 굳어져 버린 화석 같은 몸.

하지만 문경은 마술이라도 부리듯 그 화석을 순식간에 녹여서
레이스 같은 마른 잎을 꺼내버렸다. 그리고 그 마른 잎에 기억마
저 희미해진 푸른 육체를 되돌려주었다. 마치 언젠가 자신이 숨
겨둔 열쇠를 찾아내기라도 한 듯 이현의 몸을 한순간에 열어버리
던 문경. 그의 손길이 지나는 곳마다 이현의 몸은 긴 잠에서 깨어
난 듯 나른한 하품을 하며 기지개를 켰으며, 그의 혀가 스치는 곳
마다 복사꽃 봉오리 같은 작은 꽃잎이 맺혔다. 그가 이현의 몸속
으로 들어왔을 때 이현은 더 이상 자신의 몸 안에서 터지는 꽃봉
오리들이 두렵지 않았다. 스물세 살, 혈서처럼 써 온몸을 두르고
있던 그 사슬들이 한꺼번에 끊어져 내리는 소리가 몸의 구석구석
을 울리며 번져나갔다. 오랫동안 닫혀 있던 몸의 감옥에서 풀려
난 기분이었다.

　　승혜의 전화를 받은 것은 양평에 다녀온 지 삼 주가 지난 후였
다. 길고 지루한 장마가 막 끝난 무렵이었다.
　　"나야."
　　마치 어제도 통화를 했던 사람 같은 무심한 목소리였다.
　　"어디니?"
　　이현은 갑자기 다급해졌다. 지난번 그녀는 이렇게 무심한 목
소리로 런던에서 갑자기 지갑을 잃는 통에 지하철을 탈 돈이 없
어 20킬로미터를 걸었노라고, 수신자 부담 전화를 걸어온 적도
있었다.
　　"서울."

그녀는 어느새 이 땅으로 잠입해 들었는지. 승혜를 보고 있으면 너무나 가볍게 담을 넘어가는 한 아이가 떠올랐다. 마음 가는 대로 몸이 저절로 따라가는. 그녀의 월경(越境)엔 어떤 장애물도 문제가 되지 않는 것처럼 보였다.

"오늘 시내 나가는데, 좀 볼까 해서."

이현은 두 시간 후 시내에서 승혜를 만나기로 했다. 문경을 만난 이후 누구에게도 연락조차 하지 않았다는 생각이 새삼 들었다. 가끔씩 전화로만 안부를 주고받던 두세 명의 친구는 물론 승혜조차 잊고 지냈다.

승혜는 많이 야위어 보였다. 영국 생활 6개월 만에 몸무게가 7킬로그램 정도 빠져버렸다며 웃었다. 볼에 주름이 잡혔다.

"영국이 너무 갑갑했어. 답답해서 도망쳤는데 정작 거기가 더 감옥이었어."

최소한 일 년은 버틸 줄 알았는데 도저히 못 견디고 와버렸다고 했다. 하필이면 단단한 규범 속에 갇힌 영국을 보고 온 듯했다. 그녀 말대로 운이 나빴던 탓인지도 몰랐다.

"화분은 안 죽고 잘 살아 있니?"

이현은 김인석이라고 했던 남자와의 어느 날 저녁 술자리를 떠올리며 물었다. 남자는 지금도 어디선가 이천팔백 년 전 사람들의 집터를 파내고 있을까.

"만났다며?"

승혜가 짧게 웃었다. 볼이 좀더 깊이 파였다.

"나, 서울로 올라올 거야. 경주 떠나기로 했어."

승혜의 얼굴이 순식간에 그늘에 갇혀버렸다. 그 말이 무얼 의미하는지 이현은 모르지 않았다. 승혜는 어쩌면 경주를 떠나기 위해 영국까지 갔다 온 것인지도 몰랐다. 지구 반대편까지 날아갔다 오고 나서야 겨우 그곳을 떠나올 용기가 생긴 것인지도.

"이혼해 달라니까 그 남자 부인이 둘 다 죽여버리겠다고 하더래. 절대로 그냥 순순히 보내줄 수 없다고……. 참 순한 사람이라고 들었는데…… 무서워지더라. 내가 그 여자를 그렇게 만들었구나 싶고……. 얼굴조차 모르는 사람들이 어쩌다 이런 인연이 돼버렸을까……. 한편으론 내가 그만큼 그 사람을 사랑하나, 회의가 들기도 하고. 그 여자만큼, 죽이고 싶을 만큼 그 사람이 아니면 못 살까……. 아무래도 난 아닌 것 같았어. 난 목숨은커녕 지금 누리고 있는 이 매인 데 없는 자유조차 잃게 될까 봐 전전긍긍하고 있는데……. 내가 그 사람을 얻는 대가로 내놓을 수 있는 건 아무것도 없었어."

승혜는 식은 차를 마셨다. 승혜의 파인 볼에 또다시 깊은 자국이 만들어졌다. 자신으로 인해 누군가 손가락 하나만 다쳐도 참지 못할 정도로 마음이 약하고 결벽한 승혜였다.

"어제 방 얻으러 돌아다녔어. 작은 원룸은 얻을 수 있을 것 같더라. 빨리 이사할 수 있는 데로 갈 거야."

승혜는 이제 정말 그곳을 떠나올 수 있을까. 7킬로그램의 살을 도려낸 끝이므로, 아니 수만 리까지 날아가며 수없이 떠나는 연습을 했을 터이므로. 그 남자는 어찌 되는 걸까. 이미 덫에 갇혀버렸다고 고백하던, 가늘고 성근 거미줄을 타고 있는 것 같던 김인석이라는 그 남자는.

"그 사람도 나랑 마찬가지야. 초조해지니까, 힘들 것 같으니까 더 나한테 집착하고 이혼하자는 말도 할 수 있었던 거지, 결국은 자기 자리로 돌아갈 거야. 집이 덫이 돼버렸다고 하지만 결국은 그 덫마저도 자기 몸에서 나온 실로 짠 거잖아. 무얼 버린다는 게 그렇게 쉬운 일이 아니야. 더구나 그렇게 순한 여자를 어떻게 버리겠니?"

승혜는 지나치리만큼 가지런해져 있었다. 그녀의 아파트 곳곳에서 보았던 정리함들이 떠올랐다. 수건이나 옷가지들을 하나하나 돌돌 말아 한 치도 비뚤어지지 않게 차곡차곡 쌓아놓았던 정리함, 작은 알약은 물론 면봉 하나까지도 흐트러짐 없이 정돈해놓아야 했던 그녀의 결벽증. 육중한 철 대문을 닫아 건 성안에서 그녀는 또 얼마간을 지내야 다시 저 빗장을 풀어놓을지……. 이현은 깊은 한숨을 내쉬며 승혜의 서늘한 눈빛을 안쓰럽게 훔쳐보았다.

승혜는 빨리 취했다. 둘이 마신 맥주가 세 병도 채 안 되어 승혜는 눈동자가 풀리기 시작했다. 평소 이현보다 술이 훨씬 센 편이었는데 몸이 약해진 탓인지 속이 좋지 않다며 화장실로 뛰어갔다.

화장실에 간 지 십 분이 지나도록 승혜는 오지 않았다. 따라가려는 이현을 굳이 혼자 가겠다며 고집을 부린 그녀는 무얼 하고 있는지 돌아오지 않았다.

승혜는 울고 있었다. 바지를 무릎까지 내린 채 허벅지를 허옇게 드러낸 승혜는 변기에 앉아 하염없이 울고 있었다. 소변을 보려던 참이었으리라. 소리조차 삼킨 채 몸속 수분을 모두 짜내기라도 하듯 승혜의 울음은 조용하고 격했다. 볼을 타고 흘러내린 눈물방울들이 쉴새없이 그녀의 하얗고 매끈한 허벅지로 떨어지고 있었다. 눈물이 떨어진 곳이 발그랗게 물들었다. 이현은 가만히 다가가 승혜를 안았다. 승혜의 어깨가 그제야 바람 속 나뭇가지처럼 흔들리기 시작했다.

"나, 아무것도 자신 없어. 그 사람 보내는 것도, 혼자 남아 그 사람이 남긴 흔적들 더듬으며 사는 것도 정말 자신 없어. 난 그 사람이 그렇게 정성 들여 물 주던 화분 하나도 버리지 못하겠어. 며칠 전 그 화분들 누구든 가져가라고 아파트 입구에 내놨다가 밤새 잠 한숨 못 자고 다음날 새벽에 달려가서 도로 다 가져왔어. 정말 자신 없다, 이현아."

승혜는 이현의 어깨에 기댄 채 목놓아 울었다. 그동안 참았던 울음들이 한꺼번에 터져 나오는 듯했다. 난파선처럼 흔들리는 승혜의 등을 이현은 가만가만 쓸어내렸다. 손바닥 가득 가시라도 박힌 듯 쓰라렸다.

YMCA 앞에서 승혜가 택시를 타고 떠나자 이현은 광화문 방향으로 걷기 시작했다. 날짜는 이미 9월로 접어들었어도 도심에선 아직 가을의 흔적을 찾아보기 어려웠다. 가로수 잎들은 40대 여자의 피부처럼 힘을 잃었지만 남은 엽록소를 모조리 뽑어내며 마지막 저항을 하고 있었다.

이현은 횡단보도를 건너 교보빌딩 쪽으로 계속 걸었다. 서늘한 저녁 공기가 얇은 소맷단을 훑고 몸속으로 스몄다. 양팔에 일제히 좁쌀 같은 소름이 돋았다. 제과점의 진열대에 식은 빵들이 나란히 진열돼 있었다. 고등학교 때 몇 번 들어가보았던 제과점인데 아직도 같은 간판을 내건 채 건재해 있었다. 발길은 어느새 교보문고 앞 지하도를 지나 세종문화회관 옆 골목으로 들어서 있었다. 문경의 사무실이 들어 있는 건물이 덩치 큰 빌딩 사이로 손바닥만 한 몸을 내밀고 있었다.

내기라도 하는 기분이었다. 아니 애초엔 광화문에서 떠나는 좌석버스를 타기 위해 걷기 시작했다. 늦은 밤 불빛이 환한 지하철에서 낯선 사람들의 얼굴을 마주 보고 싶지 않아 이현은 버스를 타려고 했었다. 그러나 광화문 네거리를 향해 걷던 이현의 발길은 어느덧 문경의 사무실이 있는 골목으로 들어서고 있었다. 저녁 아홉 시였다. 이미 퇴근을 했을 시각이었고, 혹 퇴근 전이라고 해도 혼자 있을지조차 알 수 없었다. 그러나 이현은 내기라도 하듯 전화도 하지 않고 그의 사무실로 올라갔다. 고등학교 시절, 친구에게 텔레파시를 보내놓고 전화벨이 울리기를 기다리던 심정과 비슷했다.

문경의 사무실이 있는 복도 안쪽은 어두웠다. 어두운 복도에 이현의 구두굽 소리가 유난히 크게 울렸다. 맞은편 사무실의 그림자만이 불꺼진 창문들 위로 희미하게 비치고 있었다. 늘 그렇듯이 텔레파시라는 건 믿을 게 못 됐다. 이현은 돌아섰다. 그때 뒤에서 급히 문소리가 났다.

"누구세요?"

문경의 목소리였다. 순간적으로 몸을 돌린 이현의 앞에 손잡이를 잡고 있는 그는 왼쪽이 모두 문에 가려진 채 몸의 절반만 드러내고 서 있었다.

"정말 당신이었군."

문경이 어둠 속에서 가려진 몸의 절반을 마저 드러내며 다가왔다.

문경은 어둠 속에 혼자 있었다. 두 개의 책상이 있는 사무실은 물론 칸막이를 지른 문경의 작은 방도 건물 바깥에서 새어 들어오는 불빛만이 희미하게 실내의 사물들을 구분 짓고 있을 뿐이었다. 이 캄캄한 곳에서 그는 무얼 하고 있었던가. 그는 이현을 데리고 들어간 사무실에서도 한사코 불을 켜지 않았다.

"복도에서 울리는 여자 구두 소리가 이상하게 또렷이 들렸어. 순간 갑자기 당신일지도 모른다는 생각이 들어 뛰어나가본 거야."

문경의 목소리엔 엷은 물기가 배어 있었다. 불빛이 희미한 탁자 위로 술병이 놓여 있었다. 흰 머그잔 하나가 검은 맥주병 옆에서 도드라져 보였다.

"술 마셨군요."

문경의 등 뒤론 여전히 모형 비행기 두 대가 날카로운 날개를 펴고 있었다. 두 대의 모형 비행기 앞에 어두운 실루엣으로 앉아 있는 문경의 어깨가 한 뼘은 내려앉아 보였다.

"오늘 함께 일하던 여직원한테 다른 일자리 알아보라고 했어. 월급도 제대로 주지 못하면서 언제까지 붙잡아둘 수도 없어서……"

문경의 입에서 뿜어져 나온 담배 연기가 뭉게구름처럼 모였다가 흩어졌다. 그의 몸이 자꾸만 바닷가로 밀려나는, 끈을 놓친 스티로폼 부표처럼 보였다.

이현은 문경의 손을 잡았다. 길고 섬세한 손이었다. 이현은 한때 붓을 잡았던 그의 손을 상상했다. 흰 캔버스를 향해 푸른 정맥 속을 꿈틀댔을 그의 열망들. 그는 그 열망들을 죽이기 위해 새벽마다 해발 1000미터의 산 정상까지 뛰어갔다 왔다고 했던가. 그 산에서 손등에 피가 나도록 소나무 껍질을 쳤다고 했던가.

이현은 깍지 긴 그의 손을 들어 손등에 가만히 입술을 대었다. 소나무 껍질을 쳤던, 불거져 튀어나온 그의 힘줄이 입술에 닿았다. 그의 손이 또다시 소나무 껍질을 치고 있는 듯했다. 까칠한 손등으로 온몸의 피가 다 몰려들기라도 한 듯 불거진 정맥이 꿈틀거렸다. 입술에 닿는 피의 흐름이 눈에 보이듯 또렷했다. 갑자기 바늘 틈만큼 좁아진 혈관 앞에서 그의 피가 역류하듯 꿈틀거리기 시작했다.

"어이없어. 이렇게 끝나버릴 수도 있는데 난 아직도 내 인생이 유보시킨 것들만 믿고 있었으니. 아직도 기회가 많이 있다고 믿고 있었어. 억울하다고, 그러니 그것들에 어떤 식으로든 보상이 주어질 거라 믿고 있었는지도 몰라. 하지만 보상이라니…… 얼마나 철없는 낙관이야?"

혼자 마신 술이 몸속으로 스며드는지, 문경은 제법 취해 가고 있었다. 알코올이 스민 그의 혈액이 급류처럼 거칠게 솟구쳤다.

"그래, 억울해. 차라리 내 욕망대로 살았더라면, 원하는 대로, 눈치 보지 않고 살아보기라도 했다면 이렇게 억울하진 않을 거야."

문경의 음성이 깊고 어두운 우물에서 길어 올리는 두레박질처럼 출렁거렸다. 두레박에서 튄 물방울들이 이현의 발밑을 축축하게 적셔왔다.

"도망가고 싶어. 아니 어쩌면 이미 도망치고 있는지도 몰라. 가끔씩 그런 생각이 들어. 암담하니까, 길이 자꾸 막히니까 당신한테 더 도망치고 있는 건지도 모른다고, 당신을 이용하고 있는지도 모른다고…… 그런 생각이 들 때도 있어."

문경의 목소리가 무쇠덩이처럼 어느새 다시 깊은 우물 속으로 가라앉고 있었다. 망연히 앉아 있는 옆모습이 마치 난파한 배의 선장 같았다.

"……이용할 수 있다면 얼마든지 이용해요."

오래전, 껍질이 두꺼운 소나무 둥치가 필요했듯 지금 그에겐 누군가 필요한 것인지도 몰랐다. 결국 증류수 같은 감정이란 존재하지 않는 법이었다.

"고마워. 자꾸 도망치려던 나를 붙잡아줘서. 누군가를 받아들이는 일이 무엇보다 내겐 어려웠는데…… 지금 당신이 내 옆에 있다는 게 무엇보다 힘이 돼."

문경이 이현의 머리에 얼굴을 묻으며 나직이 중얼거렸다. 더운 입김이 머리카락 사이를 비집고 스며들었다.

"나도 모르겠어요. 왜 하필 당신이 아니면 안 된다는 생각이 그렇게 간절했는지……. 당신이 그토록 완강하게 자신을 닫는데도 왜 한사코 그 안으로 들어가야 한다는 생각만 했는지……. 만약 그러지 않으면 갑자기 내 인생이 아무 의미도 없을 것만 같았어

요. 그런 거 있잖아요. 한번 닫히고 나면 영원히 다시 열리지 않
을 문 앞에서 바싹바싹 갈증을 참으며 마지막 순간을 기다리는
기분이요.”

“그래, 당신이 아니었으면 나는 영원히 문을 닫은 채 살았을 거
야. 텅 빈 성에서 버려진 갑옷처럼 혼자 녹슬어갔겠지.”

문경이 이현의 얼굴을 양손으로 감싸 안았다.

승혜가 피소되었다는 소식을 들은 것은 그 후 한 달도 채 못 돼
서였다. 이사 소식이 궁금해서 승혜의 경주 집에 몇 번 전화를 했
으나 자동 응답기조차 작동되지 않았다. 이현은 몇 해 전 수첩을
꺼내 서울에 있는 승혜의 본가에 전화를 걸었다. 그녀의 여동생
이 전화를 받았다.

언젠가 결혼 전에 승혜의 집에 놀러 갔을 때 갓 대학에 입학한
신입생이던 승혜의 여동생은 곧 울먹이기 시작했다.

“언니, 지금 구치소에 있어요.”

“어디?”

너무도 낯선 곳이었다. 아마도 승혜가 아마존의 어느 오지에
가 있다거나 교통사고로 병원에 누워 있다거나 했으면 그토록 놀
라지는 않았을 것이다.

“도대체 무슨 말이야?”

왜 승혜가 그런 곳에 있다는 것인가.

승혜가 얼마 전에 간통죄로 피소되었다고 했다. 어이가 없었
다. 골방에서 숨어 보는 색도가 형편없는 춘화나, 혹은 수음으로

손에 묻어 끈적거리는 정액 냄새 따위를 떠올리게 하는, 아니 수음을 하던 어두컴컴한 골방이 한순간에 환한 대낮의 햇빛 속에 노출돼 버린 듯한 그 공간 속에 승혜가 벌거벗은 채 내던져져 있다는 말인가.

이현은 격렬한 분노에 휩싸였다. 그러나 분노는 대상조차 종잡을 수 없었다. 자기가 걸린 덫에 승혜까지 끌어들인 김인석이라는 남자인지, 혹은 둘 다 죽여버리겠다고 했다던 그의 아내인지, 아니면 변기에 앉은 채 그 남자를 보낼 자신이 없다며 울던 승혜인지, 폐기가 결정됐다고는 하나 아직도 이렇듯 시퍼렇게 살아 있는 간통죄라는 법안인지. 도무지 그 대상을 짐작도 할 수 없는 분노는 수화기를 내려놓고 담배를 두 대나 피웠어도 좀처럼 가라앉지 않았다.

결국 김인석의 아내는 가장 극단적인 선택을 한 셈이었다. 고소를 했다가도 대부분 적당한 합의하에 끝내는 일들을 그녀는 끝까지 몰고 갔다고 했다. 행여 불구속 처리가 되지 않도록 그녀는 검찰에서도 끝까지 두 사람의 구속을 원했으며, 김인석과 승혜는 그녀의 분노를 아무런 저항 없이 받아들였다고 했다.

"결국 이런 꼴로 끝나고 마는구나."

경주의 구치소로 찾아간 이현 앞에서 승혜는 눈물조차 보이지 않았다. 미결수의 푸른 수의 위로 드러난 승혜의 흰 목엔 수의보다 더 푸른 힘줄이 곧 터질 듯이 불거져 있었다. 치욕을 견뎌내기 위한 안간힘이 그나마 그녀를 지탱시켜 주는 기둥이 돼주는 듯싶었다.

"내 꼴이 우습지? 하루아침에 이렇게 적나라하게 발가벗겨져 버릴 것들을 세상의 온갖 수사를 다 동원해서 미화시켰었다니 정말 어이없어. 그래, 이렇게 초라하고 형편없는 처지라는 것도 모르고 오히려 그 사람 부인에게 연민 따위를 품고 있었으니……. 그 여자보다 형편없이 약하고 초라하면서, 아무것도 없으면서 참 잘난 척했어. 그래, 내 오만의 대가야."

승혜의 입가로 얼음 조각처럼 차갑고 날카로운 조소가 스쳐 지나갔다. 찔리면 금세 피가 배어 나올 듯한 날카로움. 아마도 얼음 조각은 누구보다 승혜 자신을 가장 예리하게 찔러대고 있을 것이었다.

"너 자신을 함부로 내팽개치지 마."

물론 안타까움에서 나온 말이지만 이현 자신에게도 참으로 무력하게만 들렸다.

"함부로 내팽개치지 말라고? 그럼 어떻게 해야 하니? 그 여자한테 복수라도 할까? 아니면 허겁지겁 누더기라도 걸쳐 입고 시치미를 뗄까? 이미 다 드러난 알몸을 누더기로 가린다고 뭐가 달라지겠니?"

그녀 말대로 승혜의 알몸은 상처투성이였다. 뭇사람들의 조롱과 경멸, 호기심과 편견이 날카로운 유리 조각들이 되어 한꺼번에 날아와 박힌 상처들, 그러나 가장 큰 상처는 역시 스스로 제 몸에 칼끝을 겨누고 새긴 것이리라. 승혜는 비명은커녕 온몸으로 흘러내리는 피를 닦을 생각조차 하지 않은 채 전나무처럼 꼿꼿이 서 있었다. 그것만이 그녀가 할 수 있는 유일한 저항이라는 듯.

"그래, 네 선택에 대해 끝까지 당당함을 잃지 마라."

이현은 승혜에게 더 이상 어떤 말도 할 수 없었다.

짧은 면회 시간이 끝나고 승혜가 다시 철창 너머의 낯선 세계로 돌아간 후 구치소 문을 나서던 이현은 뒤를 돌아보았다. 낯선 공간에 홀로 남겨진 승혜의 마른 얼굴이 발길을 쉽게 놓아주지 않았다. 세계의 낯선 곳들을 떠돌던 승혜의 발길이 결국 머문 곳이 저토록 남루하고 참혹한 곳이었다니, 색이 바랜 구치소 회벽의 곳곳에 얼룩이 번져 있었다.

승혜의 아파트엔 싸다 만 이삿짐들이 어지럽게 널려 있었다. 볼펜 하나까지 가지런히 정돈돼 있던 물건들은 박스 속에 반쯤 들어가거나 거실 곳곳에 함부로 쌓여 있었고, 김인석이 그토록 정성 들여 물을 주고 승혜가 끝내 버리지 못했던 화분들은 누렇게 변색돼 가고 있었다. 승혜는 곧 떠나올 곳에서 마지막으로 발목을 잘린 꼴이었다. 김인석의 아내는 이삿짐을 싸주러 온 그를 뒤쫓아 왔고 작별 인사를 나누던 그와 승혜는 결국 마지막 인사조차 나누지 못한 채 알몸으로 길 밖으로 내몰려 뭇사람들에게 조롱을 당해야 했다.

"차라리 마음이 편해. 이젠 적어도 빚진 마음은 없으니까. 그래, 이걸로 그 여자한테 진 빚은 갚은 셈이 되겠지."

헤어지기 직전 승혜는 독백처럼 중얼거렸다. 끝내 눈물을 참아내지 못한 이현을 향해, 아니 그녀 자신을 향해 승혜는 나지막이 중얼거렸다.

두통이 몰려왔다. 느닷없이, 푸른 수의를 입고 찬 마룻바닥에

쪼그리고 앉아 있을 승혜의 모습이 머릿속에서 한순간도 지워지지 않았다. 그녀는 무엇을 잘못한 것일까.

"제도라는 게 이토록 서로에게 호의적이고 막강한 건지 몰랐어. 그래, 가정이라는 게 국가 권력이 나서서 지켜줄 만큼 대단한 것인 줄 정말 몰랐어."

차라리 마음이 편하다며 웃던 승혜가 짧게, 그러나 분명한 냉소를 숨기지 않으며 덧붙였다. 한없이 허약해 보이는 가정이 때론 이렇듯 권력이 되기도 한다는 게 신기했다. 하지만 그것이야말로 가정이 갖고 있는 허약한 구조를 증명하는 증거가 아니던가. 승혜의 집에 들어오기 전 이현은 주차장 앞에서 칸칸이 불이 켜진 아파트를 올려다보았다. 서툰 피아노 소리가 들려왔다. 환한 조명을 켠 채 옅은 카키색 커튼을 드리운 2층의 한 집에서 흘러나오는 소리였다. 어쩌면 이른 저녁을 먹은 가족들이 둘러앉아 아이의 서툰 피아노 솜씨에 따라 대견한 듯 고갯짓을 하고 있을지도 몰랐다. 하지만 그곳은 또 얼마나 위태로운 곳이던가. 약한 지각변동에도 곧 무너져 내리는 집. 하지만 불이 켜진 집 안에서 밖을 내다보는 사람들은 결코 그런 위험을 상상조차 하지 않는다.

이현은 박스를 가져와 승혜가 싸다 만 짐들을 꾸리기 시작했다. 사건이 터진 이후로 승혜의 여동생은 충격으로 몸져누운 부모님을 돌보랴 법률사무소로 뛰어다니랴, 승혜가 있는 경주와 서울을 오가며 정신이 없었다. 당연히 꾸리다 만 이삿짐에까지 손이 미칠 틈은 전혀 없었다. 이현은 지친 그녀를 잠이라도 푹 자라고 방에 들여보내고 혼자서 물건들을 정리하기 시작했다. 지나칠 정도로

깔끔하고 가지런하던 승혜의 집은 어수선하게 흩어져 있는 물건
들만으로도 알 수 없는 모욕감을 느끼게 했다. 마치 승혜의 가슴
에 새겨진 주홍글자를 보는 듯한 기분이었다. 순간 빳빳이 고개라
도 쳐들듯 갑자기 생각난 게 있어 이현은 베란다로 달려갔다. 누
렇게 죽어가고 있는 화분들을 향해 이현은 샤워 호스를 들이댔다.
잔뜩 기갈이 든 화분 속의 벤자민 뿌리가 순식간에 물을 다 빨아
들였다. 이현은 더 이상 스며들 데가 없이 흘러 넘치도록 오래오
래 물을 주었다. 그리고 내일 집으로 올라가는 길에 승혜의 화분
들을 차에 싣고 가리라 마음먹었다. 승혜와 김인석이 그토록 정성
껏 키워왔던 화분들이 말라죽도록 방치되거나 낯선 집 베란다 구
석에 함부로 처박히게 하고 싶지 않았다. 어쩌면 이 화분들이야말
로 그 누구도 함부로 침범하거나 모욕할 수 없는 그들만의 유일한
시간의 흔적인지도 모른다는 생각이 든 때문이었다.

　승혜는 이현이 면회를 다녀온 지 일주일 만에 풀려났다. 재판
을 앞두고 김인석의 아내가 돌연 고소를 취하한 때문이었다.

　"언니가 절대로 그 여자를 찾아가지 말라고 해요, 우리가 그 여
자 찾아가 합의라도 해달랠까 봐 제일 겁을 내요. 그 여자 하고
싶은 대로 하게 그냥 있으래요. 변호사조차 선임하지 않겠다고
고집을 피워서 결국 국선변호인이 배정됐어요."

　승혜의 여동생이 깊은 한숨을 내쉬며 말했었다. 승혜는 경찰서
로 연행된 이후 단 한 번도 김인석의 안부조차 물은 적도 없다고
했다. 그런데 김인석의 아내는 왜 갑자기 고소를 취하한 것일까.

　이현은 승혜의 석방 소식을 전해 듣자 그제야 비로소 김인석의

아내가 떠올랐다. 승혜 편에만 서서 바라본 그녀의 모습과 전혀 다른 한 여자의 뒷모습. 감옥에 갇히진 않았지만 누구보다 혹독한 수감 생활을 할 수밖에 없었던 사람은 바로 그녀였으리라. 도대체 절대적 진실이란 불가능한 것인가. 모든 존재들은 상대적으로, 제 나름의 진실을 갖고 있었다. 서른다섯 해를 살아오면서 켜켜이 쌓아온 지반들이 모두 무너져 내리는 기분이었다. 무엇 하나 자신 있게 말할 수 있는 것은 어디에도 없었다. 극단의 혼란이었다.

의도적으로 외면해 왔던 관계들이 거미줄처럼 한꺼번에 밖으로 흘러나와 온몸을 친친 감아오는 듯했다. 조금만 고개를 빼고 나와도 마구 두들겨대는 두더지 게임처럼, 온몸으로 누르고 있던 물속의 부표처럼, 어설프게 숨겨놓았던 관계들이 한꺼번에 튀어오르며 잔잔한 수평선을 무너뜨리고 있었다. 문경과 엉켜 있는 그의 아내와 아이들, 역시 매일 아슬아슬한 줄타기를 하고 있는 성훈과 혜인이……. 태풍을 만난 바닷물처럼 솟구쳐 오르는 관계들을 더 이상 외면하기가 어려우리라는 예감이 끈질기게 달라붙었다.

엘리베이터는 유난히 빨리 올라갔다. 18층이나 되는 곳을 단숨에 뛰어오르는 것만 같았다. 딩동, 소리가 나고 엘리베이터의 문이 열렸다. 그러나 이현은 엘리베이터 밖으로 선뜻 발을 내딛지 못했다. 머뭇거리고 있는 사이 문이 닫혀버렸다. 누군가 위에서 버튼을 눌렀는지 엘리베이터는 이현을 태운 채 위로 올라가기 시작했다. 엘리베이터가 멎은 곳은 24층이었다. 낯선 남자가 이현이 내리길 기다리다가 꼼짝 않고 서 있자 멈칫거리면서 엘리베이터로 들어왔다. 이상하다는 듯이 이현을 한번 훑어본 남자는 1층을 누른 뒤 벽 틈에 꽂힌 광고 전단에 시선을 박고 있었다. 새로 생긴 나이트클럽의 웨이터 이름이 큰 글자로 찍혀 있었다. 이즈음 가장 인기 있는 개그맨의 이름이었다. 엘리베이터는 다시 1층에 가서 멎었고 남자가 내렸다. 이현은 여전히 한 발자국도 움직이지 않고 서 있었다. 현관으로 나가던 남자가 잠깐 뒤를 돌아보았다.

이현은 다시 18층을 눌렀다. 이번에도 엘리베이터는 눈 깜짝할 사이에 18층에 가서 멎었다. 그러나 이현은 여전히 꼼짝도 하지 않고 서 있었다. 다시 문이 닫혔다. 이현은 엘리베이터 벽에 등을 기댄 채 망연히 서 있었다. 얼마나 있었던 것인지, 갑자기 다시 문이 열렸다. 놀란 이현은 그제야 얼른 정신을 차리고 밖을 보았다. 앞집 여자가 비디오테이프를 든 채 놀란 얼굴로 쳐다보고 있었다. 비디오 가게에 가는 모양이었다.

"어머, 깜짝이야! 왜 안 내리세요?"

여자가 내려가는 버튼을 누르고 있었다. 그제야 이현은 황급히 밖으로 튀어나왔다. 그 네모난 통 속에 얼마 동안 서 있었던 걸까. 얼마 동안 넋을 잃은 채 18층 허공에 매달려 있었던 것일까. 어느새 1층에 가닿는 엘리베이터 소리를 들으며 이현은 머리를 세차게 흔들어보았다. 자학에 가까운 문경의 목소리가 머릿속을 떠나지 않았다.

'모든 게 다 뒤죽박죽이야.'

문경의 목소리가 아파트 계단을 타고 아래층까지 울려 퍼지는 기분이었다.

승혜의 사건이 몰고 온 충격으로 그동안 연락조차 하지 않고 있던 이현은 승혜의 석방 소식을 듣고 나서야 겨우 문경을 찾아 갔다. 마음속 혼란은 더 이상 견딜 수 없을 정도로 포화 상태였 다. 이현은 문경을 만나 곧바로 여관으로 그를 끌고 갔다. 여관에 들어서자마자 옷을 벗는 이현을 보며 문경은 잠시 당황하는 듯했 지만 곧 아무 말 없이 이현을 받아들였다. 이현의 혼란을 눈치 채 기라도 했는지, 아니 어쩌면 문경 역시 같은 혼란을 견뎌내고 있 었는지도 모를 일이었다. 섹스는 서로를 물어뜯기라도 하듯 격렬 했지만 그 끝은 극도의 허탈감뿐이었다. 아니, 그것은 가학이나 자해에 가까웠다. 온몸에서 통증이 일었다.

"내가 너무 비겁해 보여요. 아니, 당신도 마찬가지야. 우린 아 주 교활해."

아무리 물어뜯어도 채워지지 않는 공허감과 허탈감 때문이었 을까. 이현은 갑자기 얼굴조차 본 적이 없는 김인석의 아내를 떠 올리며 문경에게 시비를 걸었다. 아니 김인석과 승혜도 동시에 떠올랐다. 비록 서로에게 치명적인 상해를 입히긴 했지만 적어도 그들은 자신들에게 정직하지 않았던가.

"비겁해? 그럴지도 모르지……. 하지만 꼭 그렇게 있는 대로 까발리는 것만이 진실이고 용기인가? 자신에게 정직하자고 다른 사람에게 함부로 상처를 줘도? 그건 어쨌든 오만이고 폭력이니까. 하지만 잘 모르겠어. 어떻게 해야 하는지 나도 잘 모르겠어.
나도 나 자신이 경멸스러울 때가 많아. 잠시 함께 있다가 허겁지
겁 각자 집으로 돌아갈 때마다…… 늘 뭔가 모자라고 허기지고
지치고…… 그런 한편 비겁하단 생각이 몰려와. 마치 섹스하기
위해서 만난 사람들처럼 만나기만 하면 허겁지겁 옷을 벗었다가
다시 재빨리 먼지 묻은 옷을 털어 입고 집으로 가는 나 자신
이……. 물론 서둘러 집으로 돌아가는 당신 뒷모습을 볼 때도 화
가 나. 혹시 다른 낯선 냄새라도 묻어날까 봐 꼼꼼히 몸을 닦는
나 자신은 더 경멸스럽고……. 그렇지만 정말 모르겠어. 모든 게
다 뒤죽박죽이야."

여관방 침대에 누워 있던 문경이 빈 벽을 향해 베개를 집어던
졌다. 먼지가 방 안 가득 퍼졌다. 셀 수도 없이 많은 익명의 사람
들이 베고 누웠을 베개. 색이 바랜 연둣빛 꽃무늬가 한없이 초라
하고 남루했다.

"그래요, 나 자신에게 당당하고 싶으면서도 가까운 사람들에게
줄 상처를 생각하면 아무것도 자신 없고…… 나도 잘 모르겠어
요. 당신이 날리는 비행기처럼 어디론가 사라지고만 싶어."

이현은 문경의 알몸을 향해 다시 몸을 숙였다. 시든 그의 성기
가 동굴의 입구처럼 검은 입을 벌리고 있었다. 점점 더 깊은 동굴
속으로 쫓겨 들어가는 산짐승들처럼 섹스는 더욱 격렬해지고만
있었다.

"정말 모르겠어. 왜 이렇게 빠져들고만 있는 건지. 사랑? 잘 모
르겠어. 그게 뭔지……."

여관을 나오기 전 문경은 이현의 손을 잡아 깍지를 끼며 나직이 중얼거렸다.

연회색 철문이 두 겹으로 잠긴 집이 눈앞에 있었다. 이현은 깊이 숨을 들이마신 후 열쇠를 꺼내 가만히 문을 열었다. 자물쇠 풀리는 소리가 유난히 크게 울렸다.

성훈은 컴퓨터 앞에 앉아 있었다. 밤마다 그가 빼놓지 않고 지켜보는 뉴욕 증권 시황이었다. 요즘은 국내 경기보다 미국의 증권시장 상황에 훨씬 영향을 많이 받는다며 성훈은 매일 밤 뉴욕의 증권 시황을 분석했다. 그의 애기를 듣다 보면 세계의 자본시장이 미국을 중심으로 하나로 통합이라도 되는 기분이었다. 어쩌면 멀지 않은 애긴지도 몰랐다.

열쇠를 열고 들어오는 기척에 성훈은 고개를 내밀어 힐끗 이현을 쳐다보곤 다시 컴퓨터 앞에 가서 앉았다. 잔뜩 긴장된 표정이었다. 화면을 보니 붉은색의 하향 그래프 일색이었다. 우리와는 색이 반대라고 언젠가 성훈이 알려주었다.

"당신 요즘 너무 늦게 다녀. 겁도 안 나?"

성훈은 늘 그런 상상을 했다. 늦은 밤, 지하 주차장에서 강도를 만나거나 강간을 당하는 여자들, 혹은 택시 운전사가 갑자기 강도로 돌변하는 신문 기사 속의 이야기들. 그러나 정작 자신이 그런 일을 당하리라곤 상상조차 하지 않았다. 그만큼 그는 자신을 믿었다.

이현은 책상 비스듬히 놓인 안락의자에 소리 없이 앉았다. 창밖은 캄캄했다. 저녁 무렵이면 붉은 하늘이 마주 보이는 자리였다. 처음 이사왔을 때 무엇보다 창문 가득 번진 노을 때문에 가슴 뛰며 좋아했던 집이었다. 여름이면 그늘이 지고 겨울이면 햇빛이 하루 종일 들어 환하고 따뜻한 집. 집 꾸미기를 유난히 좋아하는 성훈 덕택이기도 했지만 꼭 필요한 물건들이 흐트러짐 없이 제자리를 차지하고 있는 깔끔하고 안락한 집이었다. 집 밖으로 나가지 않는다면 어쩌면 일생 동안 손가락 하나 베일 일조차 일어나지 않을지도 몰랐다. 그 어느 구석을 보아도 갈라진 틈 하나 보이지 않는 견고하고 안전한 집. 이현은 깊은숨을 들이마셨다.

"남자가 있어."

견고한 벽에 순식간에 균열이 가는 소리가 들려왔다. 마우스를 누르던 성훈의 손이 책상 위에 멈추었다. 석고상처럼 굳은 얼굴로 그가 이현을 돌아보았다.

"무슨 소리야?"

벽을 타고 이어지던 균열의 소리가 성훈에게도 들렸으리라. 성훈은 어쩌면 그의 생 전부를 덮쳐오는 붕괴음으로 받아들일지도 모를 일이었다.

"다른 남자를 만났어."

이현은 이를 악물었다. 어금니에 물린 뺨 안쪽에서 비릿한 기운이 번졌다. 이미 시작된 일이었다. 여기서 멈춘다면 결국 모두 다 저 시멘트 더미에 깔려 죽고 말지도 몰랐다.

"도대체 무슨 소릴 하고 있는 거야!"

성훈이 앉아 있던 의자에서 벌떡 일어났다. 의자에 걸린 마우스가 방바닥으로 떨어졌다. 파열음을 내며 떨어진 마우스에서 흰 공이 튀어나왔다. 공은 방바닥을 굴러 이현의 발밑에 와서 멎었다. 성훈의 얼굴 위로 붉은 선들이 죽죽 그어지고 있었다. 피가 흐르는 듯했다.

10

파구(波丘)

　문경은 사무실 안을 서성이고 있었다. 피우던 담배를 비벼 끄고 방금 전에 확인해 보았던 수화기를 다시 들었다. 신호음은 정상이었다. 그러나 전화벨은 울리지 않았다. 아무래도 무슨 일이 일어난 것만 같았다.

　한 시간 전 문경은 이현의 집으로 전화를 걸었다. 자주 전원이 꺼져 있는 이현의 휴대폰 대신 집으로 전화를 건 것이다. 당연히 이현이 집에 있을 시간이었으므로 문경은 망설일 것도 없었다. 신호음이 다섯 번이 울리도록 전화를 받지 않아 수화기를 내려놓으려는 찰나 전화가 연결되었다.

　"여보세요."

　문경의 입에서 습관적으로 여보세요, 가 튀어나왔다. 그러나 수화기 너머에선 아무 소리도 들려오지 않았다. 문경은 다시 한 번 여보세요, 를 반복했다. 그제야 수화기를 타고 목소리가 건너

왔다.

"누구시죠?"

남자였다. 순간 문경의 성대가 얼어붙은 듯 막혀버렸다. 문경의 입에선 더 이상 아무 소리도 나오지 않았다.

"누구냐고 묻잖아!"

남자의 목소리가 높아졌다. 문경은 더 이상 생각할 겨를도 없이 급히 수화기를 내려버렸다. 그러나 수화기를 내리고도 한참 동안 고함에 가까운 남자의 마지막 목소리가 귓전을 떠나지 않았다. 누구냐고, 수화기에 대고 고함을 치는 남자의 핏발 선 목덜미가 떠올랐다.

왜 미처 생각지 못했을까, 아니 왜 한 번도 생각지 않았던 걸까. 문경은 부주의한 자신을 이해할 수 없었다. 왜 한 번도 그녀의 남편이 전화를 받을 수도 있다는 사실을 생각지 못했던 걸까. 아니 어쩌면 이현의 옆에 있는 남편이라는 그 낯선 존재를 제대로 실감조차 못 하고 있던 것은 아닌지. 문경은 갑자기 조종기가 고장난 모형 비행기처럼 함부로 허공에 곤두박질당하는 기분이었다.

문경은 의자 등받이에 몸을 깊숙이 묻은 채 눈을 감았다. 정수리 부근부터 머릿속이 단단히 뭉쳐지고 있었다. 거미줄처럼 뻗어나간 실핏줄들이 한꺼번에 일제히 굳어버리는 느낌.

왜 남자는 이 시간에 회사가 아닌 집에 있는 걸까. 물론 이유는 얼마든지 있을 수 있었다. 남자는 갑자기 출장을 가기 위해 집에 들렀는지도 몰랐다. 아니 어쩌면 남자는 월차휴가를 즐기고 있던 건지도 몰랐다.

불안했다. 혹 무슨 일이 생긴 건 아닐까. 문경은 다시 이현의 휴대폰으로 전화를 걸었다. 만약 이현이 전화를 받는다 해도 목소리만 듣고 끊을 생각이었다. 신호가 갔지만 전화를 받지 않았다. 문경은 음성을 남겼다.

"혹시 무슨 일이 있는 건 아냐? 전화했는데 남편이 받았어. 전화할 수 있으면 빨리 좀 해줘."

목소리가 바람 속 연줄처럼 불안했다.

문경은 담뱃불을 붙였다. 바람의 저항을 최대한 적게 받도록 만들어진 모형 비행기가 두 날개를 활짝 편 채 진열대 위에 갇혀 있었다. 문경은 모형 비행기의 날개를 손바닥으로 쓸어보았다. 아기 피부처럼 연하고 부드러운 나무결의 감촉이 손바닥에 감겼다. 발사나무였다.

발사나무는 오동나무의 일종이었다. 열대지방에선 원주민들이 이 나무의 속을 긁어내어 카누를 만든다고 했던가. 문경은 비행기를 가만히 들어보았다. 덩치에 비해 몹시도 가벼웠다. 적도의 나라 에콰도르에서 날아온 것이었다. 에콰도르. 태양이 바로 머리 위에서 떨어질 듯 위태롭게 매달려 있는 곳. 그곳은 얼마나 먼 곳일까. 문경은 사무실 한구석에 처박혀 있던 지구본을 가져와 천천히 돌려보았다. 에콰도르. 푸른 선을 긴 띠처럼 두르고 있는 적도. 태양이 하루 종일 내리쬐기 때문일까. 찐빵처럼 부풀어 올라 나이테조차 생기지 않는, 새의 뼈처럼 가볍고 가벼운 발사나무……. 무거운 것들은 결코 날 수가 없는 법이었다.

좀더 가벼울 수는 없었을까. 처음부터, 무겁게 전속력으로 달려가지 않았다면, 좀더 가벼웠다면, 이런 추락의 불안감에 시달리는 일은 없지 않았을까. 만약 그럴 수 있었다면……. 그런데 도대체 지금 그녀와 나는 어디쯤에 있는 걸까. 짙은 먹구름 위 어디쯤인가, 밑이 보이지 않았다.

문경은 두서없는 상념들에 빠졌다. 적도의 태양빛 아래서 자란 나무 결이 이곳 북반구의 먼 빛을 받아 희게 빛났다. 지금도 태양이 이글거리고 있을 적도, 나무는 태양이 그리워 하늘 높이 솟구치는지도 몰랐다. 그녀는 무얼 하고 있는 걸까. 음성 녹음에도 아무런 대답이 없는 이현은 도대체 무얼 하고 있는 것인가.

김철민은 오후가 돼서야 돌아왔다. 거래 중간에 그의 친구가 개입이 돼 있어서 굳이 자신이 가겠다고 나섰는데 굳은 표정으로 보아 아무래도 일이 어려운 모양이었다.

"어때? 그쪽 분위기."

"아주 초상집 같습니다. 직원들도 거의 자리를 떠 썰렁한 사무실엔 이리저리 얽힌 하청업자들과 채권자들만 몰려들고요……. 그나저나 어떡하지요. 여기저기 알아봤지만 어려울 것 같네요. 친구 녀석도 못 만났습니다. 만난다고 해도 말단 주제에 뾰족한 수도 없겠지만……. 채권단이 구성된다지만 은행들이 먼저 제 몫 챙기기 바쁠 텐데요."

김철민은 점심도 제대로 못 먹은 듯 몹시 지친 얼굴이었다. 안쓰러웠다. 재벌 기업의 계열회사인 S상사가 부도를 냈다. 김철민은 기계를 납품하라고 정보를 주었던 친구라도 만나기 위해 종일 정신없이 돌아다니다 온 듯했다. 납품 대금으로 어음을 받은 지 얼마 되지 않아서 터진 일이었다. 올 들어 제일 큰 액수였다.

"공연히 제가 나서서…… 죄송합니다."

"자네 잘못은 아니잖아."

김철민은 마치 자신이 부도라도 낸 사람처럼 말하고 있었다. 아니, 요즘은 부도를 낸 사람들도 좀처럼 그런 표정을 짓지 않았다. 오히려 고의로 부도를 내고도 당당한 자세로 카메라 앞에 포즈를 취하고 있는 사람들이 더 많지 않던가.

"채권단이 구성되면 어떻게든 되겠지. 너무 걱정하지 마. 그리고 나 카탈로그 가지고 의정부 갔다가 바로 퇴근할 테니까 좀 있다 은행 가서 신용장 찾아오는 거 잊지 마."

문경은 사무실을 나섰다. 이번 S상사의 부도는 문경에게 엄청난 타격을 입힐 것이 뻔했다. 덩치가 큰 곳은 그까짓 잽 한 방 맞았다고 끄덕도 하지 않지만 이렇게 휘청이는 작은 업체엔 결정적인 가격이 될 수도 있는 것이다.

불도저로 사방에서 밀고 들어오는 기분이었다. 모두 철거되고 남은 마지막 하나, 기둥도 반쯤 무너져 내린 판잣집을 허물어뜨리기 위해 사방에서 쇠이빨을 번뜩이며 불도저가 몰려오는 기분. 숨통이 조여오는 듯 답답했다. 새로 나온 카탈로그를 갖다 주고 다시 한 번 견적을 내기로 했던 의정부의 한 공장을 향해 문경은 차를 몰았다.

벌써 두 바퀴째였다. 문경은 한강을 따라 난 강변도로를 두 바퀴째 달리고 있었다. 의정부에서 동부간선도로를 타고 나온 문경은 강북강변도로로 접어들었다. 이미 퇴근길 지체가 시작된 마포 부근을 가까스로 지나 성산대교를 건너야 한다고 오른쪽 차선으로 나온 문경은 그러나 성산대교 입구에서 갑자기 자유로 방향으로 직진을 해버렸다. 차는 어느새 길게 누운 검은 산 같은 난지도를 지나고 있었다. 오래된 쓰레기 냄새가 차 안으로 몰려왔다.

행주산성을 지나자 문경은 다시 다리를 건너 올림픽대로를 타고 달리기 시작했다. 성산대교 아래를 지날 때 문경의 발이 습관적으로 브레이크로 옮겨졌지만 그러나 곧 차는 내처 여의도 방향으로 직진을 해버렸다. 강 건너편으로 문경이 지나온 길들이 흰 띠처럼 펼쳐져 있었다. 문경은 가끔씩 지나온 길들을 힐끗거리며 푸른 먹빛의 강가를 달렸다.

한강교 아래의 상습 정체 구간이었다. 차는 오랫동안 서 있었다. 라디오에선 수도권 곳곳 상습 정체 지역의 현재 상황을 상세히 알려주고 있었다. 이상한 일이었다. 굳이 빨리 가야 할 약속이 있는 것도 아니면서, 아니 오히려 목적지도 없이 접어든 길이면서도 문경은 차가 밀릴 때마다 자꾸 시계를 보곤 했다. 오랫동안 몸에 밴 습관일 터였다. 어딘가를 향해 쉬지 않고 달려야 한다는 강박관념, 혹은 관성.

문경은 테이프를 밀어넣었다. 이현이 준 덴마크의 남자 가수였다. 혼자 차를 탈 때마다 문경은 테이프가 늘어지도록 반복해 들었다. 음악은 북구의 음울하면서도 몽환적인 분위기를 안개처럼 풀어내고 있었다. 어딘가 아득한 벌판 끝에서 소리 없이 눈이 쏟아지고 있을 것만 같았다. 어쩌면 늦었을 거야……. 음울한 남성 보컬이 몇 번씩이나 늦었을 거라고, 반복해 중얼거리고 있었다. 무엇이 늦었다는 걸까.

노래가 뒷면으로 넘어갈 무렵 서서히 차가 움직이기 시작했다. 고양이 눈을 닮은 앞차의 브레이크 등이 꺼지고 차가 천천히 앞으로 나갔다. '당신이 조절할 수 없는 게임'이란 곡이 흐르고 있었다. 문경은 앞차를 따라 속도를 내기 시작했다.

몇 번의 서행과 정체를 겪으며 달리다 보니 어느새 차는 잠실을 지나고 있었다. 너무 멀리까지 와버렸다. 왜 이렇게 한사코 달려온 걸까. 집과는 정반대 방향이었다. 문경은 다시 천호대교를 건너 강북강변도로로 접어들었다. 정체 구간은 점점 더 늘어나고 있었다. 문경은 붉은 브레이크 등을 켠 차량들의 행렬을 초조하게 바라보았다. 저들은 모두 어딜 향해 가고 있는 걸까. 문경은 두 바퀴째 한강을 따라 돌면서, 길 밖으로 빠져나가는 램프를 잊은 채 직진 차선 속에만 갇혀 있었다.

또다시 마포를 지나자 정체가 뚫렸다. 문경은 가속페달을 밟기 시작했다. 속도계의 바늘이 점점 올라가고 있었다. 양화대교를 지나면서는 이미 규정 속도를 지나버렸다. 문경은 곡예라도 하듯이 차선을 오가며 정체가 풀린 도로를 달렸다. 속도계의 눈금이 120에서 흔들리고 있었다. 문경은 양쪽 차창을 내린 채 누구에게랄 것도 없이 소리를 질렀다. 하지만 목소리는 자동차들의 바퀴 소리와 바람 소리에 뒤섞여 순식간에 사라지고 말았다. 모래를 가득 실은 덤프트럭 한 대가 갑자기 차선을 바꾸며 문경의 곁을 쏜살같이 스쳐 지나갔다. 트럭에서 흐르는 물줄기가 바람을 타고 문경의 차 안으로 튀어 들어왔다.

"야, 이 개새끼야!"

문경은 이미 꼬리조차 보이지 않고 앞으로 달아난 덤프트럭에 대고 다시 한 번 소리를 냅다 질러댔다. 바람에 갈라진 목소리가 되날아와 압정처럼 얼굴에 박히는 기분이었다. 문경은 그제야 속도를 줄이며 가운데 차선을 빠져나왔다. 대부분의 차들이 가운데로 몰려 레이스라도 펼치듯 내달리는 탓에 바깥 차선은 한가했다.

어느새 다시 행주산성이 바로 눈앞에 다가와 있었다. 오늘 저녁, 벌써 두 번째 지나가는 길이었다. '행주대교' 라고 씌어진 표지판이 어둠 속에서 희미하게 보였다.

그러나 문경은 직진을 했다. 신도시로 들어가는 진입로가 저 길 어디쯤에서 뻗어 있을 것이다. 멀리, 아파트 불빛들이 아득히 시야에 들어왔다. 이현의 집에서 새나온 불빛도 저 어디쯤에 섞여 있으리라. 그녀가 갇혀 있다는 그 집의 불빛도……. 문경은 서서히 가속페달을 밟았다.

이현의 전화를 받은 것은 동부간선도로의 중간쯤에 이르렀을 때였다.

"나예요."

이현의 목소리는 바위처럼 깊이 가라앉아 있었다.

"……."

"괜찮아? 별일…… 없어?"

말이 총알처럼 튀어나왔다. 무엇보다도 그녀가 무사한지 걱정이 되었다.

"앞으로 전화하지 말아요."

"무슨 일 생긴 거야?"

문경은 핸들을 움켜잡았다. 아무래도 문경의 전화가 화근이 된 모양이었다.

"얘기했어요. 당신 얘기……."

"왜 그런 짓을 해?"

문경은 버럭 소리를 질렀다. 도대체 이현은 무슨 말을 하고 있는가.

"끊어야겠어요. 하루 종일 감금돼 있었어요. 그 사람 잠깐 나갔는데 엘리베이터 소리가 들려요."

이현의 전화는 거기에서 끊겼다. 문경은 휴대폰의 폴더를 닫을 생각도 하지 못한 채 멍하니 앉아 있었다. 차들이 전속력으로 스쳐 지나갔다. 질주하는 차들 사이로 그물 같은 어둠이 내리고 있었다.

문경은 그녀가 사는 아파트 단지 입구에 서 있었다. 두 번 와본 적이 있는, 이미 낯설지 않은 아파트였다. 단지 입구엔 잘 가꾸어진 대형 화분들이 나란히 놓여 있었다. 언젠가 그녀가 들어갔던 아파트 입구까지 문경은 천천히 차를 몰아갔다. 경비실의 형광등 불빛이 섬처럼 떠 있을 뿐 단지 안은 조용했다. 문경은 시동과 라이트를 모두 끈 채 아파트를 올려다보았다. 한 층에 두 집씩 25층짜리 아파트였다. 거대한 벌집 같은 공간들이 허공에 떠 있었다.

똑같은 모양의 거실 등 아래로 브라운관의 푸른빛이 벌집의 곳곳에서 비쳐 나왔다. 일제히 텔레비전을 보고 있는 사람들. 이현의 집은 어디일까. 그녀의 집에도 지금은 텔레비전이 켜져 있을까. 하루 종일 그녀 곁을 떠나지 않았다는 그 남자도 지금쯤은 아홉 시 뉴스를 보고 있을까. 간간이 흰 러닝셔츠 차림으로 거실을 오가는 사람들이 보였다. 그 남자도 러닝셔츠 차림으로 거실에 앉아 있는 걸까. 핏발 선 눈으로 이현을 감시하면서. 문경은 당혹스러웠다. 그녀가 속해 있는 집을 이렇듯 정면으로 마주하게 되리라곤 한 번도 생각해 본 적이 없었다. 남편과 아이가 함께 살고 있는 그녀의 집. 문경은 커튼이 굳게 닫힌 집, 키 큰 화분들이 유난히 많은 집, 샹들리에를 환히 켜놓은 집들을 한 곳 한 곳 자세히 살펴보았다. 당신이 갇힌 곳은 어디인가. 문경은 차 의자를 뒤로 젖힌 채 허공 속의 집들을 오래 쳐다보았다.

아버지는 할머니의 성화에 못 이긴 어린 문경이 서너 번쯤 갔다 온 다음에야 마지못해 다음날 저녁 무렵이 되면 집으로 돌아오곤 했다. 읍내 여자가 빨아준 깨끗한 옷을 차려입고 아버지는 남의 집에 온 사람처럼 헛기침을 한 번 하곤 쓱 사립문 안으로 들어섰다. 그런 날이면 어머니는 더 오래도록 집 밖에서 일을 하곤 했다. 커다란 가마솥이 걸린 마당 한구석에서 장작불을 때며 장어 따위를 밤새 삶아내곤 했다. 다음날 아침 일찍 팔려 나갈 뿌얀 장어국물이 검은 가마솥 가득 끓고 있었다. 어머니는 더 이상 할 일이 남아 있지 않은 새벽녘이 돼서야 아버지가 잠든 방 안으로

마지못해 겨우 들어갔다. 달리 갈 데가 없었으므로 어머니는 아
버지가 잠들어 있는 방에 들어가 잠시 눈을 붙인 후 다시 아침 일
찍 일어나 장어를 사러 온 사람들의 함지박과 양동이에 김이 펄
펄 나는 국물을 퍼 담아주곤 했다.

아버지가 오는 날이면 문경은 잠이 오지 않았다. 빨리 자라며
석유 심지를 내려버리는 할머니의 강요에 못 이겨 잠자리에 누웠
어도 문경은 잠이 오지 않았다. 어두운 방 안에서 마당을 오가며
불을 때는 어머니의 발소리와 건넛방에서 손님처럼 누워 뒤척이
다 급기야 잠이 든 아버지의 숨소리를 번갈아 듣노라면 어느새
강물 뒤척이는 소리가 들리는 새벽이었다. 어머니가 머릿수건을
풀어 몸을 탁탁 터는 소리가 나고 이윽고 삐걱이는 안방 문이 열
리는 소리를 들으며 겨우 잠 속으로 빠져들 때면 어디선가 이른
닭 울음소리가 나기도 했다. 누런 벽지 틈새로 낡은 흙가루 흘러
내리는 소리가 꿈결처럼 들려왔다.

그런 새벽이면 문경은 어김없이 꿈을 꾸었다. 넓고 반듯한 터
에 하나하나 벽돌을 쌓아 튼튼한 집을 짓는 꿈이었다. 깊은 밤에
오래 누워 있어도 흙벽이 흘러내리지 않는 튼튼하고 반듯한 집.

불이 켜 있지 않은 집이 일곱 집이었다. 검은 유리창들만 굳게
닫혀 있는 집들. 저 중의 한 곳이 이현의 집일까. 문경은 불이 꺼
진 집들을 한참 동안 바라보았다. 어디선가 흙벽이 흘러내리는
소리가 들려왔다. 문경은 자신의 집을 떠올렸다. 두 사내아이들
이 지금쯤 지원의 엄명에 못 이겨 잠옷을 입고 누워서도 서로의

옆구리를 간질이며 자지러지는 웃음을 웃고 있을 아파트 11층. 그러나 누군가 이렇듯 밖에서 본다면 위태로운 허공의 한 공간에 불과하리라. 문경은 이현의 사서함에 음성을 남겼다.

"당신 집 앞에서 한 시간쯤 있다 가. 아무리 쳐다봐도 당신 집이 어딘지 모르겠어. 당신은 도대체 지금 어떡하고 있는지…… 언제나 통화할 수 있는 건지…… 정말 모르겠어. 내가 무얼, 어떻게 할 수 있는지…… 내가 너무 무력하게만 보여. 어디로 가야 할지…… 솔직히 두려워. 연락 기다릴게."

문경은 이현의 집 앞을 떠났다. 그녀의 집 언저리를 눈으로 더듬다가 돌아가는 길. 이제 이현은 더 이상 그 집과 분리해서 생각하기 어려운 존재가 돼버렸다는 걸 문경은 새삼 깨달았다.

왜 갑자기 그곳이 떠올랐는지 몰랐다. 아니 왜 갑자기 그곳에 있는 아버지를 보러 가야겠다는 생각을 하게 된 것인지. 금요일 오후 은행과 무역 센터엘 다녀온 문경은 사무실에서 몇 통의 전화를 건 뒤 갑자기 차를 몰아 고속도로로 빠져나갔다. 이현에게선 여전히 전화가 없었다. 그녀의 집 앞에서 멍하니 서 있다 온 후로도 몇 번 더 메시지를 남겼지만 그녀는 연락이 없었다. 차마 다시 집으로 전화를 걸 엄두는 나지 않았다. 이현의 남편이 여전히 그녀 옆을 지키고 있을 것만 같았다. 사흘이 지났다. 견딜 수가 없었다. 전화를 기다리는 초조한 그 시간들을 문경은 더 이상 견딜 수가 없었다. 전화벨의 환청이 집에 와서도 밤늦도록 귓가를 떠나지 않았다. 잠잘 때도 문경은 휴대폰을 반드시 머리맡에 켜놓았다. 그녀는 도대체 무엇을 어떻게 하고 있는 것인가.

산이 보이기 시작했다. 길 왼편으로 우뚝 선 산자락들이 길게 펼쳐져 있었다. 드디어 가까이 온 것인가. 서울을 떠나 다섯 시간을 쉬지 않고 달려오는 길이었다. 문경은 담배를 물고 차창을 내렸다. 산바람이 한꺼번에 얼굴로 몰려들었다. 익숙한 냄새였다. 후끈하면서도 상큼한 숲 냄새. 어둠이 내리고 있는 산자락엔 짙은 침묵이 서려 있었다. 낮 동안의 수런거림과 일렁임을 잠재우고 누구도 쉽게 깨뜨릴 수 없도록 단단히 문을 걸어 잠근 깊고도 고요한 침묵. 산은 늘 말이 없었다. 언제나 팔을 내밀어 깊이 품어 안아줄 뿐 산은 말이 없었다. 문경은 차창을 모두 내리고 음악도 꺼버린 채 산의 품속 한가운데로 들어가듯 조용히 달리고 있었다. 길에 융단이라도 깔린 듯 차가 묵직이 미끄러져갔다. 가슴에서 북소리가 들려오기 시작했다. 이제 곧 강이 나오리라.

산은 이미 검은색으로 제 몸의 선을 남김없이 드러내고 있었고 강은 검은 거울처럼 산자락을 고스란히 담고 있었다. 이 산과 강이 서로를 품고 기댄 채 흐르기 시작한 지 얼마나 되었을까. 문경은 길가에 차를 세우고 강가로 내려갔다.

강물이 몸 안으로 흘러들기 시작했다. 넓게 펼쳐진 흰 모래사장 사이로 소리 없이 흐르던 강물이 어느덧 문경의 몸 안으로 흘러들고 있었다. 한없이 익숙한, 그러나 창고 바닥을 뜯어내고서나 발견될 듯한 오래된 기억이었다.

고등학교 때였다. 학교 수업이 채 끝나기도 전에 달려간 미술실에서 오후 내내 그림을 그리던 문경은 창고를 개조한 미술실

안이 컴컴해질 무렵이면 강가로 나왔다. 어둠이 먹물처럼 번지기 시작하는 고운 모래톱에 몸을 누이면 낮 동안 데워진 모래가 머리끝부터 발꿈치까지, 마치 솜이불 위에 누운 듯 부드럽고 따뜻했다. 누운 시선 속으론 검푸르게 변해 가는 산자락이 한 장의 사진처럼 눈에 들어오고, 그때 가만히 눈을 감으면 물소리가 들려오기 시작했다. 모래와 자갈 사이를 소리 없이 흐르는 강물 소리. 강물은 곧 몸을 타고 흘렀다. 온몸의 골짜기를 따라 흐르는 강물. 머리맡으로 초저녁 별 하나가 떠오를 때까지 문경은 모래에 누운 채 제 몸속을 타고 흐르는 강물 소리를 듣곤 했다. 고운 모래를 흔들며 지나는 침묵보다 더 고요한 소리, 자갈에 부딪혀 자잘대는 소리, 여울목을 빠져나오는 소리, 바다처럼 넓고 깊은 강이 임산부처럼 누워 몸을 푸는 소리……. 문경은 그 소리들을 하나하나 생생히 듣고 있었다. 얼마나 시간이 지났는지, 물소리가 그치면서 몸속에선 강물이 팽팽하게 차오르기 시작했다. 물이 머리끝까지 차올라 더 이상 숨을 쉴 수 없다고 짧은 신음을 토하며 몸을 뒤집는 순간, 몸속을 팽팽히 채우고 있던 강물이 일시에 몸 밖으로 빠져나갔다. 몽정이었다. 눈물 한 방울이 비죽 흘러내려 고운 모래를 적시곤 했다.

　몸속에서 다시 그 강물 소리를 듣게 된 것은 이현을 만나고 나서였다. 이현과 함께 지낸 첫 밤, 이현이 문경의 발가락을 하나하나 핥아줄 때부터, 아니 이현의 손이 문경의 몸을 물처럼 부드럽게 쓸어내리기 시작할 때부터 문경은 오래전 자신이 버렸던 이 강의 물소리가 다시 돌아오기 시작했다는 걸 깨달았다. 그리하여 이현이 문경의 발바닥 사이사이 굳은살 껍질들을 모두 핥아 나갈 때 어느덧 강물이 자신의 몸속으로 흘러들기 시작했음을, 자신의 몸이 이미 강물이 돼 흐르기 시작했음을, 이현의 몸과 하나가 되어 마침내 바다로 이어진 넓은 강 하구에 돌아왔음을, 문경은 홀연히 깨달았다.

어둠이 짙어진 강은 마침내 산과 하나가 되었다. 열나흘 둥근 달이 산등성이 너머로 떠올랐고 달빛이 비친 강물은 사금처럼 반짝였다. 문경은 오래 앉아 있던 강가에서 일어났다. 늙은 느티나무가 검은 머리를 풀어헤친 모양으로 강가에 뿌리를 박은 채 위태롭게 서 있었다. 백수광부의 아낙 같은 모습이었다.

문경은 길가에 세워둔 차로 돌아왔다. 철교에 켜진 불빛들이 강 하구에 있는 아버지의 집이 멀지 않았다는 걸 알려주고 있었다. 밤마다 불켜진 철교 위를 달리는 기차 소리를 들으며 언젠가는 저 밤 기차를 타고 이 강가를 떠나리라 다짐하곤 했던 곳.

아버지의 집은 불이 꺼져 있었다. 폭이 좁은 도로를 사이에 두고 강과 마주하고 있는 옹색한 2층집.

어느 날 새벽, 집을 나간 어머니가 두 달이 넘도록 돌아오지 않자 아버지는 집으로 돌아왔다. 돌아온 아버지의 옆엔 봄날 미루나무 같은 읍내 여자가 나란히 서 있었다. 돌아온 아버지가 제일 먼저 한 일은 집을 다시 짓는 것이었다. 어머니가 살던 허물어져가는 집을 부수고 아버지는 그 터에 시멘트 블록을 쌓아 네모난 2층집을 지었다. 아래층에 방이 두 개, 위층에 방이 한 개인 양옥

집이었다. 문경과 문호의 방은 작은 창이 강을 향해 나 있는 2층 방이었다. 저녁이면 밀물이 들어 강 하구 가득 물이 차올랐고 문경의 방에서 강은 수평으로 건너다 보였다. 마치 물 위에 떠 있는 집 같았다.

아버지는 새로 지은 그 집을 평생 동안 등에 지고 살았다. 당시만 해도 동네에서 유일한 양옥이던 그 집은 빚으로 지어졌다. 협동조합과 아버지의 친구에게서 빌린 돈으로 짓기 시작한 집은 미처 완공도 되기 전부터 아버지의 등뼈를 압박해 오기 시작했다. 지붕 공사를 남겨둔 채 집은 서둘러 마감됐다. 기와를 얹으려던 아버지의 계획은 모자라는 공사비 때문에 엉성한 슬레이트로 마감이 되었다. 철근이 미처 마무리되지 못한 채 비죽 튀어나온 아버지의 집.

그때 마무리되지 못한 철근은 지금까지도 그대로 남아 있었다. 시멘트 사이로 내장처럼 비죽 튀어나온 녹슨 철근이 어둠 속에서 흉기처럼 보였다. 아버지의 삶은 거기서 정지되었다. 빚을 갚기 위해 아버지는 또 빚을 내야 했고, 미루나무 같던 아버지의 여자가 신장병으로 오랫동안 병원을 드나드는 동안 아버지의 빚은 강물처럼 점점 불어났다. 어쩌면 지금도 아버지는 범람하는 강물을 맨몸으로 막아내고 있는지도 몰랐다.

문경은 녹슨 대문을 밀고 안으로 들어갔다. 옹색한 마당 한 귀퉁이엔 은행나무 한 그루가 가지가 휘어지도록 노란 은행 알들을 매단 채 서 있었다. 새 집이 미처 완성도 되기 전에 아버지가 심은 나무였다. 집은 시간이 흐를수록 귀퉁이가 허물어져 갔지만

나무는 나날이 더 많은 열매들을 맺었다.

"아무도 안 계세요?"

문경은 한 번도 아버지를 부르며 집으로 들어간 기억이 없었다.

"누구여?"

마루에 불이 켜지고 누군가 아귀가 맞지 않는 현관문을 열고 나왔다. 아버지였다.

"니가 웬일이냐?"

예순다섯 살의 아버지는 세월에 짓눌린 흔적을 얼굴 곳곳에 남기고 있었다. 검붉어진 얼굴에 불규칙한 주름살이 깊게 파이고 반듯하던 이목구비는 한쪽으로 비틀린 느낌이 들게 했다. 어린 날 읍내 여자의 식당 그 환한 불빛 아래서 윤이 나는 차림으로 앉아 호탕하게 웃던 모습은 그 어디서도 찾아볼 수 없었다. 잠자리에 드는 참이었는지 파자마 바람이었다. 희미한 불빛 아래서도 당황하고 놀란 표정이 또렷이 보였다.

"그냥, 근처에 출장왔다가 들렀어요."

처음 있는 일이었다. 고등학교를 졸업하며 집을 떠난 문경은 대학을 졸업할 때까지 한 번도 이곳에 내려오지 않았다. 결혼 후에도 일 년에 한 번, 동생 문호의 성화에 못 이겨 봄에 있는 할아버지의 제삿날에만 한 번씩 다녀가곤 했다. 더구나 이렇게 혼자서 불쑥 찾아온 것은 생전 처음이었다.

아버지의 여자가 황급히 옷을 챙겨 입었는지 스웨터의 단추가 하나씩 밀려서 끼워진 채로 마루로 나왔다. 문경은 말없이 목례만 했다. 오랜 지병으로 다섯 살이 위인 문경의 어머니보다 더 나이가 들어 보였다. 늘 몇 발자국 거리를 둔 채 서 있는, 좀처럼 가까워지지 않는 사람이었다.

"들어가 주무세요. 전 2층에 가서 잘게요."

늘 그렇듯이 몇 마디 안부를 묻고 나니 더 이상 할 말이 없었다. 문경은 외투를 들고 2층으로 오르는 바깥 계단으로 나갔다. 새벽마다 강 건너 산꼭대기까지 뛰어가 소나무 껍질을 치다가 돌아와 발소리를 죽이며 오르던 계단이었다. 온통 적의와 분노뿐이던 시절이었다.

아버지가 문경의 2층 방으로 올라온 것은 삼십 분쯤 지난 후였다. 느린 발소리가 들리더니 문밖에서 마른기침 소리가 났다.

"자냐?"

다섯 시간 가까이 운전을 하고 왔는데도 도통 잠이 오지 않았다. 벽에 기대앉아 담배만 피우고 있던 문경은 놀라 급히 담배를 끄고 엉거주춤 일어섰다.

"왜 아직 이불도 펴지 않고 그러고 있냐?"

아버지의 손엔 막소주 한 병과 김 몇 장이 들려 있었다.

"잠도 안 오고 해서……. 한잔할래?"

생전 처음이었다. 어쩌다 제사가 끝난 후 음복으로 한잔씩 마신 적은 있지만 아버지와 단둘이서 소주잔을 놓고 마주 앉긴 처음이었다. 문경은 잔뜩 굳은 손으로 아버지의 잔에 술을 따랐다. 술이 조금 넘쳐흘렀다. 아버지는 단숨에 잔을 비웠다. 문경도 술잔을 털어 넣었다. 병에 든 소주보다 더 쓰고 독했다.

"니 엄마는 어떻게 지내니? 곧 환갑일 텐데……."

뜻밖이었다. 아버지의 입에서 어머니 얘기가 나온 건 기억하건
대, 처음이었다.

"잘해 줘라."

무얼 잘해 주란 얘긴가. 문경은 두 번째 소주잔을 비웠다. 어딘
가 켜켜이 쌓여 있던 것들이 한꺼번에 일어나 단숨에 치밀어 오
르는 기분이었다.

"내 원망 많은 줄…… 안다."

아버지도 빠르게 잔을 비웠다. 삼십 년이란 긴 시간들이 그물
처럼 한꺼번에 딸려오는 기분이었다.

"니 에미하곤 인연이 아니어서 그렇게 힘들게 된 것뿐이지 어
디 사람이 미웠겠냐?"

막소주에 젖은 아버지의 목소리가 강 자락처럼 자박거렸다. 문
득 아버지가 강 한가운데 떠 있는 작은 모래섬처럼 보이기 시작
했다.

"그렇게 살아보니 좋던가요?"

이상했다. 원망이나 빈정거림이 아닌 진지한 물음이었다. 그렇
게 살아보니 좋던가요. 문경은 정말 그것이 궁금했다.

"니들이나 니 에미한텐 못할 짓 많이 했다만 후회는 안 한다.
내가 원하는 대로는 살아봤으니까."

아직도 다 갚지 못한 빚과 병든 여자를 등짐처럼 진 채 허리를
휘청이고 있는 아버지의 입에서 나온 말이라곤 믿어지지 않았다.
주위 사람들 모두 젊어 못할 짓을 해서 늙어 고생이라며 아버지
를 노골적으로 비난하곤 했다. 꼭 타인들의 시선이 아니더라도

아버지의 지금 사정은 누가 보아도 결코 좋아 보이지 않았다.

"아버지가 원한 게 이런 거였어요?"

마무리도 되지 못한 채 녹이 슬기 시작한 집에서 병약한 여자의 병 수발에 늙어가는 한 남자의 생. 아버지가 원한 삶은 분명 이건 아니었을 것이다.

"누구나 자기 짐은 있는 법이다."

아버지의 말은 거기서 그쳤다. 남은 소주를 마저 털어 넣은 아버지는 술병을 놔둔 채 일어섰다.

"고맙다. 이렇게 와줘서."

아버지는 문고리를 잡은 채 한마디를 어렵게 남겼다. 어쩌면 그 말을 하기 위해 아버지는 소주병을 들고 올라온 것인지도 몰랐다. 파자마 아래로 비죽 나온 마른 발은 온통 허연 굳은살과 갈라져 터진 자국만 선명했다. 아버지는 허리를 꼿꼿이 세운 채 삼십 년 동안 지켜낸 집의 아래층으로 내려갔다.

문경은 아버지가 놔두고 간 막소주를 두 잔 더 마셨다. 어느새 입에 익어 쓴맛도 한결 덜 했다. 창문 가득 달빛이 쏟아져 들어왔다. 문경은 창가로 가 강을 내다보았다. 달빛이 비친 강바닥은 얼음강처럼 반들거렸다. 후회는 안 한다. 내가 원하는 대로는 살았으니까. 닳아서 거칠어진 아버지의 목소리가 귓가를 울려왔다. 그럴지도 몰랐다. 아버지는 다만 자신의 생을 충실히 살아냈을 뿐인지도 몰랐다.

문경은 휴대폰을 꺼냈다. 그리고 내내 망설이기만 하던 번호를 눌렀다.

"나야. 이 음성 듣는 대로 내게 와줘. 아니 내가 갈게, 당신한테
로. 연락해 줘."

아버지의 말대로, 누구나 자기 짐은 있는 법이었다. 아니 삶이
란 어쩔 수 없이 배반의 형식으로 남을 수밖에 없는 관계들이 있
다는 걸 이젠 인정해야 하리라. 내가 그 배반의 가해자가 될 수도
있다는 것까지. 문경은 어느새 자신의 얼굴이 아버지의 얼굴 위
로 겹쳐지고 있다는 걸 섬뜩하게 깨달았다.

11

집, 갇힌

이현은 실내를 둘러보았다. 집안은 아무 일도 없었다는 듯 고요했다. 크림색 실크 벽지엔 얼룩 하나 보이지 않았고, 밝은 체리색으로 통일된 가구도 어디 한곳 흠집조차 나지 않았다. 감금과 상해의 흔적은 어느 곳에서도 찾아볼 수 없었다.

남자가 있어. 그 짧은 말 한마디가 갖고 있는 파괴력은 전혀 예측할 수가 없었다. 아니 그것은 미처 결과를 예측하기도 전에 갑자기 튀어나와 함부로 흉기를 휘둘렀다.

처음 성훈은 아무 말도 듣지 못했다는 듯 외면해 버렸다. 도대체 무슨 소릴 하고 있는 거야? 이 한마디가 그가 보인 반응의 전부였다. 성훈은 곧 마우스를 밟아 깨뜨리며 방을 나가버렸다. 문소리가 집 안을 뒤흔들었다.

성훈이 나가고 이현은 안락의자에 오래 앉아 있었다. 책상과

책장, 그리고 의자가 질서 정연하게 놓여진 방에 어울리지 않는
안락의자였다. 거실 한구석에 놓아두면 잘 어울릴 법한 덩치 큰
의자.

　몸을 기대면 언제나 편안히 감싸 안아주곤 하던 이 안락의자는
처음 집을 사서 이사온 지 며칠 되지 않아 이현이 백화점에 가서
큰맘 먹고 산 것이었다. 저녁이면 유리창 가득 번지는 노을을 보
려는 욕심이 꽤 고가였던 의자를 선뜻 사게 만들었다. 의자는 이
제 더 이상 안락하지 않았다. 몸의 골격이 바뀌기라도 한 것인지,
의자에 몸을 기대도 딱딱하고 비틀린 느낌뿐이었다. 아니 처음부
터 의자는 안락하지 않았는지도 몰랐다. 다만 이현이 그 의자에
제 몸을 맞추고 있었던 것은 아닌지. 이현은 이제 눈앞에 보이는
의자 하나까지도 의심하기 시작했다.

　도대체 무슨 짓을 하고 있는 걸까.

　이현은 깨진 마우스의 날카로운 조각을 보며 당황했다. 희고
깨끗한 살갗에 갑자기 깨진 유리 조각을 깊이 박아 스스로 상처
를 내고 있는 한 여자가 떠올랐다. 젊은 날, 이현 앞에서 유리창
을 향해 카세트를 집어던지던 유선이 떠오르기도 했다. 도대체
무슨 짓을 하고 있는 것인가. 성훈보다 먼저 이현은 스스로에게
묻고 있었다.

　문경을 만나고 돌아오던 길이었다. 집이 가까워지자 이현은 초
조해지기 시작했다. 꼭 이 길로만 가야 하는 걸까. 심야 버스가
곧장 집 앞으로 뻗어 있는 신도시의 8차선 도로로 접어들자 이현

은 불안해지기 시작했다. 외출에서 돌아올 때면 언제나 집에 다 왔다는 안도감에 젖게 하던 길이었다. 버스는 곧 집 앞에서 이현을 내려놓을 것이었다. 순간 이현은 겁이 나기 시작했다. 어딘가 다른 길이 있지 않을까. 이 길이 아닌 다른 길. 이현은 자꾸만 주위를 두리번거렸다. 그러나 자신 있게 이 길이 아닌 다른 길이 있다는 확신도 서지 않았다. 사랑? 잘 모르겠어, 그게 뭔지……. 문경이 그렇게 중얼거렸듯이 이현 역시 마찬가지였다. 모든 게 다 뒤죽박죽이야. 문경의 목소리가 꼬리를 밟으며 뒤섞이고 있었다. 그때였다. 이현은 버스가 어느새 8차선 도로를 벗어나 낯선 곳을 달리고 있다는 사실을 발견했다. 2차선의 간선도로 옆으로 낯선 주택가가 양쪽으로 늘어서 있었다. 당황한 이현은 얼른 운전기사에게 달려가 버스의 행선지를 물었다.

"노선이 얼마 전부터 변경됐는데, 안내문 못 봤어요?"

기사는 하루에도 몇 번씩 이런 손님을 만났던 듯 이현을 쳐다보지도 않은 채 대답했다. 이현은 더 이상 묻지 않고 다음 정류장에서 황급히 버스를 내렸다. 상처를 주는 게 겁난다는 건 핑계일지도 몰라. 어쩌면 단지 이 익숙한 길에서 벗어나는 게 두려운 건지도 몰라. 한참을 기다린 후에야 겨우 잡아탄 택시가 다시 낯익은 8차선 도로로 접어들자 이현은 비로소 안도의 숨을 내쉬며 문득 생각했다. 단지 두려움 때문인지도 모른다고. 어쩌면 아주 오랫동안 눈에 보이지 않는 견고한 틀 속에 스스로를 가두고 있었던 건 아닐까. 낯선 길이 주는 불안감이 두려워 오랫동안 다른 사람들이 줄지어 가는 행렬을 무작정 뒤따라갔던 건 아닐까. 그곳은 적어도 돌연한 두려움은 없을 것처럼 보였기에.

　이상한 일이었다. 택시를 내려 아파트 단지 안의 숲길을 걸으며 이현은 또다시 낯선 느낌에 사로잡혀 있었다. 유난히 나무가 많은 아파트 단지 안의 산책로가 마치 처음 걷는 길인 듯 낯설기만 했다. 항상 또박또박 걷곤 하던 걸음의 리듬도 깨지기 시작했다. 지나치게 곧게 뻗어 있다고 타박을 했던 은행나무가 오른쪽으로 심하게 뒤틀려 보였다. 결국 이현은 아파트 입구 계단에서 넘어지고 말았다. 밟고 있는 땅바닥조차 흔들리는 기분이었다. 그 현기증을 견디기 힘들었던 걸까, 이현은 끝내 성훈에게 칼날을 들이대고 말았다. 다른 남자가 있어.

　안락의자에 앉은 채 설핏 잠이 든 모양이었다. 이현이 눈을 떴을 때는 성훈은 이미 보이지 않았다. 어쩌면 뜬눈으로 밤을 새우고 이른 출근을 했는지도 몰랐다. 아이는 이현의 기척에 잠이 깼는지 부스스 눈을 비비며 나와 이현의 품에 안겼다. 연하고 보드라운 몸이 품안에서 고물거렸다. 아이의 몸이 움직일 때마다 이현의 몸속에서 날카로운 통증이 일었다. 어쩌면 이 연하고 보드라운 몸을 향해 번뜩이는 칼날을 휘두르고 있는 건 아닌지……. 또다시 두려움이 몰려왔다.

　성훈은 오후 다섯 시쯤 전화를 걸어왔다.

　"몸은 좀 어때?"

　성훈은 문병 전화라도 한 사람 같았다. 아무 일도 일어나지 않았다는 듯 평소와 다름없는 목소리였다.

"오늘 저녁은 혜인이하고 셋이서 외식이라도 할까?"

이현은 아무 말도 할 수 없었다. 긍정도 부정도 할 수 없는, 아니 결코 이현의 대답을 요구하는 말은 아니었다. 성훈 나름대로의 통고 방식일 뿐이었다.

"퇴근하는 대로 일찍 들어갈게."

성훈은 또다시 아무 일도 없었다는 듯 그렇게 전화를 끊었다. 그는 지난밤의 일을 이미 꿈속의 한 장면으로 지워버렸는지도 몰랐다. 두통이 몰려왔다. 머리 오른쪽이 쪼개질 듯한 통증이었다.

성훈은 퇴근해 오자마자 외출을 서둘렀다. 종일 무덤 속 같던 집 안이 그의 벨 소리에 겨우 깨어났다.

"식당 예약해 뒀으니까 빨리 나가자고."

성훈은 이미 패밀리 레스토랑을 예약해 놓고 들어왔다. 신이 난 아이가 옷을 갈아입겠다며 수선을 피웠다. 마치 생일이나 결혼기념일이라도 맞은 듯했다. 성훈은 완전히 무시하기로 마음먹은 듯했다. 그는 퀭한 눈을 한 채 침대에 기대앉은 이현을 다시 한 번 재촉했다. 이현은 하는 수 없이 부스스한 머리를 묶고 일어섰다. 도대체 어쩌자는 것인가.

레스토랑은 평일임에도 가족 단위의 외식객들로 붐볐고 아이는 큰 나들이라도 나온 양 흥분한 얼굴로 테이블 주위를 뛰어다니며 즐거워했다. 누군가 그들을 본다면 외식을 하러 나온 단란한 가족이라고 부러워할지도 몰랐다. 성훈은 아이용으로 주문한 햄스테이크를 잘게 잘라 아이 앞의 접시에 놓아주었다. 이현은 말없이 스테이크를 잘랐으나 반도 먹지 못한 채 접시를 물렸다.

몇 조각 집어먹은 고기가 얹히기라도 했는지 명치 쪽이 바늘로 쑤시는 듯했다. 성훈 역시 와인만 넉 잔이나 마셨을 뿐 음식에는 거의 손도 대지 않았다. 어쩌다 이현과 시선이 마주치기라도 할라 치면 그는 황급히 외면하고 끊임없이 실내를 기웃거렸다. 연민과 죄책감이 위장 가득 차올랐다.

그날 밤, 성훈은 이현을 안으려 했다. 아이가 억지로 졸음을 참으며 재촉하는 통에 동화책을 세 번씩이나 읽고 있던 이현은 어느새 아이와 함께 잠이 들었다. 얼마가 지났는지 성훈이 좁은 침대로 들어와 이현을 안으려 했다. 잠결에도 화들짝 놀라 깨보니 아이는 어느새 안방으로 옮겼는지 보이지 않았고 알몸의 성훈이 어둠 속에서 이현을 바라보고 있었다. 이현은 당혹스러웠다. 기습이라도 당한 것처럼 두려움에 몸이 굳어졌다.

성훈은 이현의 옷을 거칠게 벗겨낸 후 몸을 어루만지기 시작했다. 이현은 당황했다. 성훈을 밀쳐내야 한다는 생각이 머릿속을 꽉 채우고 있었으나 차마 그의 손길을 뿌리칠 수가 없었다. 이현은 눈을 감고 머릿속을 텅 비우기 위해 하나씩 숫자를 세기 시작했다.

그러나 몸은 끝내 열리지 않았다. 이현을 향해 온몸을 구부린 성훈의 등에 땀이 주르륵 흘러내리도록, 아니 그런 성훈이 안쓰러워 이현이 허겁지겁 열쇠라도 찾듯 이리저리 문을 두드려보았지만 이현의 몸은 결국 열리지 않았다. 성훈은 한 시간도 넘게 매달려 있던 이현의 몸에서 떨어져 나가 땀방울이 잔뜩 맺힌 알몸으로 방을 나갔다. 이현은 누운 채 야광 별들이 잔뜩 붙어 있는 아이 방의 천장을 바라보았다. 우주 한가운데서 길을 잃은 기분이었다. 무서웠다. 몸은 이미 스스로도 통제할 수 없는 먼 곳에서 제 자신의 기억만 고집하고 있었다.

성훈이 돌변하기 시작한 것은 그 다음날 아침부터였다. 유난히 서둘러 아이를 놀이방으로 데리고 나간 성훈은 출근을 하지 않고 집으로 다시 돌아왔다. 이현이 미처 아침상을 치우기도 전에 그는 현관문 소리를 요란하게 내며 집으로 들어왔다. 놀라 쳐다보는 이현을 외면한 채 그는 방으로 들어가 실내복으로 갈아입었다. 그리고 월차휴가를 내겠다고 회사에 전화를 걸었다. 이현은 긴장한 채 그런 그를 쳐다보기만 했다. 입원을 할 정도가 아니라면 그는 몸이 아파도 결근을 하는 법이 없는 사람이었다. 초 · 중 · 고등학교를 모두 졸업할 때까지 줄곧 개근상을 받았을 만큼 성훈은 성실한 사람이었다.

아침상을 치운 이현이 안절부절못한 채 서성이도록 성훈은 서재에서 나오지 않았다. 문을 닫은 채 소리조차 들려오지 않는 그곳에서 그는 무엇을 하고 있는지 알 수 없었다. 신문을 들여다보아도 글자는 눈에 들어오지 않았다. 이현은 초조하고 불안해 견딜 수가 없었다. 아니 그가 갑자기 출근조차 하지 않고 있는 집의 곧 터질 듯한 내압을 견딜 수가 없어 이현은 어디든 나가야 했다. 문경의 방문을 열어보니 그는 컴퓨터도 켜지 않은 채 책상에 앉아 담배를 피우고 있었다.

"잠깐 나갔다 올게."

이현은 간단히 말하고 문을 닫으려 했다.

"안 돼."

이현의 말이 채 끝나기도 전에 성훈의 목소리가 딱딱한 공처럼 튕겨져 나왔다. 이현은 놀라 성훈을 멍하니 보고 있었다. 그는 굳은 어깨를 곧추세운 채 꼼짝도 하지 않았다. 이현의 가슴이 두근거리기 시작했다.

"반찬거리도 없고 해서……."

이현의 말끝이 잘려버렸다.

"지금 밥 따위가 문제야? 그건 당신도 마찬가지잖아. 지금부터 절대로 이 집 안에서 한 발자국도 못 나가."

절제된, 그러나 어쩔 수 없이 드러나버리는 터질 듯한 분노. 성훈은 그제야 몸을 돌려 이현을 쳐다보았다. 그의 눈이 타오르는 횃불처럼 보였다. 처음 보는 표정이었다.

이현은 아이 방으로 들어가 문을 닫았다. 책과 장난감이 뒤섞여 있는 아이 방. 이현은 동굴 속으로 숨어들듯 아이 방으로 들어가 숨을 죽였다. 두려웠다. 아이가 벗어놓은 작은 원피스를 가슴에 품고 침대 위 한구석에 무릎을 세우고 앉았다. 붕괴의 시작인 것인가. 이현은 아이 방의 네 벽과 천장, 그리고 방바닥까지 샅샅이 살펴보았다. 가는 금 하나 보이지 않았다. 그러나 귓가에선 이미 소리가 들려오기 시작했다. 무언가 무너져 내리기 시작하는 붕괴음. 입 안이 바싹 말라왔지만 이현은 물조차 마시지 않고 견디고 있었다. 고스란히 맞아야 하리라. 이현은 수없이 다짐을 했다. 적어도 성훈의 분노가 다할 때까지 결코 피해선 안 된다고.

유난히 벨이 많이 울리는 날이 있었다. 두세 명의 여자들로 구성된 전도단, 가스계량기를 체크하러 온 남자, 무조건 선물부터 먼저 들이미는 신문 판촉 사원, 어린이 영어 학습지를 권유하러 온 젊은 여자, 등기우편을 전하러 온 경비원까지……. 그날따라 벨은 쉴새없이 울렸다. 벨이 울릴 때마다 성훈은 거실 벽면에 붙은 모니터를 힐끗 쳐다보기만 할 뿐이었다. 한참 동안 안의 반응을 기다리던 사람들의 돌아가는 발소리가 사라질 때까지 가슴은 더 옥죄어왔다. 성훈은 소파에 앉아 맞은편 벽면을 한없이 노려보고 있었다. 숨 막힐 듯한 정적이 살갗을 저며왔다.

전화벨이 울렸다. 몇 시간째 꼼짝도 않고 앉아 있는 이현의 방문까지 열어젖힌 성훈이 소리 없이 그녀를 지켜보고 있을 때 전화벨이 울렸다. 이현은 가슴이 뛰기 시작했다. 불길하고도 위태로운 예감 때문이었다. 아무래도 문경의 전화일 것만 같았다. 휴대폰은 잡음도 섞이고 감이 멀다며 문경은 낮엔 주로 집으로 전화를 걸어왔다. 성훈은 벨이 여섯 번이나 울리도록 받지 않았다. 할 수만 있다면 이현은 뛰어가 전화 코드를 뽑아버리고 싶었다. 일곱 번째 벨 소리가 끝나기 전에 성훈이 수화기를 들었다. 그 역시 두려웠던 건지도 몰랐다. 성훈은 수화기를 든 채 아무 말도 하지 않았다. 이현은 숨을 죽인 채 온 신경을 곤두세우고 있었다.

"누구시죠?"

성훈의 목소리가 풀 먹인 연실처럼 팽팽해져 있었다.

"누구냐고 묻잖아!"

성훈은 단숨에 연실을 끊어버리고 말았다. 이현의 몸도 실이

끊긴 연처럼 허공으로 내팽개쳐지는 듯했다. 성훈은 끊겨버린 무선전화기를 거실 벽에 집어던졌다. 전화기 깨지는 소리가 아파트를 뒤흔들었다.

다시 이현의 휴대폰이 울린 건 전화기의 파열음이 겨우 가라앉은 직후였다. 정적의 실내에 확성기라도 댄 듯 크게 울리는 벨 소리에 몸의 솜털들이 일제히 다시 곤두섰다. 성훈은 여전히 벨 소리가 그치지 않는 휴대폰을 들고 이현에게로 왔다. 그의 손안에서 소리를 멈추지 않고 있는 휴대폰을 보며 이현은 눈을 감았다.

"어떤 자식이야!"

얼굴 전체가 하나의 불꽃이 돼버린 성훈이 질린 이현의 얼굴 바로 앞에 휴대폰을 갖다 댔다.

"어떤 놈이냐고!"

이현은 꼼짝도 하지 않았다. 여전히 그의 분노를 피하면 안 된다는 생각만 머릿속에 꽉 차 있었다. 성훈은 마침내 휴대폰마저 방바닥에 집어던졌다. 꽉 다문 입 안이 얼얼했다.

"니가 이럴 수 있어?"

성훈이 주먹으로 벽을 쳤다. 차라리 자신을 치기라도 하면 이현은 속이 후련해질 것 같았다. 어딘가 한 군데쯤 깨지도록 두들겨 맞고 나면 이토록 앙다물고 있는 마음이 조금은 풀어질 것도 같았다.

"도대체 뭘를 잘못한 거야? 응? 내가 뭘 잘못했어?"

그가 두 손으로 이현의 앞자락을 잡았다. 카디건의 단추 두 개가 뜯겨져 나갔다. 이현의 마음이 조금 가라앉았다. 이렇게라도 해서 그의 분노가 조금이라도 풀릴 수 있다면 기꺼이 몸을 통째로 내주리라.

이현의 앞자락을 잡고 있던 성훈이 갑자기 옷을 벗기기 시작했다. 카디건의 앞자락을 양손으로 마저 뜯어낸 성훈은 브래지어를 잡아당겨버렸다. 그러곤 이현의 긴 스커트를 끌어내렸다. 순식간에 이현은 팬티만 걸친 알몸이 되었다. 성훈은 얇은 레이스로 이어진 팬티를 마저 찢어 내렸다. 이현은 침대 한가운데 알몸으로 내팽개쳐졌다. 반사적으로 두 손이 가슴을 가렸다. 낯선 사람 앞에 알몸이 노출된 듯한 공포감이 몰려왔다.

"왜, 부끄러운가? 아니면 내겐 몸도 보여주기 싫은 거야?"

성훈이 방 안의 커튼을 내리고 불을 켰다. 환한 불빛 아래서 알몸의 이현은 공포에 사로잡혀 있었다.

성훈은 이현의 몸에 더 이상 손을 대지 않았다. 대신 그는 이현의 찢어진 옷들을 쓰레기통에 던져 넣었고 집 안의 커튼을 모두 내렸다. 거실의 이중 커튼까지 굳게 닫아버린 그는 집 안의 모든 불을 환히 켜놓았다. 거실엔 축제라도 열린 듯 환한 조명등이 켜졌다. 집 안 구석을 비추는 간접조명까지 모든 스위치가 올라가 있었다. 이현의 알몸은 음모 한 올까지 남김없이 드러나버렸다. 몸을 숨길 만한 곳이라곤 한 군데도 없었다.

"널 절대 이 집 밖으로 안 내보낼 거야."

성훈은 옷이 있는 안방 문을 잠가버렸다.

차라리 편안했다. 이현은 알몸 위로 쏟아지는 불빛을 받으며 차라리 편안해져 가고 있었다. 성훈의 시선은 여전히 이현에게서 떠나지 않고 있었지만, 아니 점점 집요하게 달라붙어 이현의 몸을, 숨결까지 감시하고 있었지만 이현은 오히려 조금씩 편안해졌다. 그에게 더 함부로 다뤄달라고 애원이라도 하고 싶었다. 얼마든지 모욕당하고, 얼마든지 난자당하고 싶었다. 어딘가 바닥도 모를 곳으로 깊이 추락해 버리고 싶은 욕망. 불빛을 받은 알몸이 따가웠다.

성훈의 분노는 좀처럼 가라앉지 않았다. 몇 시간이 흘렀는지도 알 수 없었다. 성훈은 여전히 이현에게서 집요한 시선을 거두지 않고 있었다. 그의 시선이 스친 자국마다 날카로운 상처가 났고, 검붉은 피가 배어 나오는 것 같았다.

커튼이 드리운 창 밖으로 하늘이 조금씩 낮아져 어느새 푸른 물이 배인 듯 커튼 사이로 어둠이 내비치기 시작했다. 빛과 마찬가지로 어둠 역시 자신의 존재를 강력하게 드러내고 있었다. 조금씩 지치기 시작했다. 팽팽하던 알몸의 긴장이 조금씩 누그러지고 있었다. 수치심도 모욕감도 소리 없이 새는 병 속의 물처럼 수위가 조금씩 낮아지고 있었다. 이현은 고개를 돌려 성훈을 보았다. 어느새 그의 시선도 이현의 몸을 비껴 있었다. 언제부터였는지, 성훈은 이현을 보고 있지 않았다. 그의 시선은 맞은편 벽을 향해 있었다. 아니 성훈은 그곳조차도 보지 않고 있었다. 그의 시선은 텅 빈 허공에 머물러 있었다. 분노가 새나간 곳엔 혼란과 공허가 가득 들어차 있었다. 성훈은 자리에서 일어났다. 오래 지키고 있던 아이의 의자에서 일어나 굳은 발을 끌며 밖으로 나갔다.

서재로 들어가는 그의 발소리가 들려왔다. 이현은 꼼짝도 하지 않고 누운 채 집 안의 모든 소리들에 귀를 기울였다. 냉장고 돌아가는 소리가 가끔씩 정적을 일깨우듯 들려왔다. 윗집인지 변기 내리는 소리가 들려왔다. 피아노 소리도 들렸다. 이현은 침대에 몸을 바싹 엎드려 그 소리들에 온 신경을 곤두세웠다. 어디선가 물이 흔들리는 소리가 가늘게 들려오기 시작했다. 이현은 숨조차 죽인 채 소리에 집중했다. 소리가 점점 더 흔들리고 있었다. 이현은 오래 누워 있던 침대에서 천천히 일어났다. 종일 불빛을 받은 피부가 몹시도 메말랐다. 이현은 소리 없이 거실로 나갔다. 환한 조명등이 일제히 공격이라도 하듯 알몸으로 쏟아져 내렸다. 소리는 서재에서 나고 있었다. 그러나 이현은 닫힌 방문 앞에서 꼼짝도 할 수가 없었다. 성훈의 울음소리였다. 성훈은 자신이 켜놓은 환한 불빛 아래서 미처 몸을 가릴 새도 없이 어깨를 들먹이며 울고 있었다. 날 선 몸 사이에서 터져 나온 성훈의 울음소리가 온 집 안에 번지기 시작했다. 성훈 역시 오랫동안 불빛 아래에 남김 없이 드러나 있던 자신의 벗은 몸을 본 것인지도 몰랐다. 이현은 한 발자국도 움직이지 못한 채 두 사람의 알몸을 망연히 바라보았다.

그날 밤, 성훈은 어디론가 사라졌다. 잠갔던 안방 문과 닫았던 커튼을 모두 열어젖히고 환히 켰던 불도 모두 꺼버린 성훈은 말없이 집을 나갔다.

성훈은 아침까지 돌아오지 않았다. 아니 성훈은 다음날도 출근을 하지 않았다. 오전 열 시 무렵, 회사라며 전화가 걸려왔다. 어

디 많이 아프냐고 조심스럽게 묻는 과장의 전화였다. 그의 무단
결근이 이틀째 계속되고 있었다. 성훈은 회사에 전화조차 하지
않은 모양이었다. 전원이 꺼진 그의 휴대폰이 거실장 위 충전기
에 이틀째 꽂혀 있었다.

　믿을 수 없었다. 누군가에게 이토록 가혹한 폭력을 휘두르고
있는 사람이 바로 자신이라는 사실이 이현은 도무지 믿어지지 않
았다. 하지만 아무리 부정하고 싶어도 사실이었다. 이현은 거울
앞에 서서 자신의 모습을 비춰보았다. 온몸이 흉기가 돼버린 여
자가 날 선 얼굴로 서 있었다.

　그 흔한 말싸움의 기억조차 없었다. 어릴 적부터 누굴 때리기
는커녕 말싸움조차 변변히 해본 기억이 없었다. 언제나 분노는
혼자서 삭이는 데 익숙해 있었고 간혹 누군가 지나가는 사람이
작은 상처라도 남기고 가면 환부가 아물고도 훨씬 더 오랫동안
끙끙 앓는 것이 고작이었다.

　'니가 이럴 수 있어?'

　분노에 찬 성훈의 음성이 굵은 가시처럼 몸에 박혀 빠질 줄을
몰랐다. 아니 가시는 시간이 지날수록 점점 더 몸속 깊이 파고들
었다.

　이현은 성훈이 집어던진 수화기를 들어보았다. 얼마나 세게 던
진 것인지 무선전화기의 손잡이 부분이 떨어져 나가버렸다. 이현
은 날카롭게 부서진 플라스틱 조각을 손바닥에 댄 채 힘껏 손아
귀를 오므렸다. 깨진 수화기의 날카로운 단면이 손바닥 깊숙이
박혀왔다. 이현은 온몸을 비틀어 손아귀로 힘을 모았다. 송곳처

럼 뾰족한 플라스틱 조각이 드디어 손바닥을 파고 들어갔다. 붉은 피가 한줄기 실지렁이처럼 배어나기 시작했다. 이현은 허리를 꺾고 앉아 온몸으로 플라스틱 조각을 눌렀다. 찢어진 손바닥에서 붉은 피가 뚝뚝 떨어져 내렸다. 거실 바닥으로 떨어진 붉은 피의 흔적이 지나치게 선명했다. 그러나 통증조차 일지 않았다.

성훈은 사흘 뒤에야 돌아왔다. 갱도처럼 깊어진 눈과 까칠한 얼굴로 그는 늦은 밤 현관문을 열고 들어왔다. 혼이 나간 듯하던 표정은 거친 얼굴 탓인지 긴장을 회복하고 있었다.

"더 이상 날 모욕하지 말고 너 가고 싶은 대로 가. 하지만 절대 용서를 기대하진 마. 그리고 이것만은 알아둬. 넌 단지 나를 잠시 배반한 게 아니라 내 인생 전체에 칼을 꽂은 거라는 걸……."

전봇대처럼 빳빳이 서 있는 그의 다리가 가늘게 떨렸다. 이현은 지금이라도 그의 무릎에 매달리고 싶었다. 모두 거짓이었어. 잠시 당신을 시험해 보았던 거야. 그러니 제발 나를 붙잡아줘. 그의 다리에 매달려 애원이라도 하고 싶었다. 그러나 말은 전혀 엉뚱하게 흘러나와 버렸다.

"모르겠어. 당신 말대로 당신 인생에 칼을 꽂고 있으면서 어떻게 이렇게 태연한 건지 나 자신도 잘 모르겠어. 하지만 적어도 당신과 나는 거짓이었어. 각자 자신의 욕망을 교묘하게 숨긴 채 상대방에겐 책임과 의무만 요구했지. 아니 당신은 모르겠어. 적어도 난 그랬어. 그래서야. 당신에게 거짓이었던 나 자신을 버리려는 거야."

생각지도 않은 말들이 쏟아져 나왔다. 이미 쏟아져 버린 감자 자루를 보며 당황하기만 할 뿐 작은 알감자 하나도 주워담지 못한 채 또 다른 감자 자루를 쏟아내고 있었다.

"거짓이었다고?"

성훈이 차갑게 비웃었다.

"그래 꼭 네 식대로 자기 감정에 솔직한 것만이 진실인가? 네겐 우습게 들리겠지만 이 집이 내겐 꿈이었어. 너와 혜인이를 생각할 때마다 난 모든 굴욕을 견뎌낼 수 있었어. 누구에게도 기꺼이 무릎을 꿇을 수 있었지. 왜냐면 너희는 곧 내 삶이었으니까…… 이건 거짓인가? 이건 거짓이냐고!"

성훈은 끝내 소리를 질렀다. 그의 흰 목덜미 위로 푸른 정맥들이 일제히 솟아올랐다.

이현은 숨을 죽였다. 행여 자신의 가는 숨소리 한 가닥이라도 성훈에게 들리게 될까 봐 조마조마했다. 할 수만 있다면 이현은 그의 눈앞에서 영원히 숨을 멈춰버리고만 싶었다. 바깥을 바라보았다. 18층 창밖은 깊이도 알 수 없는 허공만 막막하게 펼쳐져 있었다. 거짓이 아닌…… 무엇이 진실인지조차 알 수 없는 혼란일 뿐이었다. 서른다섯 해를 걸어온 익숙한 길에서 문득 들어선 낯선 길. 그 길 한가운데에 한 여자가 오도가도 못한 채 갇혀 있었다. 이정표도 없는 캄캄한 길이었다.

승혜에게서 전화가 걸려온 것은 이현이 집 안 정리를 마치고 났을 때였다. 이현은 그동안 미뤄두었던 원고 전송, 사진 정리와 각종 세금 고지서들, 그리고 흩어져 있던 아이의 책들까지 말끔히 정리를 마쳤다. 마지막으로 하루에도 몇 번씩 옷을 갈아입히곤 하던 아이의 고무 인형을 치우다 말고 이현은 인형을 끌어안고 소리 없이 통곡을 했다. 제 몸에 박힌 가시들이 곧 아이까지 찌르고 말리라. 두려움이 왈칵 몰려왔다. 아이의 연한 살갗을 뚫고 들어갈지도 모를 독이 묻은 가시. 아이에겐 어쩌면 치명적인 상처를 남길지도 몰랐다. 이현은 품에 안고 있던 아이의 인형을 빈 배낭 속에 챙겨 넣었다. 어쩌면 그 인형이 부적이라도 되어 아이와 자신을 지켜줄지도 모른다는 생각이 문득 들었다. 그때 기다렸다는 듯 전화벨이 울렸고 전화선을 타고 승혜의 목소리가 들려왔다.

"울었니?"

승혜는 대번에 젖은 이현의 목소리를 알아차렸지만 이현은 감기라며 적당히 둘러댔다. 그러잖아도 잔뜩 상처 입은 승혜를 더 어수선하게 만들고 싶지는 않았다.

"나, 떠난다. 이번엔 아주 오래 걸릴 거야. 아니 어쩜 돌아오지 않을지도 몰라."

승혜는 베트남으로 간다고 했다. 선교 단체에서 후원하는 버려진 아이들을 위한 위탁 시설이었다. 오래전부터 생각해 온 일이었는데 준비가 채 안 됐지만 우선 떠난다는 것이었다.

"혼자?"

이현은 조심스럽게 물었다. 김인석은 어떻게 된 것일까. 구치소에서 나와 잠깐 짧은 통화를 한 후 승혜는 일체의 전화를 끊어

버렸다. 암자에 들어가 있다는 말만 그녀의 동생을 통해서 들었
을 뿐이었다.

"응. 혼자 가."

결국 그들은 헤어진 모양이었다. 그 남자는 어디로 갔을까. 그
렇게 하지 않으면 남자에 대한 미련을 끊을 수가 없어 결국 남자
와 승혜를 구치소까지 보냈던 그의 아내에게로 돌아간 것인가.
서로에게 그토록 깊은 상처를 내고도 다시 함께 살아갈 수 있는
걸까. 알 수 없는 일이었다. 이현은 모든 관계들이 기이하게만 여
겨졌다.

"못 보고 갈 것 같다. 그냥 떠나고 싶어."

동굴 속으로 혼자 들어가 목숨이 다할 때까지 밖으로 나오고
싶지 않은 마음은 이현 역시 마찬가지였다.

"그래, 네 역마살이 어느 한곳에 잠시도 머물지 못하게 하는 것
같구나."

서른다섯 해, 생의 전반부가 매듭지어지는 걸까. 이현은 승혜
나 자신에게 지금부터는 아주 다른 생이 펼쳐질 것만 같은, 아니
적어도 한 시기가 끝나가고 있다는 예감만은 또렷했다.

"그래, 네 말대로 난 떠돌이 팔자인 것 같다. 잠시 헛된 꿈을 꾸
고 눌러앉았다가 독하게 맞고 결국 다시 길 위로 나선다."

"꿈의 대가치곤 너무 가혹하다."

"글쎄, 가혹한지도 모르지……. 하지만 얻은 것도 있어. 처음엔
그 여자의 분노나 복수심이 참 비겁하고 어리석어 보였는데 시간
이 지나면서 그건 그 여자에게도 쉬운 일이 아니라는 생각이 들더

라. 나나 그 사람이나 마찬가지로 그 여자도 세상에 자기 환부를
드러내 보이는 일이니까. 아니 자기 존재를 부정하는 일이었는지
도 모르지. 결국은 자기 생 전부를 던지는 일이니까. 그건 적어도
사랑 이상의 어떤 게 있지 않으면 못 하는 거잖아. 난 그렇게 내
전부를 던져본 적은 없어. 그럼 그걸 얻을 자격도 없는 거야."

생 전부를 던지지 않으면 얻을 자격도 없다고 승혜는 말하고
있었다. 전부를…… 이현은 수화기를 든 채 거울 앞에 서서 자신
을 뚫어져라 쳐다보았다. 무얼 버릴 수 있을까.

승혜는 적어도 모멸감에서는 벗어나 보였다. 아니 어쩌면 생의
속살 한 자락쯤 보았는지도 모를 일이었다. 환멸과 비루함, 그럼
에도 불구하고 살아내는 용기. 이현은 부끄러웠다. 그 중 어떤 것
하나라도 기꺼이 감수할 용기가 있는가 스스로에게 되물었다.

이현은 짐을 꾸렸다. 아이의 인형이 든 배낭에 며칠간 입을 수
있는 옷가지와 세면도구를 챙겨 넣었다. 배낭이 헐렁했다. 생각
보다 많은 것들이 필요치는 않았다. 집 안에 있는 대부분의 물건
들은 집 자체가 필요로 하는 것들일 뿐, 그곳을 떠나 있는 데는
아주 적은 물건들만으로도 충분했다.

계획이 있는 것은 아니었다. 적어도 다시 돌아온다든가 혹은
돌아오지 않겠다든가 하는 따위의 계획들이 있는 것은 아니었다.
다만 떠나 있고 싶었다. 성훈과 집, 그리고 점점 미궁 속으로 자
맥질해 들어가는 터질 듯한 혼돈에서 한 걸음만이라도 벗어나 있
고 싶었다.

그나마 갈 곳이 있다는 게 다행이었다. 한 달 전쯤, 살던 사람들이 이사가 버린 시골 빈집에 보일러를 새로 했다는 말을 친정어머니에게서 들은 게 생각났다.

"그러잖아도 보일러업자에게 돈만 주고 와서 한번 가보려던 참인데 잘됐다. 니가 가서 꼼꼼히 좀 살펴봐라. 뜨거운 물도 잘 나오는지 확인하고. 집을 오래 비워두면 안 되는데, 그 촌으로 누가 또 들어올 것 같지도 않고……."

어머니는 반색을 했다. 아직 결혼을 하지 않은 남동생 때문에 선뜻 시골로 내려갈 수도, 그렇다고 삼 년 전 뇌출혈로 갑자기 세상을 떠난 아버지와의 기억이 고스란히 남아 있는 집을 쉽게 팔 수도 없는 어머니는 빈집을 늘 마음에 걸려했다.

몇 해 전, 그 사람들이 그 바닷가로 들어와 살겠다고 할 때 어머니는 한시름을 놓았었다. 서너 살쯤 돼 보이는 아이의 손을 잡은 채 풍선처럼 부푼 만삭의 배를 내밀고 있던 여자와 뼈가 가늘어 유난히 약골로 보이던 남자. 그들은 남자가 몸이 약해 서울서 다니던 공장을 그만두고 근처 새우 양식장에서 일을 도와주기로 했다며 이현의 시골 빈집으로 들어왔다.

지난봄, 마늘을 사러 시골엘 다녀온 어머니에게서 그들의 소식을 다시 들었다. 얼굴이 가무잡잡하던 여자가 집을 나갔다고 했다. 인근에 들어선 화력발전소 공사 현장으로 겨우내 식당 일을 나간 여자가 그곳에서 다른 남자를 만난 모양이었다.

두 달 전에는 남은 그들이 결국 이사를 가버렸다고 어머니는 혀를 차며 또 소식을 전했다. 봄에 집을 나간 여자는 끝내 돌아오지

않았고 어린아이 둘이 딸린 남자는 누이가 살고 있는 도시로 나가
아이들을 맡기고 막노동이라도 하겠다며 그곳을 떴다고 했다.

　여자는 어디로 갔을까. 이현은 갑자기 여자의 행방이 궁금해졌
다. 다른 남자를 만난 여자는 집을 나가 어디로 갔을까. 다른 집
을 만든 것일까. 어쩌면 여자는 아직도 집을 만들지 못한 채 길
위를 떠돌고 있지는 않을까. 이현은 한 여자가 버리고 간 빈집으
로 떠나는 자신의 모습을 물끄러미 바라보았다. 표정이 지워진
얼굴이었다.

　버스는 이십 분 후에 떠난다고 했다. 이현은 터미널 안의 신문
가판대를 둘러보다가 화장실엘 다녀왔다. 그래도 십 분이 남았
다. 공중전화로 가서 음성 사서함을 눌렀다. 성훈이 집어던진 휴
대폰의 액정 화면이 깨져버리기도 했지만 이현은 깨진 휴대폰조
차 들고 나오지 않았다. 열다섯 개의 메시지가 녹음돼 있다는 안
내 음성이 나왔다. 음성 청취 버튼을 누르자 갇혀 있던 문경의 목
소리가 쏟아져 나왔다. 며칠 동안 문경이 남긴 음성 녹음들이었
다. 당신 집 앞에서 멍하니 아파트를 올려다보다 간다. 어떻게 된
일이냐, 걱정되니 연락해 달라. 도대체 무슨 일이 어떻게 돼가는
거냐, 잠깐만이라도 연락을 해달라. 메시지는 모두 그런 내용의
반복이었다.

　'나야. 이 음성 듣는 대로 내게 와줘. 아니 내가 갈게, 당신에
게. 연락해 줘.'

　이현은 그 메시지를 세 번 더 듣고 수화기를 내렸다. 내가 갈

게. 비장한 문경의 목소리가 되풀이해 귓가를 맴돌았다. 내가 갈
게. 이현은 수화기를 다시 들고 문경의 전화번호를 천천히 눌렀
다. 마지막 숫자를 누르고 신호음이 한 번 울리는 순간 그러나 이
현은 수화기를 내려버렸다.

　대합실 밖에선 시동을 건 버스가 대기하고 있었다. 이현은 더
이상 뒤돌아보지 않고 달려가 버스에 올랐다. 곧 버스가 출발했
다. 먼지가 뿌연 차창 밖으로 서울 하늘이 낮게 내려와 있었다.

12

물속의 사막

신두리, 그 바닷가에서 일주일을 지냈다. 모래와 바람과 그것들이 이룬 넓은 구릉이 사막처럼 펼쳐져 있는 곳. 그곳에서 문경은 이현과 함께 일주일을 지냈다.

아무 말 없이 잠적해 버린 이현을 찾는 일은 쉽지 않았다.

문경은 그동안 몇 번째인지도 모를 메시지를 받지 않는 이현의 전화 사서함에 남겼고, 더 이상은 기다릴 수가 없어 그녀의 집으로 전화를 걸기도 했다. 전화는 나이 든 여자가 받았다.

"에미가 어디 좀 갔는데요. 글쎄요, 언제 올지는 나도 잘 모르겠는데. 연락처요? 거긴 전화가 없다고 하던데, 집에도 딱 한 번밖엔 전화가 안 왔어요."

노인은 잡지사라고 둘러댄 문경에게 몹시 친절했다.

그녀는 도대체 어딜 갔단 말인가. 문경은 다시 메시지를 남겼다.

어딜 가 있는 거야? 제발 내게 한 번만 전화를 해줘. 어디에 있는지 짐작도 할 수 없으니……. 내 말 듣는 대로 전화 좀 해줘.

그러나 이현에게서는 아무 대답이 없었다. 문경은 점점 더 전화에 매달렸다. 어딜 가든 전화기를 챙겼다. 심지어는 화장실을 가는 사이에도 문경은 휴대폰을 들고 갔고 하루에도 몇 번씩 뚜껑을 열어 전원과 남은 배터리를 확인했으며 수시로 벨 소리의 환청에 시달렸다. 그녀에게 일이 생긴 것은 분명했다. 남편에게 문경의 존재에 대해 얘기했다는 짧은 전화 이후로 연락이 끊어진 것이다.

처음 그녀에게서 남편에게 얘기했다는 말을 들었을 때, 문경은 화가 치밀었다. 왜 그토록 경솔히 행동하는가. 내게 무얼 요구하는가. 문경은 당혹스러웠다. 서른아홉 해 동안 쌓아온 것들이 단숨에 무너져 내리는 기분이었다. 무얼 버려야 하는가. 문경은 두서도 없는 생각들로 머릿속이 터질 듯했다. 깊은 밤, 문경은 한강에 나가 밤새 검은 강을 노려보며 묻기도 했다. 도대체 내게 무얼 요구하는가. 그때마다 문경은 어릴 적 아버지를 데리러 가기 위해 혼자 걷던 강둑길이 떠올랐다. 캄캄한 밤, 겨우 희미하게 드러나는 둑길을 따라 걷노라면 검고 커다란 풀 더미에서 곧 튀어나올 것만 같은 귀신보다도, 유난히 드르륵 소리가 많이 나던 그 가게 문을 열 때 일제히 몰려올 사람들의 시선이 죽기보다 더 싫고 무서웠던 기억들. 문경은 어느덧 밤길을 더듬어 온 아이를 돌려보내던 아버지와 한 치도 다르지 않은 자신을 보았다.

이현을 만나야 했다. 그녀를 만나면 이 모든 혼란이 해결될 것만 같았다. 그러나 시간이 지날수록, 그녀에게서 연락이 오지 않는 시간이 계속될수록 문경은 또 다른 불안에 시달리고 있었다. 그녀는 떠나려는 것인가. 그녀는 이대로 사라지려는가……. 불안은 며칠 내내 불면의 밤들을 보내게 했다. 밤을 꼬박 새우고 맞는 새벽녘, 문경은 서둘러 거리로 나섰다. 때론 간밤의 취객들이 토해 놓은 술집 골목을 걷기도 했고, 때론 자동차 전용도로의 좁을 갓길을 걷고 있는 자신을 발견하기도 했다. 한번은 사무실까지 꼬박 걸어서 출근을 한 적도 있었다. 그러나 달라진 것은 아무 것도 없었다. 이대로 이현을 떠나보낼 수는 없었다.

폭우가 내렸다. 막바지 가을비치곤 지나치게 빗발이 굵었다. 이틀간 쉼 없이 쏟아붓는 비에 미처 떨어지지 못했던 낙엽들이 모두 휩쓸려 어디론가 떠내려갔다. 문경은 온통 물에 젖은 도시 한가운데 갇혀 수신도 되지 않는 통신에 매달려 있었다.

이토록 쉽게 폭우에 휩쓸려 가리라곤 생각지도 못했다. 서른아홉 해나 살아오지 않았던가. 삶은 더 이상 꿈을 꾸게 하지 않았고, 꿈은 모형 비행기나 골격이 늘어나는 아이들의 어깨, 혹은 지갑 속에 가득한 명함이나 신용카드 따위들로 충분히 대체될 수 있다고 믿었다. 이렇게 폭우에 쓸려가는 낙엽처럼, 갑작스럽게 자신도 모르는 곳으로 휩쓸려 갈 수 있으리라곤 생각해 보지 않았다. 하늘을 날던 글라이더가 낯선 기류를 만나 곤두박질치듯, 이토록 불안한 눈동자로 사방을 두리번거리게 되리라곤 상상조차 해보지 못했다.

그녀는 어디에 있는가. 문경은 전국 지도를 펼쳐놓고 들여다보았다. 그녀가 있을 만한 곳은 그러나 짐작도 할 수 없었다. 그녀에 대해 알고 있는 것이 너무 없었다. 그녀의 집, 그녀가 다닌 학교, 그녀의 친구, 가족 관계, 남편……. 문경은 새삼 놀랐다. 이렇게 아는 게 없는 사람에 대해 어떻게 그토록 깊은 일치감을 가질 수 있었던가. 한 사람을 전생까지 모두 알 것만 같던 그 깊은 일치감이라니, 어이가 없었다.

그곳을 떠올리게 된 것은 늦은 밤, 펼쳐놓았던 지도를 막 접으려던 순간이었다. 지도의 접힌 부분은 깊숙이 들어간 서해의 해안선 부분이었다. 서해 바다. 아니 신두리라고 했던 그 모래언덕. 이현이 처음 자신을 데리고 갔던 그 카페에서 그녀는 그곳 이야기를 했었다. 자신이 자란 곳이라고, 지금도 낡은 집이 남아 있는 곳이라고. 그곳이 왜 이제야 떠오른 걸까. 문경은 미처 날이 밝기도 전에 서해로 향했다.

고속도로로 접어들었을 땐 이미 해가 하늘 높이 올라가고 있었다. 모처럼 내린 비에 씻긴 도로는 말끔했다. 폭우를 견뎌낸 단풍잎들은 다시 몸을 말리기 시작했고, 미처 벼를 다 못 벤 논에선 물이 빠지고 있었다. 문경은 액셀러레이터를 깊이 밟았다. 최고 속도로 달리기 시작했다.

누런 들판 사이로 듬성듬성 베어져 밑동만 남은 논들이 간간이 보였다. 세 계절이 지나고 있었다. 봄의 초입에 만나 이제 가을이 지나가고 있었다. 한 생애를 모두 살아버린 것만 같은 그 시간들. 달리는 차창 밖으로 지나가는 풍경처럼 이현을 만나온 시간들이 줄지어 스쳐 지나갔다.

신두리를 찾는 것도 쉽지는 않았다. 읍이 보이자 문경은 주유소로 들어가 신두리 가는 길을 물었다. 머리를 노랗게 물들인 아이들은 고개를 갸우뚱거렸다. 들어본 적은 있는 지명인 모양이었다. 세 번째로 찾아간 주유소에서 문경은 겨우 길을 알아낼 수 있었다. 50줄은 돼 보이는 남자가 약도를 자세히 그려가며 길을 알려주었다. 문경은 남자가 일러준 대로 낯선 이정표를 따라 달리기 시작했다.

산을 넘자 바다가 보였다. 완만하게 경사진 산 위에 이르자 바다는 멀리서 복병처럼 낮게 엎드려 있었다. 예상치 못한 풍경에 눈과 입이 절로 벌어졌다. 길을 따라 가다 언덕을 넘으면 불쑥 펼쳐지곤 하던 동해안의 7번 국도가 떠올랐다. 썰물진 긴 해안으로 아침 햇살이 쏟아져 수평선까지 하얗게 빛나는 바다. 문경은 차창을 열고 깊은 심호흡을 했다. 비릿한 갯냄새가 몰려왔다.

해안은 길고 넓었다. 흰 모래언덕이 긴 해안선을 따라 넓게 펼쳐져 있었다. 사구지대(砂丘地帶)라고 미리 알고 있지 않았다면 갑자기 사막에라도 들어선 기분이었으리라. 모래언덕엔 삘기나 해당화, 메꽃, 달맞이꽃 같은 해안 식물들과 억세고 키 낮은 풀들이 맨살을 가리기 위한 옷처럼 성글게 덮여 있었다. 황량하고 쓸쓸한 곳이었다.

이곳에 이현이 있을까. 문경은 길게 펼쳐진 모래언덕을 막막하게 바라보았다. 민가는 해안의 초입에 몇 가구 보였을 뿐이었다.

이현의 집이 어딘지는 도저히 짐작도 할 수 없었다. 문경은 당황했다. 그 바닷가만 가면 무조건 그녀를 만날 수 있으리라던 생각은 어리석었다. 바다는 생각보다 훨씬 넓었고 집들도 해안을 둘러싸고 있는 안쪽 깊숙한 숲까지 드문드문 한 채씩 보이며 넓게 퍼져 있었다. 문경은 무작정 해안 한가운데로 차를 몰았다. 해안을 따라 들어온 사구 안쪽으로 길이 나 있었다. 초지가 넓게 형성된 모래벌판엔 누런 황소들이 드문드문 떨어진 채 풀을 뜯었다. 사람은 그림자도 보이지 않았다. 그녀는 어디에 있는가. 문경은 해안선의 중간쯤 되는 언덕에 이르자 차를 세우고 밖으로 나왔다. 해안선과 모래언덕이 모두 보이는 위치였다. 그러나 이현은 보이지 않았다.

문경은 하루 낮을 꼬박 그곳 모래언덕에서 보냈다. 미처 정오도 되기 전에 도착한 그곳에서 문경은 바다 한가운데에 뜬 해를 실눈으로 바라보았으며, 서서히 서쪽으로 기울어가는 태양의 이동을 눈으로 확인하며 텅 빈 해안으로 밀물이 차오르는 걸 지켜보았다. 동쪽 하늘에 얇은 베일을 쓴 채 모습을 드러낸 낮달이 무거운 그물을 당기듯 바닷물을 끌어당기고 있었다.

오후가 되자 멀리 해안 오른쪽 바위섬 부근에 아녀자들 몇 명과 낚시꾼들이 보였다. 여자들은 굴이나 조개라도 캐는지 몇 시간 동안이나 몸을 굽힌 채 일어설 줄을 몰랐다. 해가 누그러지며 밀물이 몰려오기 시작하자 여자들은 바구니들을 머리에 인 채 하나 둘 빠져나왔다. 낚시꾼들도 길이 막히기 전에 서둘러 철수를 했다. 밀물은 눈에 띄지 않게 그러나 어느새 바위섬을 가두기 시작했다.

　또 가끔은 경운기를 몰고 해안을 달리는 사람들이 보이기도 했다. 멀리 나무 막대기들이 줄지어 서 있는 굴 양식장으로 경운기 한 대가 발동기 소리를 내며 해안을 가로질러 갔다. 문경은 가끔씩 날아오르는 갈매기 한 마리까지, 움직이는 모든 것들을 샅샅이 살피며 바닷가를 헤맸다. 아침, 점심을 모두 걸렀지만 배가 고픈 줄도 몰랐다. 차 안에 있던 생수 한 병이 바닥을 드러내고 있었다.

　간간이 전화가 걸려오곤 했다.

　"어디 계세요? 연락이 안 돼서요."

　김철민이 불안감이 잔뜩 밴 목소리로 음성 녹음을 남겨놓았다. 일주일 넘게 회사일마저 거의 손을 놓다시피 하고 있었다. 김철민이 급한 일들만 땜질하듯 처리해 가고 있었지만 회사는 곳곳에서 물이 새 크고 작은 함지박들을 옹기종기 받쳐놓은 낡은 집 같았다. 언제 지붕이 내려앉을지 몰랐다.

　오후에는 지원에게서 온 전화가 녹음돼 있었다. 지난주에 갔던 일본 출장에서 돌아온 모양이었다. 문경은 그녀가 돌아오는 날짜조차 잊고 있었다.

　"도대체 어디서 뭘 하고 있는 거야? 무슨 일이 생긴 거야?"

　지원은 몹시 날카로워져 있었다. 그녀가 있는 곳이 수평선 너머의 세상처럼 아득하게만 느껴졌다. 시간이 지날수록 문경은 사막 한가운데서 길을 잃은 채 모랫바람을 맞고 있는 기분이 돼갔다. 날이 어두워지면 모랫바람을 피할 곳조차 없는 곳에서 막막한 수평선만 바라보고 있었다.

이현이 그 바닷가에 나타난 것은 밀물이 해안 가득 차오르고 수평선 위로 붉은 노을이 진 후였다. 태양은 말간 하늘에 조금씩 붉은색을 덧칠하더니 어느 순간 터진 홍시 무더기를 짓이겨 놓은 듯 붉게 변했다. 언덕에 앉아 그 빛의 거리들을 한순간도 놓치지 않고 지켜보던 문경은 숨을 죽인 채 몇 번이나 마른침을 삼켜야 했다. 그토록 가려진 곳 하나 없는 선명한 노을이 수평선으로 넘어가는 광경을 남김없이 지켜보긴 처음이었다. 저절로 담배에 손이 갔다. 언젠가 해지는 걸 보기 위해 자유로를 따라 끝까지 다녀왔다며 상기된 목소리로 전화를 받던 이현이 떠올랐다. 그녀 정서의 지문 같은 풍경인지도 몰랐다.

이현이 나타난 것은 입에 문 담배가 필터까지 다 타 들어갈 무렵이었다. 마치 그 태양이 사라지기를 기다렸다는 듯이 이현은 모래언덕 너머에서 초승달처럼 나타났다. 한 사람이 작은 막대기처럼 보이기 시작했다. 문경의 몸에서 일제히 비늘이 곤두서기 시작했다. 남녀를 구분조차 할 수 없는 거리였지만 문경은 곧 그가 이현임을 알 수 있었다. 어쩌면 그를 등지고 있었다고 해도 문경은 이내 알아챌 수 있을 것만 같았다. 그녀를 향해 곤두선 모든 촉수들은 작은 기미에도 온몸으로 민감하게 반응하고 있었다. 푸른빛으로 변해 가는 모래언덕의 날카로운 사선을 무너뜨리며 문경은 천천히 그녀에게로 다가갔다.

그녀는 변해 있었다. 어깨까지 내려오던 긴 생머리가 귀밑 아래로 싹둑 잘려진 채 제멋대로 뻗어 내렸다. 끝이 들쑥날쑥인 게 필시 혼자서 함부로 잘라냈을 법한 머리였다. 그늘이 드리워진 두 눈과 살이 내린 뺨까지, 이현은 몰라보게 변해 있었다.

문경은 더 이상 다가가지 못한 채 이현 앞에서 발을 멈추었다. 그늘 속에 깊이 가라앉은 그녀의 시선과 낯선 모습이 성큼 다가서려던 문경의 발길을 막아섰다. 이현은 제 속에 동굴을 파고 매달린 박쥐 같았다.

무슨 일이 있었던 걸까. 갑작스런 문경의 출현에도 놀라지 않은 채 얕은 한숨을 내쉬며 시선을 내리깐 이현을 보면서 문경은 참을 수 없는 의문에 사로잡혔다. 그녀에게 도대체 무슨 일이 일어난 것인가. 그러나 이현은 좀처럼 입을 열지 않았다. 하다못해 이곳은 어떻게 알고 찾아왔느냐, 언제 왔느냐 따위의 인사조차 이현은 하지 않았다. 그녀는 말없이 앞서 걸었다. 그녀가 신은 하얀 남자 고무신이 모랫바닥을 걷기에 아주 편해 보였다. 익숙한 걸음걸이로 모래사장 위를 걷는 그녀. 마치 바람이 스치듯 조용하고 가벼운 걸음이었다. 문경은 그런 그녀를 따라 걸으며 조금씩 두려움에 사로잡히기 시작했다. 그녀는 분명히 변해 있었다.

"당신이 올지도 모른다는 생각은 했어요. 생각보다 빨리 오긴 했지만."

그녀는 정말 연락을 끊으려 했던 모양이었다. 검푸른 잉크 같은 하늘을 배경으로 서 있는 이현의 옆모습이 어두운 실루엣으로 물들어갔다. 저녁 바람에 옷이 감겨 마른 몸매가 남김없이 드러났다. 들판 한가운데 길쭉하게 홀로 서 있는 미루나무 같았다. 새

둥지 하나도 허용하지 않을 듯한 서늘한 모습이었다.

문경은 모래라도 한 줌 들어간 듯 입 안이 버석거리고 메말랐다. 그러나 차마 그 어떤 말도 입 밖으로 내뱉을 수가 없었다. 그녀는 지나치게 낯설어 보였다. 검은 바다에 잔물결이 찰랑이고 있었다. 어디로 숨었는지 달도 보이지 않는 캄캄한 어둠 속에 풀씨 하나 끝내 뿌리박지 못한 매끈한 모래언덕이 흰 광목처럼 끝없이 펼쳐져 있었다.

"짐작했겠지만 난 변했어요. 아니 변하고 있어요. 짧은 시간이긴 하지만 난 다른 사람이 돼가고 있다는 걸 느껴요. 아주 생생히……. 당신이 너무 빨리 왔어요."

이현이 어둠 속을 빠르게 걷기 시작했다. 고양이처럼 빠른 동작이었다. 문경은 그런 이현을 따라가느라 허둥거리며 뛰었다. 모래 더미 속으로 무거운 구두가 푹푹 빠졌다. 더 이상 그녀를 따라가기가 힘들었다. 종일 달려온 구두 속엔 이미 모래가 가득했다. 문경은 모랫벌에 주저앉았다. 며칠 동안 온몸을 팽팽하게 조여온 긴장이 일시에 허물어져 내렸다.

"그럼 나는? 여기까지 정신없이 쫓아온 나는 도대체 뭐야?"

문경은 소리를 질렀다. 온몸을 실은 엉덩이 밑으로 가는 모래들이 소리 없이 흘러내렸다. 그러나 이현은 돌아보지 않았다.

이현은 거세당한 여자 같았다. 해안 오른쪽에 보이던 새우 양식장 너머에 외따로 떨어져 있는 그녀의 집 건넛방에 이현은 거세당한 여자처럼 누워 있었다. 이현의 몸을 파고들던 문경은 온몸에 땀을 잔뜩 묻힌 채 지쳐 떨어졌다. 이현의 몸은 끝내 열리지 않았다. 파내도 파내도 다시 모래가 흘러 들어가 묻혀버리고 마는 모래사장의 게 구멍처럼……. 문경은 낮고 어두운 천장을 향해 누웠다. 참혹했다.

밝은 햇빛 아래 드러난 그녀의 몸은 곳곳에 상처투성이였다. 손톱은 대부분 끝이 갈라져 날카롭게 날이 서 있거나 찢어졌고, 손은 몹시 거칠어진 데다 무엇엔가 찢긴 상처가 아직 채 아물지 않았다. 손톱 밑으론 까만 때가 언뜻언뜻 보였다. 무릎에도 깨진 상처와 멍 자국이 시퍼랬다. 유난히 희던 얼굴은 어느새 까맣게 그을렸으며 양쪽 어깨도 햇볕에 타 붉게 익어 있었다. 허벅지 한쪽엔 날카롭게 긁힌 흔적마저 보였다.

"매일 조개를 캐러 갔어요. 물이 빠져 있는 동안은 내내 조개를 캤어요. 발을 헛디뎌 넘어지면서 굴 껍질에 긁히기도 했고 돌에 부딪히기도 한 거예요. 오던 다음날부터 몸이 지칠 때까지 일만 했어요. 산에 가서 나무를 해 불도 때고 마당과 뒤꼍의 잡초도 모두 뽑았어요. 밤엔 낮에 캐 온 조개들을 밤새 깠어요. 칼질이 서툴러서 손을 베기도 했는데…… 밖에 작은 항아리에 소금 뿌려서 담아놨어요."

이현은 새 보일러가 놓여 있는 안방을 쓰지 않고 재래식 아궁이가 있는 작은방을 쓰고 있었다. 방 안에는 트레이닝 바지와 남방셔츠 하나가 벽에 함부로 걸려 있었고 이불 한 채만 구석에 놓여 있을 뿐이었다. 싱크대를 놓고 입식으로 고친 부엌엔 밥을 해먹은 흔적조차 거의 보이지 않았다. 라면 봉지 몇 개가 하얀 비닐

속에 들어 있었다. 무엇이 이토록 그녀를 몰아세우고 있는 것인가. 문경은 까맣게 타고, 긁히고, 멍든 그녀의 몸을 보며 당황했다. 거친 이현의 몸은 마치 자해의 흔적들처럼 섬뜩했다.

"그냥…… 몸이 지칠 때까지 일하고 싶었어요. 아무 생각도 나지 않으니까……."

이현은 더 이상 입을 열지 않았다.

썰물이 지자 이현은 호미와 바구니를 챙겨 들고 나섰다. 문경이 함께 따라나서려 해도 이현은 굳이 혼자서 갔다. 문경이 갈아입을 옷조차 변변히 없다는 게 핑계였다.

그러나 문경은 곧 이현을 뒤따라 바닷가로 나갔다. 그녀가 보이지 않는 집 안에선 한시도 견딜 수가 없었다. 그녀가 그대로 바다를 건너 멀리 떠나버릴지도 모른다는 조바심이 몰려왔다. 챙이 큰 밀짚모자를 쓰고 대나무 바구니에 호미를 넣은 채 이현이 다시 어디론가 사라져버릴 것만 같았다. 문경은 바위섬 뒤에 몸을 숨긴 채 조개를 캐는 이현을 내내 지켜보았다. 허리 한번 펴지 않고 엎드려 있는 그녀는 날카로운 호미 끝으로 자신의 발등을 찍고 있는 듯했다.

문경은 달려가 그녀의 손에 쥔 호미를 뺏고 싶었다. 도대체 이토록 너를 몰아대는 것이 무엇인가. 문경은 소리쳐 묻고 싶었다.

나흘째 되던 날이었다. 문경은 더 이상 이현을 따라 나가지 않았다. 대신 집 안에서 그녀가 돌아올 때를 기다려 밥을 지었고, 몇 가지 재료들로 반찬을 만들었다. 그녀가 캐 온 조개로 끓이는

국이 가장 중요한 메뉴였다.

문경은 마루에 앉아 바깥을 내다보고 있었다. 휴대폰의 전원마저 꺼버린 채 이현의 집 대문 안이 전부인 세상. 문경은 어느새 자신이 그 속에 고스란히 갇혀버렸다는 걸 새삼 깨달았다. 대문 밖에 펼쳐져 있을 드넓은 사구와 하루에 두 번씩 밀물과 썰물로 들락거리는 바닷물, 아니 동네 초입까지만 걸어나가도 사람들은 아침저녁으로 하찮은 시비 끝에 서로의 발을 걸거나 삿대질을 하고 있을 테지만 문경은 그 모든 일들이 한없이 멀게만 느껴졌다. 그사이에 회사는 어쩌면 문을 닫았을지도 몰랐고, 집에서는 자신을 찾기 위해 신문광고라도 냈을지 몰랐다. 하지만 이제는 모두 자신과는 무관한 일인 것만 같았다.

불쑥불쑥 불안이 찾아들기도 했다. 해안을 둘러싼 야산 너머로 화력발전소의 환한 불빛이 무심히 비낀 시선에 잡히는 순간, 해안 초입에 드문드문 자리잡은 민가의 창문 너머로 푸른 텔레비전의 불빛이 번져 나올 때, 물이 빠진 해안에 세워둔, 어쩌다 찾아오는 낯선 사람들의 자동차에 달린 서울 넘버의 푸른색 번호판을 발견할 때, 낯선 발자국 소리가 이현의 집 담을 넘어올 때마다 불쑥 불안이 찾아들곤 했다. 그러나 문경은 이미 두 사람 모두 길이 지워져 버린 해안선 안에 갇혔다는 걸 알고 있었다.

문경은 손가락 한 뼘만큼 열린 대문 틈으로 멀리 보이는 모래 언덕에 시선을 멈추고 있었다. 누렇게 시들어가는 달맞이꽃대들이 군락을 이루고 있었다. 그때 열린 대문 사이로 이현이 성큼 들어섰다. 바구니를 들고 나간 지 한 시간도 지나지 않아서였다. 순간적으로 잔뜩 긴장한 채 문경은 이현을 쳐다보았다. 이현이 들고 있는 바구니엔 조개가 하나도 들어 있지 않았고 호미는 어디에 두고 왔는지 보이지 않았다.

이현은 어딘가에 사로잡힌 사람처럼 보였다. 그녀는 바구니를 마당 한가운데에 떨어뜨리듯 던져버린 채 혼이 나간 얼굴로 마루에 앉아 있는 문경에게 다가왔다.

"못 견디겠어…… 더 이상 못 견디겠어……. 참을 수가 없어. 당신을 안고 싶어……."

이현은 마루에 소리가 나도록 털썩 주저앉아버렸다. 순간 이현의 두 눈에서 눈물이 주르륵 흘러내렸다. 오래 고여 있다가 저절로 넘쳐서 흘러내리는 물줄기였다. 순식간이었다. 이현은 어느새 어깨를 들먹이며 소리 내어 울기 시작했다.

이현은 격렬했다. 자신의 몸속으로 문경을 삼켜버리기라도 할 듯이 온몸을 빨아당기던, 도무지 제동이 걸리지 않던 흡인력. 이현은 문경의 성기를 목구멍 속으로 넘기기라도 할 듯이 사력을 다해 빨아당겼다. 한순간 숨구멍이 막히기라도 한 듯 짧은 숨을 토해 냈지만 이현은 문경을 놓아주지 않았다. 차라리 그대로 숨구멍을 막아버리기라도 하듯 필사적이었다. 더 이상 견디기가 힘들어진 문경이 비명을 지르며 몸을 빼낼 때까지 이현은 문경의 성기를 입 안에 넣고 있었다. 자신의 몸 안을 남김없이 채우는 듯한 그녀의 행위는 그러나 어쩌면 자신의 몸속을 남김없이 비워버리는 것은 아니었는지. 섹스가 끝난 후 탈골이라도 된 듯 완전히 이완돼 버린 이현의 몸과 풀린 눈을 보며 문경은 갑자기 그녀가 두려워졌다.

문경은 이현의 등을 쓸어내렸다. 이현의 등 위로 도드라진 뼈의 굴곡이 손바닥에 지문처럼 와 박히는 순간 이현에게서 뜻밖의 비명이 터져 나왔다.

"난 무서워. 당신에게 향하는 내 욕망들이 정말 무서워. 남편이 나를 발가벗긴 채 내 앞에서 그렇게 무너져 내리는 걸 보면서도, 아니 결국 내가 한 사람의 인생에 칼을 꽂고 마는구나 하면서도, 난 여전히 당신이 그리워 미칠 것 같았어. 여기 내려오는 동안도 내내 당신한테 달려가고 싶은 마음뿐이었어. 그래서 그랬어. 오자마자 나를 몰아세우기 시작했어. 안 그러면 여기서 하루도 버티기 힘들 테니까. 나는 매일매일 싸웠어. 갯벌과 산을 헤매며 싸웠어. 내 몸에 상처가 날 때마다 통쾌했어. 어떤 땐 차라리 날카로운 쇠꼬챙이나 나무 끝으로 온몸을 긋고 싶기도 했어. 그렇게라도 하고 나면 내 안에서 솟구치는 욕망들이 조금은 가라앉으니까. 그런데 당신이 너무 빨리 와버렸어. 당신을 보는 순간 난 다시 처음처럼 싸워야 했어. 온몸에 날을 세워야 겨우 버텨낼 만큼……. 조개를 캐면서도 난 수없이 호미를 집어던지고 당신에게로 달려오고 싶었어. 달려와 당신 발밑에 엎드려 항복이라도 하고 싶었어……. 그런 나 자신이 너무 무서워. 나를 삼켜버릴 것 같아. 아니 당신까지도 삼켜버릴 것만 같아."

숨소리처럼 나직했지만 그러나 격렬한 비명이었다. 이현의 목소리가 문경의 몸속을 공명관 삼아 울려 퍼졌다.

"두려워하지 마. 그래, 그래…… 당신이 정직한 거야."

문경은 이현의 알몸을 빗질이라도 하듯 쓸어내렸다. 그녀의 속마음이 내장 속까지 훤히 비치는 것 같았다.

"아니야. 전부 거짓이야."

이현은 마음의 버팀목이 무너진 사람처럼 한순간에 또다시 주저앉아버렸다.

"뭐가 거짓이라는 거야? 비약하지 마."

이현은 방금 전 문경의 몸을 향해 그토록 몰입했던 순간마저 부정하는 듯 거칠게 고개를 흔들었다. 이현의 입술이 닿았던 몸 한가운데에 붉은 흔적이 선명히 남아 있었다. 문경은 당혹스러워지기 시작했다.

"지금까지 살아온 내가 전부 거짓인 것 같아 견딜 수가 없어. 정작 위선적인 사람은 남편이 아니라 나였는지 몰라. 나는 그 사람한테 한 번도 마음 준 적이 없었기 때문에 그 사람의 자상함과 성실성까지 의심했어. 함부로 매도하고 위선이라고 비웃었어. 그런데 그게 아니었어. 정말 위선자는 바로 나였던 거야. 나는 한 발자국도 다가가지 않으면서 그 사람을 비난하고 외면해 버렸어. 아무 데도 가닿지 못한 마음을 그 사람 탓으로 돌렸던 거야. 아니 당신을 만나게 된 사실조차 은근히 그 사람 탓으로 돌려버렸으니까."

"지나친 비약이군. 근거 없는 자학이야."

당혹스러움은 분노로 변해 가고 있었다. 그렇게 하나씩 부정하고 나면 살아남을 것은 아무것도 없었다. 모든 사물은 나름대로의 이유들이 있는 것이 아니던가.

"당신에게도 마찬가지야. 난 당신을 만나고 나서 비로소 진실이라도 찾은 듯 과장하고 속였어. 그래, 그건 단지 욕정일 뿐일지도 몰라. 오랫동안 갇혀 있던 내 몸의 욕정. 단지 그것뿐인 걸 가지고 당신은 물론 나 자신마저 속인 건지도 몰라. 사랑이라는 환상 속으로 도망치려 했던 것뿐인지도 몰라."

"그럴지도 모르지. 하지만 욕정이야말로 가장 정직한 것이 아니던가?"

문경은 피하고 싶었다. 바다와 노을, 그리고 흰 모래언덕들 속으로, 아니 한 여자와 함께 지내는 몇 칸의 집 속으로, 여자의 몸속으로 깊숙이 숨어버린 채 가능하다면 밖으로 나오고 싶지 않았다. 하지만 이현은 자꾸 그런 문경을 끌어내려 하고 있었다.

"어쩌면 단지 금기가 주는 쾌감이었는지도 몰라. 위험하고 위태로운 감정의 유희를 즐기면서 이 권태로운 생을 잠시 피해 보려 했던 건지도 모른단 말이야. 모르겠어. 모든 게 다 헝클어져버렸어. 뒤죽박죽이야."

이현은 모든 것을 부정하고 있었다. 극단으로 치닫는 혼란. 이현은 태풍에 포위된 바닷물처럼 제멋대로 솟구치며 넘쳐흘렀다.

"잔인하군."

"아니 잔인한 건 내가 아니라 생 자체야. 이렇게 낱낱이 다 보여주지 않아도 될 텐데, 아무것도 그냥 지나가지 않아. 끊임없이 발가벗기길 요구하고 있어. 무서워."

이현은 이미 저만치 가버린 것만 같았다. 나란히 서 있던 사람이 갑자기 저만치 앞서 가면서 한순간도 거리가 좁혀지지 않는 안타까움. 문경은 서둘러 발을 옮겼지만 제자리에서 한 치도 벗어나지 못한 낭패감에 빠져버렸다. 이곳은 도대체 어디인가.

이틀째였다. 문경은 이틀째 술만 마시고 있었다. 마을 입구에서 사 온 1.5리터짜리 막소주병들이 집 안 곳곳에 함부로 나뒹굴고 있었다. 지난번 고향집에서 아버지와 함께 마시던 술이었다.

후회는 안 한다. 내가 살고 싶은 대로 살았으니까.

늙은 아버지의 목소리가 수시로 귓가를 울려왔다.

아버지, 당신은 정말 운이 좋았던 거군요.

문경은 혼잣말처럼 중얼거렸다. 사실이었다. 문경은 아버지가 한없이 부러웠다. 아버지는 자신이 선택한 삶에 대해 추호의 회의나 의심도 품어본 적이 없어 보였다. 그의 유일한 부채였던, 버린 아내와 자식들마저 이젠 더 이상 그의 짐이 되지 않는 시점에 이르러 있었다. 아버지는 이제 완벽하게 자신의 자리를 찾아간 걸까. 문경은 갑자기 간절히 아버지가 보고 싶었다.

"당신 아버지는 운이 좋았던 거야. 아니면 일생 동안 끊임없이 자신을 설득해 낸 건지도 모르지."

이현의 말이었다. 이현은 언제부터인가 단애의 저편에 선 채 미동도 하지 않았다. 문경은 이현이 서 있는 곳을 향해 질기고 긴 줄을 던지거나 혹은 그녀가 서 있는 곳의 지반을 흔들어보기도 했지만 이현은 꼼짝도 하지 않았다.

"그럼 지금부터 내가 뭘 어떡해야 하는 거지?"

잔뜩 비틀린 문경이 시비를 걸어봐도 이현은 흔들리지 않았다.

"모르겠어. 어쨌든 지금은 나를 덮고 있던 껍질들을 벗어버리고 싶어. 나 스스로도 몰랐던 껍질들이 겹겹이 나를 뒤덮고 있었다는 걸 이제야 겨우 깨달은걸. 어쩌면 당신마저도 나를 가리기 위한 옷이었는지도 몰라."

이현은 더 이상 조개를 캐러 가지도 않았고 자신을 함부로 훼손하지도 않았다. 하루 종일 모래밭이라도 쏘다니는지 저녁 무렵 돌아오는 그녀의 신발 속에선 결 고운 은빛 모래가 수북이 털려 나왔다. 문경은 어디로도 갈 데가 없는 물줄기처럼 혼자 술을 마시며 소용돌이치고 있었다.

모멸감이 몰려왔다. 서른아홉 해 동안 지켜온 것들이 모조리 훼손된 기분이었다. 아무리 태연해지려고 해도 쉽지 않았다. 이현에 대한 분노와 미련이 한순간에도 수없이 번복되곤 했다.

"너를 사랑해."

방 안에 번질 공명음을 막으려 안간힘을 쓰며 문경은 지난밤에도 이현을 안고 중얼거려 보았다.

"환상일 뿐이야."

이현은 모래 인형 같은 몸을 버석거리며 문경의 품에 안겼다.

"도대체 왜 이러는 거야?"

문경은 안간힘을 다했다. 그녀의 버석거리는 몸에 다시 물이 흐를 수 있다면, 문경은 이현의 온몸에 침을 적셔가며 입을 맞추었다. 이현은 바위처럼 완강했다.

"나쁜 년, 왜 나를 그냥 내버려두지 않았지? 지나가는 나를 붙잡아놓고선 왜 이렇게 내팽개치는 거지? 왜 나를 잡았던 거야?"

문경은 끝내 물이 흐르지 않는 이현의 몸에 날 선 잇자국을 내며 소리쳤다.

"어떤 것도 믿을 수가 없어. 아니 나도 믿고 싶지만 믿기지가 않아. 사람을 통해서 어딘가에 닿을 수 있으리라 꿈꾼 적이 있어. 오래전…… 그리고 당신을 만나고 나서……. 하지만 지금은 그 모든 것들이 허망해. 어떤 것도…… 확신할 수가 없어."

이현은 문경의 잇자국을 고스란히 받아낸 후 모래를 한 줌이나 삼킨 목소리로 더듬거렸다.

"애초에 난 사람을 통해서 어딘가에 닿을 수 있으리란 꿈 따위는 한 번도 꾼 적이 없었어. 적어도 널 만나기 전까지는 단 한 번도 꿈꾼 적이 없었단 말이야. 늘 한 발 떨어진 곳에서 그 거리가 허물어지지나 않을까 지레 겁을 내곤 했는데……. 그런데 이게 뭐야. 내 꼴이 이게 뭐냐고. 제발 나를 버리지 마!"

문경은 벽을 향해 1.5리터짜리 페트병을 던졌다. 3분의 1쯤 남아 있던 소주가 쏟아져 나왔다. 연회색 벽지로 번진 얼룩이 토사물처럼 더러워 보였다.

"그러지 마. 당신은 이렇게 무너져버리면 안 되는 사람이잖아……. 우리가 함께 갈 수 있는 길은 더 이상 없어. 저 바다로 뛰어들지 않는 한, 우리 앞에 놓인 길은 하나도 없어. 도덕이나 제도 때문이 아냐. 어쩌면 관계가 갖는 한계인지도 몰라. 완벽한 일치감이나 영원이란 환상일 뿐이야. 우리 둘이 함께 있는 곳에선 아무것도 보이지 않아."

이현의 눈에서 마른 샘 같은 눈물이 비져 나왔다.

눈물이 번지기 시작했다. 벽지에 번진 얼룩 같은 눈물이 문경의 볼을 타고 흘러내렸다. 한 아이가 보였다. 유난히 몸을 깊이 감싸 안던 숨 막힐 듯한 어머니의 품속에서 깊은 잠에 빠져든 어린 날 새벽녘, 날이 미처 새기도 전에 들려오던 할머니의 허둥거리는 목소리. 이 어린것들을 떼놓고 어딜…… 모진 것. 그제야 몸을 감싸 안던 손길이 꿈결이었던 듯 아득해지고 갑자기 몰려오던 배반감과 두려움에 떨고 있는 한 아이. 문경은 손을 뻗었다. 아이는 삼십 년 동안 한 치도 자라지 않은 채였다. 여전히 배반감과 두려움에 떨고 있는 아이의 손을 문경은 가만히 맞잡았다. 맞닿은 손바닥에서 온기가 번지기 시작했다. 걷잡을 수 없이 눈물이 흘러내리고 있었다.

"우리가 빠져들었던 것은 뭘까? 모르겠어. 무엇에 그토록 격렬하게 빠져들었던 건지…… 어쩌다가 이 막막한 바다 끝에 와 있는지…… 정말 모르겠어."

이현이 문경을 가만히 안았다.

"정말 우린 어쩌다가 여기까지 왔을까?"

문경의 눈에서 흘러내린 눈물이 이현의 어깨를 적시고 있었다.

"어쩌면 나를 만나기 위한 여행이었는지도 몰라. 오랫동안 위장하고, 외면하고, 심지어는 왜곡시켰던 나 자신을 만나기 위한 여행. 당신은 어쩌면 그 통로였는지도 몰라. 정말 그런지도 모른다는 생각이 들어. 이젠 조금씩 내가 보이기 시작해. 한없이 나약하면서도 기를 쓰고 온몸에 힘을 잔뜩 주고 있는 내 어리석은 모습, 사실은 빈 손가락 하나 남기지 않은 채 움켜쥐고 있으면서 마

치 자신의 전부를 내주기라도 할 듯이 위선을 부리고 있는 내 모
습……. 나를 가리고 있던 안개들이 조금씩 걷히는 기분이야.”

“나를 만나기 위한 여행……? 그럴지도 모르지. 결국엔 자기
자신에게로 돌아가는 거겠지. 하지만, 하지만 정말…… 그것밖
에 없을까? 다른 길은 더 없는 걸까? 네가 내 길이 될 수는 없는
거야? 그것은 불가능한 건가?”

문경은 이현의 어깨에 등을 기대며 눈을 감았다. 헐벗은 한 남
자가 알몸을 드러낸 채 길 한가운데 서 있는 모습이 환영처럼 떠
올랐다.

가을 햇살이 몸속까지 투명하게 비쳐낼 것만 같은 날씨였다.
차가 서울로 접어들면서 문경은 자주 옆자리의 이현을 쳐다보았
다. 이현은 말없이 차창 밖만 내다보고 있었다. 신두리를 떠나면
서부터 이현은 말이 없었다. 가끔씩 문경을 돌아보며 희미한 미
소만 지어 보일 뿐 이현은 아무 말도 없었다.

톨게이트를 빠져나오자 바로 이정표가 나왔다. 이현의 집이 있
는 신도시로 가려면 곧 오른쪽 외곽도로로 빠져야 했다. 문경은
다시 이현을 힐끗 쳐다보았다. 그러나 이현은 미동도 하지 않았
다. 문경은 곧 차선을 바꿔 오른쪽으로 빠져나갔다. 순간 이현의
시선이 흔들, 했던가.

한강을 건넌 차는 빠른 속도로 자유로로 접어들었다. 물로 씻
은 듯 깨끗한 시멘트 바닥 위로 10차선의 도로가 아침 햇살을 튕
겨내며 곧게 뻗어 있었다. 이미 출근 시간이 지나서인지 도로는

텅 비어 있었고 문경은 최고 속도로 달리기 시작했다. 이현의 집이 있는 신도시의 아파트 숲이 대청소라도 한 듯 가을 햇살 아래 선명히 드러나 보였다. 곧 신도시로 들어가는 진입로가 나올 것이었다. 문경은 액셀러레이터를 더 깊게 밟았다. 순간 속도계의 붉은 바늘이 흔들리면서 오른쪽으로 이동을 했다. 그때 벨 소리가 울려왔다. 휴대폰이었다. 출발하면서 이현이 켜놓은 모양이었다. 문경은 전화를 받지 않았다. 회사 아니면 지원일 것이었다. 음성 사서함에는 짐작대로 지원과 김철민이 번갈아 가며 목소리를 남겨놓고 있었다.

"큰 일 났습니다. 미국에서 더 이상 물건을 보내줄 수 없답니다. 지난번 건 결재를 월요일까지 하지 않으면 물건을 보내지 않겠다고요. 제발 빨리 좀 오세요."

"왜 이러는 거야? 난 아무것도 모르잖아. 적어도 영문은 알려 줘야 하는 거 아냐? 비겁해!"

"대체 어디 계신 거예요? 제가 할 수 있는 건 다 했는데 도저히 안 되겠습니다. 직접 해결하셔야 될 일들이 너무 많아요. 은행에선 세관에 와 있는 물건들까지 압류하겠다고 난린데……. 저 혼자 너무 힘들어요."

"……나쁜 놈 ……혹시, 사고라도 난 거야? 그런 거야? 응?"

지원이 끝내 울먹이며 소리를 질렀다.

다섯 번째의 벨이 울리고 있었다. 문경은 액셀러레이터를 더 깊숙이 밟았다. 차는 이미 신도시의 진입로를 벗어나고 있었다. 벨 소리는 그치지 않았다. 전원을 켜놨다는 걸 확인한 상대는 끈

질기게 수화기를 들고 있었다. 수화기 너머의 누군가와 대치라도
하고 있는 듯한 형국이었다. 결국 대치 상태의 팽팽한 긴장을 이
기지 못한 이현이 폴더를 열어 문경에게 건네주었다. 날 선 지원
의 목소리가 용수철처럼 튀어나왔다.

"도대체 뭐야? 어디야, 거기?"

차창 유리들이 한꺼번에 금이라도 가버릴 듯한 목소리였다.

"지금 가고 있어……. 가서 얘기해. ……뭐?"

순간이었다. 왼손으로 핸들을 잡은 채 오른손으로 휴대폰을 들
고 있던 문경이 지원을 향해 목소리를 높이는 순간, 몸이 흔들, 하
면서 차체가 허공으로 날아오르듯 붕 떠올랐다. 긴 시간이었다.
차가 반대편 차선의 가드레일로 곤두박질치기까지, 한 세기만큼
이나 긴 시간들이 파노라마처럼 한꺼번에 지나가고 있었다. 예기
치 못했던 만큼이나 믿을 수 없는 시간들이기도 했다. 순간, 추락
인지 비상인지 모를 아득한 전율과 공포에 사로잡힌 이현의 얼굴
이 문경의 눈에 깊이 각인된 채 시간은 그대로 정지해 버렸다.

에필로그

사고 처리반의 경찰은 연신 고개를 갸우뚱거리며 미심쩍어했다. 아무리 과속에 통화중이었다고는 해도 다른 차와 충돌을 한 것도 아닌데 차가 반대편 차선 밖으로까지 넘어가 전복된다는 건 매우 드문 일이라는 것이었다. 그러나 그것은 단지 한 경찰관의 의심에 불과했다. 결과는 과속에 휴대폰 통화로 인한 과실로 신속하게 처리되었다.

하지만 혹 알 수 없는 일이었다. 문경의 옆자리에 앉아 있던 여자가 순간적으로 손을 뻗어 슬쩍 핸들을 돌렸는지, 액셀러레이터를 밟고 있던 문경이 한순간 오른발에 남은 생의 무게를 모두 실어버린 것인지, 혹 알 수 없는 일이었다. 아니, 그것은 단지 남은 자들의 추측일 뿐이었다. 하지만 그것은 중요한 일이 아닌지도 몰랐다. 그들이 또다시 예상치 못한 길로 떠났다는 사실에 비하면 그것은 정말 중요한 일은 아니었다.

　삼십 분 간격으로 병원 영안실을 떠났던 최문경과 서이현은 꼭 그만큼의 간격을 두고 화장장의 불길 속으로 들어갔다. 그들의 뼛가루는 신두리 바다와 남도의 강 하구에 각각 뿌려졌다. 그들이 어느 바다에선가 바람에 실려 다시 만날 수 있을까. 알 수 없는 일이다.

　그러나 혹 모를 일이다. 바람보다 더 가벼워진 그들의 육신이 신두리 해안의 매끈한 모래언덕 위로 날아와 눈보다 더 희게 빛나고 있을지 모를 일이다. 아니 어쩌면 바람이 스쳐 지나간 얼굴을 무심코 쓱 문지르는 바로 이 순간, 그들의 영혼이 당신의 한쪽 뺨을 가만히 어루만지고 있을지 혹 모를 일이다. 그들이 만남과 작별을 전혀 예상치 못했듯이 우리 역시 언제 어디서 그들과 맞닥뜨리게 될지…… 알 수 없는 일이다.

〈끝〉